本书属于中国国家新闻出版广电总局和俄罗斯出版与大众传媒署批准的"中俄文学互译出版项目·俄罗斯文库"。由中国文字著作权协会和俄罗斯翻译学院负责组织实施。

До и во время
此前与此刻

Владимир Шаров
〔俄〕弗拉基米尔·沙罗夫 著

陈松岩 译

中俄文学互译出版项目·俄罗斯文库

著作权合同登记号　图字：01-2015-5802
图书在版编目(CIP)数据

此前与此刻/（俄罗斯）弗拉基米尔·沙罗夫著；陈松岩译. —北京：北京大学出版社，2016.10
ISBN 978-7-301-27726-3

Ⅰ.①此… Ⅱ.①弗… ②陈… Ⅲ.①长篇小说—俄罗斯—现代Ⅳ.①I512.45

中国版本图书馆CIP数据核字（2016）第255494号

本书属于中国国家新闻出版广电总局和俄罗斯出版与大众传媒署批准的"中俄文学互译出版项目·俄罗斯文库"。由中国文字著作权协会和俄罗斯翻译学院负责组织实施。

书　　名	此前与此刻 CIQIAN YU CIKE
著作责任者	〔俄〕弗拉基米尔·沙罗夫　著　陈松岩　译
责任编辑	张　冰　朱房煦
标准书号	ISBN 978-7-301-27726-3
出版发行	北京大学出版社
地　　址	北京市海淀区成府路205号　100871
网　　址	http://www.pup.cn　新浪微博：@北京大学出版社
电子信箱	zhufangxu@yeah.net
电　　话	邮购部62752015　发行部62750672　编辑部62754382
印刷者	北京中科印刷有限公司
经销者	新华书店 650毫米×980毫米　16开本　18.25印张　248千字 2016年10月第1版　2016年10月第1次印刷
定　　价	58.00元（精装）

未经许可，不得以任何方式复制或抄袭本书之部分或全部内容。
版权所有，侵权必究
举报电话：010-62752024电子信箱：fd@pup.pku.edu.cn
图书如有印装质量问题，请与出版部联系，电话：010-62756370

我第一次出现在这家医院是在1965年10月，似乎是在18日。当时本不该让我住院，我是说，我想让曾在门诊工作过的克隆菲尔德教授私下提个意见，给我挑选出适合我全套病症的药片。我出了地铁，跟往常一样，斜着穿过一片空地和没有围起来的建筑工地。这里已有很多人走过，所以昨夜下的雪已经被踏得实实的，有些地方甚至压得结成了冰。那景象完全不像是有人住的地方：刚过去一个个地基坑和高矮不齐的水泥板跺，便是各种仓库、车库、蔬菜库，不远处是曾经通航的亚乌扎河，这里还有一条铁路经过，并且所有一切都同原来一样连成了一片。

我心里知道如果走斜线需要走上20—25分钟，可我已经走了半个多小时，该去的街道还没见着。脚下的小道又窄又滑，理所当然，我走得要比平常慢一些，但不管怎样也该到时候了，早该到了头了。我给自己设定了期限，预备好了走路时时刻要顾忌别摔跤，要像马戏小丑那样用胳膊找平衡。可这一期限已经过了，我累了，生起气来，气我没有走另一条路，那条路要更平坦。本来可以不穿过这些仓库和工地，而沿着两条宽阔的街道绕过去，那些街道已经清理过了，走起来没危险。我确信我迷了路，我用最难听的话骂自己，几乎要哭了。当时病情未必到了那种严重程度，但我还是去了，去看医生，去精神病院，也不知道医生最后会说什么，会怎样决定我的命运。我当然会焦躁不安，并且懊恼出门就走，现在已经不可能走一条虽然长但很安全的路了，我走了一条既不平坦又是错误的路线。

总归还是有上帝保佑。当我还在车库间绕来绕去，尽力躲避坑坑泥水时，脚下的泥土，我走的路，还有这未完工程的迷宫，甚至是积雪，突然全都一起散发出香草和新鲜烘烤的气味。就在前面有一个面包房，人家和我说它是个路标，它和医院在同一条街上，从它再往前第三座楼就是医院。

香草的味道是我童年的味道，我就是在这个味道的氛围中成胎、被孕育和出生的，我的母亲、祖母，还有我们的房子，一句话，我生命中一切美好善良的东西都散发着这种气味。我生命的头六年住在真理大街，离此不远是至今仍以茨冈人而闻名的苏维埃旅馆，其对面是规模巨大的布尔什维克糖果厂，香草的气味就是从那里传过来的。所以我在记忆中总是坚信，糖果厂起这样一个骄傲的名字，是因为布尔什维克们就是这样的人——软绵绵的、胖乎乎的、甜丝丝的。

我的母亲极其喜爱巧克力。她手指纤长，指甲涂成紫罗兰色，并且当她和为数众多的女友中的某位喝咖啡时，她常会从花花绿绿的盒子中拿出大大小小菱形和宝塔形的巧克力糖果，这真是太美了。我三岁时得知，出产这些成盒糖果的工厂叫做布尔什维克，这就彻底确立了我对布尔什维克（不管他们是男是女）的认识。甚至如果有必要，可以说这解决了我童年时一个如此关键的问题，那就是他们是哪儿来的，怎样出生的。世界图景被完美建立起来。

大家知道，童年最初的印象在我们身上是多么牢固。大学毕业后，我实质上已经是个成年人，一个相当有经验的记者，每次一要我写布尔什维克，我总是不由自主地把他们写得柔软温和，然后再花很长时间痛苦地改来改去，并且不管怎样做，我都得不出他们应有的样子。这丝毫不足为奇：我依然生活在另一个世界，并且似乎要永远留在那个世界。就怪这些布尔什维克，我们报社的人认为我好像是个小傻瓜，尽管他们也许对我还挺好。我写的报导想原封不动拿出来当然不行，可是其中毕竟有一个优点，那就是主人公都是满怀真爱和温情写出来的，就连报社的老手都说他们羡慕我的真诚。很遗憾，一旦有人想试图更正文字，这份真诚立刻化为乌有。

我明白这样长久下去是不行的，让某个人实际上顶替我工作这不公道，所以大约过了两年我辞了职。走这一步对我来说很不容易，我喜欢和报社相关的一切，喜欢它的精神灵魂，并且从实质上说我也无处可去。当时我积攒下了巨大数量的报导和小说没有刊载，所以我时而这里，时而那里，四处打打短工，挣点外快，慢条斯理，随波逐流，去寻找能满足我生活观的出版社。最终我在本该找到的地方找到了，我找到了，和我的布尔什维克们一起回到了童年，回到他们还有我出生的地方。

现在已经过去十年了，从一些地方愿意登载我的作品开始（比许多我报社的熟人都愿意），有《少先队真理报》，有《穆尔齐尔卡》，有《营火》，特别是小朋友出版社。我写的是那些在家里、在托儿所、在幼儿园里读给孩子们的最初的书，因为里面有我自己的童年、善良、温柔，因为我写的布尔什维克像妈妈，善良、和蔼的妈妈，所以孩子们当然会喜爱他们，愿意一遍又一遍倾听这些故事。然后和所有人一样，我的读者渐渐长大，认识世界，明白共产党员们并不总是善良温和，但是对他们的爱会保留下来。总的说来，我没什么可难为情的，我诚实地写了我所想的，尽管现在看起来，我的小说可能有些天真幼稚。

写列宁的几本书最终让我成了名，并且在整个这个事件发生前我一下子得到两个特别诱人的建议，两个我以前想都不想不到的建议。多年以前我上大学时，毕业论文是关于法国著名女作家德·斯塔尔夫人的，后来接着收集有关她的材料，甚至曾经拿到青年近卫军出版社，给出版名人生平系列传记的编辑部，申请写关于她的书。很自然这一尝试没有结果。而如今当我已经忘记了出版申请这回事时，已经整整过了一个月（我刚开始着手写斯塔尔夫人），政治出版社建议我成为联盟另一个畅销系列"热情革命家"的作者，而且声称我的名誉如此清白，连人物和时代都任凭我来选择。不过，拿破仑式的宏伟蓝图我过去没有，最近三年也没有写过一页，只是靠着再版旧书的稿酬糊口。

医院占地面积相当大，各种建筑风格、各式各样又一律色彩灰暗的建筑，毫无章法地围绕在一个巨大的中央花坛周围。此时正值秋末时分，花坛布满斑秃的枯草，草上洒满积雪和残落花簇。我去的那座楼是近些年建成的预制板组装建筑，正对着大门。我一走上需要去的七楼，就确信下来我是准时到了。但我先前白白着急了。克隆菲尔德正忙着，他查房时被部里的调查组给耽搁住了，并且护士转告我他至少一个小时后才能给我看。之后通往诊室的门锁上了，把我一个人留在了狭小的、几乎像个凉台的地方，亮堂堂的，不知是走廊，还是准备室。

我在这里好像有点像进了个陷阱，既不能按电梯，也不能走楼梯下楼。走廊的窗户朝向亚乌扎河，这里河道极其窄，沿岸高大的石头墙几乎挡住我看见河水。墙上面不久前又加上了积雪形成的堤坝。从那里,从下面伸出浮吊杆,仿佛农村水井的取水杆。我站着看浮吊,一直想它眼瞅着就要弯下来了或者扭个方向,可就是没有等到。

我今年45岁,但是3年前我在汽车站附近结的冰上滑到了,颅骨受了损伤,那之后开始记忆衰退,一年有两三次出了家回不来门。当家人为了找我走遍停尸房、守候在民警局问讯处时,他们常被告知他们未必有一天还会见到活着的我,可是之后过几个星期,有时几个月,我被找到了:或者是因四处流浪没有证件而被捕,并且当然也没有钱,在某个离家不近的预押室,不知为什么最常见的是在南方(我从小就向往南方,向往大海,这不容置疑),或者是在某个地方上的精神病诊所。通常会被暴打,浑身伤痕血瘀,有时是被民警,有时是被护理员(据说我在这种处境下很不安分,甚至有时很狂暴),有时是被同行的陌生人(我真想哪怕有一次此时旁观一下我是个什么样子)。之后会在家病很久,但最终还是会离家出走;我天生是个结实的人,并且甚至记忆会逐渐恢复,尽管起初无法叫出自己的名字以及姓氏。

总的来说,一切暂时会逐渐恢复,所以对这我不觉得沉重,也不觉得痛苦,我很容易做到,很容易,就像倒线绳一样。我看到母亲和姨妈非常喜欢和我一起回忆往事,并且感到自己又成了孩子。当孩子重病后康复,全家人都为他高兴,简直是兴高采烈地看到他在恢复健康。但我的前景很糟糕,据医生们讲,很多像我这样的人会被罪犯打死,还有一些被弄残,残得已经无法让他们站起来,还有人(民警不喜欢管我们)一年和一年以上都找不着;而最重要的,每一次病情重新发作后,我的记忆就会恢复得越来越慢,越来越艰难,最后面临彻底失忆的危险。说实在话,也就是对这一点的恐惧才把我带来见克隆菲尔德。

　　我现在旁边走来走去的那扇门后面的病房科里正在试验一种药，能够（听起来简直太神奇了）改善大脑的血液循环。而我的病恰好是与此有关，受伤后许多血管受损，血液不流通。这种新药是给我的一个机会，我明白这一点。可我还是对查房这一小时或一小时多一点感到很难受。我被忘在准备室里的时间不算长，而且那里也不那么可怕：电梯一会儿来一会儿走，玻璃门外总是有人影闪动，本可以招呼他们，叫过来，请他们把门打开，甚至至少可以喊叫起来，那医生也就会中断查房赶过来。一切都有可能，也有无穷无尽的各种出路，但我最近几个月被折腾得已经没了力气。

　　最初一两年我尚能坚持，甚至还能以自嘲对待病情，我耍嘴皮子，说失去记忆后我被净化了：各种垃圾、令人厌恶的东西都会离开，我又像婴儿一样纯洁无辜。事实上也的确如此。此外，病症暂时能过得去，比别人轻很多；因为记忆很快能够恢复，智力没有丝毫损失。也许是母亲每天喂我的一大堆维生素救的命，不管怎么说，我思考能力显然不比以前差。一句话，摔倒后很长时间什么都可以忍受，而后来突然一下子我感到累了。我开始期待起新的发作，开始捕捉它，越来越害怕它，有几个月时间就让自己达到发病程度。医生们认为，我不能过度疲劳，我现在一切都听医生的，限制自己，总是观察有什么不对头。这让我受不了，我没力气做到，我突然明白了，我老了。

　　但我还在坚持，直到身边一下子有几个我亲近的人去世，而且他们死得那样孤独，仿佛他们身边只有我，再无其他。这人间的孤独，这如今要我记住他们所有人、仿佛他们都抛到我头上的孤独之情，我忍受不了，挣脱开去。等找到我时，我是在图拉以远的某个火车站，被殴打，被抢劫，过了几个月才被人认出，送回到了莫斯科。

我又多病了半年。我的肾被打坏了，不过不太严重，并且我生病期间一直主管我的医生比我还了解病情，他说我渐渐摆脱发病时，头一次不想恢复，不想回忆任何东西。我对失忆感到疲惫，就想没有记忆下去。他说，以前我身上有无穷的乐观，仿佛一切都不算回事，全是误会，可现在他看到，我的大脑好像对病情已经适应了，学会了利用，对之习惯了，所以现在要治疗我要麻烦得多得多，因为我再也不是他的帮手。还有一点。我明白吃药最终解决不了问题，早早晚晚，即使我不会在哪里被打死，也会变成一个老年病病房科的患者，那里远不是世上最招人喜欢的地方。我突然清楚意识到，早就有人吓唬过我，我面临着（而且很快就会有）老年慢性萎缩，因为我的病情主干道就是通向那里。以前这种前景只会让我感到很好玩，《我是老年病中的一员》的题目似乎是一个不错的玩笑，我自己甚至都喜欢把这拿来说一说。说到底，我只有45岁。

而如今，当我要去住院，事情快到头了，我已经没地儿可钻了，是我自己把自己赶到那儿的。我突然明白了，我一步步地在变成一个对他想做什么就能做什么的人。可是还在不久以前，在最后一次发作前，我既不害怕医院，也不害怕彻底依赖于护理员和医生，甚至不害怕死在陷于童年之中的老人中间，害怕的只有失忆。记忆是我的痛处，所以我只怕与之相关的东西。再没有更多更大的东西让我上心。

也许，从一开始发病，也就在最初几次发作之后，我的一生就开始要到头了，开始向后转：我越来越珍视已有的东西，也就是已经经历过了的东西；记忆成了我的世界中心，我失去记忆哪怕只是短暂瞬间，其可怕程度也极像是死亡。死亡是在过去而不是在将来等待着我，所以我本能地也走向那里，向后，走向过去。这一转向，我的生命中这一对我本人以及我亲近的人来说愈发明显的向后朝向，绝对不是像我起初所害怕的那样，空虚而无意义地重复过去。我不知道为什么，也许是因为我来自另外一端，可是这一生活完全是另一个样子，完全是另外一些东西在其中有意义。我几乎立刻发现，有许多东西，非常多的东西，仿佛被我预先地、点状地度过，完完全全没被理解，没被充分估价。而如今这一切都回来了。这当然是个慷慨的礼物，丝毫不少于几年的时间里我一天天从中索取，而其却没有减少，甚至变得更多。所以，看到这一点，我有时甚至对自己的病感到高兴。

我的医生说得对，我适应了，习惯了，总的来说，容忍了，再也不抱怨了。不过我还是有点期望回到普通生活，身上还有个什么抵抗源，正是在其中萌发出一个思想（也许就能了解我如何挣脱开我的医生灌输给我的东西），那就是我本人不需要记忆，即使其完全不存在（在我一个月以及一个月以上处于失忆状态期间，我了解到了，这样也可以活下去）；但我的记忆应该，主要是我还有力气，保留下只有我了解的那些人，至少是我情愿记住的那些人。在现实生活中，我们身上有许多利他主义的萌芽，让我拾起这一思想（我的责任是把他们所有人牢牢记住，至少也要将其持续我自己一生），它成为一面旗帜，在这面旗帜下我依然在与疾病对抗。对此起作用的还有另外一件很久以前发生的事情。

12岁时,5月3日,我命名日那天,我第一次领了圣餐,而在这一我至今都还喜欢详详细细回忆的事件发生后大约过了一个星期,我偶然听到父亲与他一位朋友谈论不久前发表的关于伊凡雷帝的《悼亡受害者名簿》的文章。记得当时这种"名簿"的想法本身,其可能性本身让我震惊。一个人30年毫不心慈手软地杀死那些与自己相似的人,而且明明知道那些人没有丝毫罪过,竟然在垂死的卧榻上开始回想起那些人,还为追悼每个亡灵留下一笔钱。有的人是他自己想起来的,有的人是和他一起杀人的人想起来的,但是有很多人他们当然不可能会想起来,他们甚至不知道那些人的名字,被杀死的那些人也没留下姓名;所以伊凡雷帝明白这一点,留下钱追悼亡灵时如他所写,那些人"上帝啊,只有你自己才知道"。

夜里,听完这段谈话,我头脑中产生一个古怪的念头:人可以杀死另一个人(一个无辜的人),并且完全很简单,只是因为有复活,有人该去想起他并让死者复活。我还忽然明白了,死亡就是回归上帝身边,经历了长期艰难考验之后,在意志和责任自由之后回到上帝身边。父亲大约从我7岁开始就喜欢和我谈这些东西,这就好比是从成人生活回到童年,抑或甚至是回到母腹,好像那里可以直接回去一样。并且最重要的是,对上帝来说,没有什么是徒劳、白白失去、消失无影踪的,他想的就是要对我们、对人们来说也是如此。

我觉得，这是从"名簿"中得出来的，但是为什么要在尘世上留下对每个被杀死的人的记忆，为什么记录下他们的名字，而不是对所有人一律说"上帝，你自己知晓他们"，我不明白，就是现在也不确定明白。当时我只是想到，莫非我们真的全都会留下来，莫非我们真的火烧不掉、水淹不没，也不可能把我们处决、杀死。

我想列入"名簿"的第一人，是尼古拉·彼得洛维奇·帕斯图霍夫，莫斯科市伏龙芝区前检察官，我和他大约7年前认识的，是旅途让我们走到一起。我们两人当时都在从基辅回莫斯科的路上，一起坐在热得难以忍受的国际车厢双人包厢里，火车照例晚点得无法无天，所以在已经快到莫斯科时，我们因为无聊聊了起来。帕斯图霍夫曾有一个朋友，已经故去多年，生前也是检察官。他们曾一起学习，又一起升职，谁都不比谁先行，用帕斯图霍夫的话来说，他们彼此把对方当作兄弟，年纪越大越亲近。那个检察官姓萨文，二婚娶了一个比自己小20岁的女人。

"她的父亲从事商业，受诬陷得到按所犯条款几乎最高的刑期。但是其女儿（名字叫列娜）继续张罗，于是案件在检查监督时落到萨文手里。女孩完全是个英雄，她当时还不满18岁，家里什么钱都没有，全被没收了。稍微知情的律师都表示拒绝，说任何忙都帮不上（她早就没有母亲，母亲生她时死了，一个人和父亲过，如今列娜身边完全没有任何人了），萨文立刻对她有了好感。这件事牵扯了一些大人物,帮忙解决并不简单。但是他们两人一起几乎将他捞出来,先是把刑期缩减到5年,又缩减到3年,这样一来就临近最后一次大赦,可就在这一大赦前1个月他死了。女孩被告知是心脏毛病,但是萨文通过自己的渠道得知是同牢殴打死的。

"列娜本来只为父亲而活,只为她理当救回他、找回他而活,如今一切都无所谓了。在萨文彻底拿定主意向列娜求婚那天之前,她两个月没有出门,他像个保姆喂养她,似乎甚至下厨房。除了他,列娜身边再没有人了,萨文也是个独身,一句话,她同意了。他们相识了有一年半左右,列娜已经离不开他了,她大体是个善良、离不开人的女孩;重要的还有一点,从年龄上他如同她的父亲,甚至长相有些相似,这是萨文对我说的,我本人从未见过列娜的父亲。起初她未必爱他,但后来爱了,爱得很厉害,这没有疑问。

"他们过得很好,甚至令人奇怪有多好,所有岁月,除了最后两年。他已经感觉到得了重病,尽管什么病、能活多久还不知道。萨文当然明白,他一定会比她早死很多,但是他突然觉得重要的不是列娜为妻如何,而是一旦他死了,没有他,列娜这个年轻漂亮的女人,会怎样活下去。他已经只能这样去想,推开来去想。依我看,让萨文震动的是,他要不在了而列娜还在。也许萨文没少想过她会和谁睡,会嫁给谁,但这不是最重要的;他不打算妨碍她,他觉得重要的只是要知道,没有他列娜会怎样,她在而他不在会怎样。

"后来当他已经得知自己得了癌症,只能活一年,最多一年半时,除了埋葬他后她会怎么办,他别的什么都无法谈。其他一切都退居次要层次,甚至是自己的死,他也只是把它记作是一个条件，一个让她离开他单独生活的条件。最后几个月他简直是赶着要结束，坚决拒绝服药，只允许给自己打止痛针。

"妻子当然知道他在想什么，似乎萨文把自己的疯狂传染给了她。至少我在他们那里的时候，列娜也没法谈起别的，时刻都会来说服我，让我相信，相信萨文想要知道她以后会怎样这样做不对，一旦他从那边监视她每一步，这势必让她无法生活，生活难以忍受：如果一个前夫，而且还是个死人，时刻偷窥你，那就没办法生活。

"她也已经把他埋葬，也生活在那个未来生活中，甚至经常说起他也说'曾经如何'。只有当我去看望萨文，她才想起他还活着，并且立刻开始寻找我的支持。当然，她总是处于激动之中，又从外表上还是表现得很理智；看得出来，她注意每一句话，大体上想要留下一个良好印象。她说，她是他的好妻子，忠实而操心，一次也没背叛过他，尽管他不容易相处，比她大20岁。但是一旦他死了，她把他埋葬了，她对他的义务也就结束了，的确就不该要求以后她也只为他一个人活着。她坚持让我，他最好的朋友，告诉他这一点，和他讲清楚，让他确信是他错了。

"我对她说，萨文快要死了，生命就剩短短几星期了，在垂死的病榻上根本不可能向任何人讲清楚任何东西，现在和他做这样的谈话简直是可耻，他一死，她想怎么过就怎么过。但是列娜已经不太明白事了，她向我讲她要和谁睡，谁给她建议了什么，比方说去高加索旅行，那里有皮衣、珠宝，所有这一切都是真的，她很漂亮，上帝保佑。有一次她甚至抱住我，吻我的嘴唇，把我拉向沙发，而且当时萨文还没有睡，通往他房间的门没关。我不认为列娜特地把门打开，不认为这是个算计：瞧他还活着，而她当着他面睡他朋友。一切都简单得多，她早就不把萨文当成个活人，更别说是个男人，而是想收买我，贿赂我，让我做出行动，好让他，一个死人，别妨碍她生活。当然，列娜已经恨他了，但也更像是恨一个死人一样，而他还爱她，依恋她，总是想尽力抓在手中，不放她离开。实际上他不想要她任何东西，也许只是想作为父亲（他对列娜来说的确不只是个丈夫，而且代替了父亲的角色）了解一下，没有了他，她那时会怎样。"

火车此时又停了下来，我于是问帕斯图霍夫："那后来怎么样了？她可是对的，甚至即使不对，你也不能强迫她入他的坟墓啊。"

"是的，"他同意这一点，"萨文死后列娜做的第一件事，就是写遗嘱。根据遗嘱，她将葬在另一个墓地，在母亲旁边。"

在莫斯科我和帕斯图霍夫继续定期见面，不过不频繁。我看到他离不开我，如果我长时间不打电话不出现，他会生气，特别明显是在他退休后的最后一年。我从来没有想过我对帕斯图霍夫有多大意义。我明白他独身一人，因为在我们的交谈中，除了已故的萨文，没有任何人被提到，可还是不知为什么他坚信自己和同事关系友好。后来有一天早晨帕斯图霍夫90岁的母亲给我打电话，说前一天夜里他猝然死去。

这对我来说完全是个意外，我清楚记得她的声音中也存在着不解，她一直不明白，瞧他几乎不生病，比她还小30岁，又退了休，可惜早早死了；也许我转述她的话不准确，当然中间不带有任何讥讽，只有惊奇；我开始说些不太得体的话回答她，她立刻突然说我是他唯一的朋友，临死前他说起过我，只想起萨文和我，如果只算活人，那就只有我一个。

她还说，帕斯图霍夫想让我做他的遗嘱见证人，她要把他的文件交给我，让我看着办。我当时不相信除了我，帕斯图霍夫再没有亲近的人，但是葬礼时大家各就其位，我们一共7个人：他母亲，我，他曾就职和上党课的区检察院基层工会的代表，还有那里来的4位实习员来抬棺材。

在头一次"火车交谈"，谈到萨文的妻子后，她名字不止一次在我们见面时浮现。两次也不知是三次，当列娜生活中出现意外并且帕斯图霍夫不知道怎么办时，他来找我商量，于是我和他就会说起她很久；并且除此之外，几乎每次见面他都会提到她，这样一来我不难想象萨文死后她的生活是个什么样。比方说，我知道在萨文去世前几天，帕斯图霍夫向他保证不仅要帮助列娜，尽一切让她安置得很好，而且要让萨文掌握她生活的最新动向。帕斯图霍夫还曾当着我的面，定期一周一次去萨文的墓地。

后来，去墓地的探访中止了，或者说至少变得不经常，不是必需的了。我知道他去墓地的时间，并且有一次，当帕斯图霍夫突然把见面固定在同一天同一时刻后，我问了他。他说已经几个月了，他只在周年忌日和只为自己去萨文墓地，其他没有必要，他答应萨文的一切事情都在他，帕斯图霍夫，之外进行。这次谈话前半年他和我讲，列娜出嫁得很成功，丈夫把她捧在手上。他和她父亲一样是搞商业的，在自己人中间列娜觉得很轻松，很舒适，真的是容光焕发。他许多年没有看到过她如此美丽。很明显，帕斯图霍夫真诚为之高兴，甚至感到负担减轻了，他完成了萨文要安置好列娜那一部分遗嘱。

我们当时说起了商业盛行偷盗，莫斯科已经大搞了一年多对多家最大的食品商店经理的审理，帕斯图霍夫参与了调查，掌握了许多一手细节。他的情绪极端消极，认为不偷不行，否则简直过不下去，但最可怕的是为首的最有能耐，因此一旦把他们抓起来，一切立刻会垮掉。结果毁掉的会比他们所偷的要多得多。

他还说，列娜的新夫被牵扯进一宗案例，不过不太深。他刚好是有能耐那伙的，并且就其职位来说捞得不算多，因此未必会被关起来。即便是真轮到他的话，帕斯图霍夫为了怀念萨文也会帮他忙，并且这样做良心很清白，因为在我们猪狗一样恶劣的条件下，他带来的好处多于坏处。

但是这里并非一切都那么简单。帕斯图霍夫是个守法的人，真正的原教旨者，他对不得不因为萨文去直接破坏法律、毫无根据地掩护列娜丈夫的案情感到非常难过。不过，帕斯图霍夫和那个经商的当时走得非常近，一切似乎回到了他们当初开始认识的那时候。列娜刚出嫁后最初几星期，帕斯图霍夫经常去他们家，好像在行使娘家爹的权力；有一次他们甚至三人一起去了萨文的墓地，但是不久列娜和帕斯图霍夫的关系恶化了。为什么？这不难猜想得到：她知道他当萨文的面所做的担保，当然了，几乎每天都看到监视你、告你密的人，这令她不痛快。她多次要求丈夫让帕斯图霍夫离家远点，但是这个经商的仿佛知道帕斯图霍夫是早晚用得着的人，便几番推脱。

帕斯图霍夫和我说过，他在那个经商的刚和列娜走到一起时，就告诉了对方有关萨文之死的所有情况，但是我无法想象后者一定会立刻同意帮忙，至少是自愿同意。实质上，列娜婚姻登记后就开始了全新的生活，唯一能定期向萨文提供这一生活信息的是他，列娜的新丈夫。帕斯图霍夫花了很长时间向经商的灌输，完成最亲近朋友的嘱托对于他，帕斯图霍夫，来说有多么重要。他一直想让经商的确信，萨文作为列娜的第一个丈夫有权这样做，履行一个死者的最后请求从任何道德法则来说都完全正确。但是经商的不愿意理解他，不听任何理由，只是反复对帕斯图霍夫说他知道该做什么，他愿意为帕斯图霍夫做非常多的事，但是他不可以对一个外人讲他自己和妻子生活的细节隐私。

　　选那个时刻讲这话（谈话是在他家里进行的），帕斯图霍夫明显考虑不周，话说得过重。离开他后，列娜的丈夫喝得酩酊大醉（他一直都是几乎滴酒不沾）。而当他被送到家里后，他破口大骂了半宿，骂妻子是"荡妇"，朝她喊："你知道你穿警服的朋友想要我做什么吗？！"并且哭着说，他的同事警告过他，他们的兄弟不能和检察官们结亲。她也哭了，吻着他的手，说她会自己去向萨文说，说他们不会向任何人说任何东西，他用不着怕帕斯图霍夫，他什么都不敢干出来。那次她成功地安抚了他，于是他睡着了。

　　有一段时间她的确自己去了几次墓地，而后来帕斯图霍夫说，她用不着去。这让大家都难受，首先是可怜萨文：他干吗要知道她如何恨他。这次谈话是在帕斯图霍夫正要出发去度假之前进行的，因此后来很晚我才知道，当她对他说这回轮到他去萨文墓地后，列娜的丈夫一句话没说，收拾好东西走掉了。列娜以为这就结束了，并且也许很高兴。她累了。可是过了两周（此时帕斯图霍夫还在度假）经商的回来了：他已经强烈爱上了列娜，无论如何也无法抛弃丢下她。

　　回到莫斯科，帕斯图霍夫找到他时，他已经折服了，同意做任何事。有一次帕斯图霍夫和我讲过，说刑侦时常出现这种情形：在只要某一点击破他的防御后，被告往往一下子垮下，防御也就崩塌在你面前，这个时候侦查的人会实实在在抓住你，好让你快点招认。

　　"当然，"帕斯图霍夫说，"他害怕我把他关起来，但是以前他就知道我能关他，但是那时候他表现得相当有勇气。而如今当他明白了，没有她活不了，意识到如果坐牢，一定会失去她，

16

便被吓坏了。也就是说折服他的是她，不是我。"

还有，他突然开始理解萨文了，因为二者情况相同——他将要不在，而她会在。帕斯图霍夫当时讲道，真的就是在他刚一进门，电话响了，他立刻猜到这是列娜丈夫打的。问好之后，后者说已经一昼夜了，他每小时打一次电话，之后未经过渡就突然开始解释萨文的事，而且用的是帕斯图霍夫本人以前的原话，只是更漂亮些。说是萨文让列娜成为了女人，这一点无论后来如何都逃避不了，他说，列娜和萨文有过一段完整的生活，这段生活不应该这样一下子全被抹去。说他如今明白，萨文是列娜什么人，列娜当然也明白萨文是她什么人，列娜要是再想要装出他们和萨文什么关系都没有的样子，他再也不打算由着她了。自然而然，他会按时去墓地——这没有问题，他打电话就是因为他必须要马上讨论出他该向萨文讲些什么，之后说："好让萨文和帕斯图霍夫允许他今后还能使用列娜。"

"您怎么看，"他一遍又一遍探询，"应该告诉萨文这件事吗？还有这件事……"

"电话说不明白，"帕斯图霍夫说，"第二天他来我家，我和他详细谈论了各种细节。"

后来过了很久我询问过帕斯图霍夫，他是否检查过列娜的丈夫。他说有过三次，尽管这没有特殊必要：因为他们继续定期见面，并且从他的行为可以看出他完全遵守了约定。

帕斯图霍夫说："只要你把他们折服，他们就再也不会撒谎，只会在细节末梢上耍耍滑头。总之，需要不需要时候，他们常常想要去坦白，他们情愿向每个人袒露心扉；从各种情况判断，他本人也对列娜讲过他常去萨文的墓地（起初她有点不确信我不再打扰他们），至少她不知怎么探听到丈夫在敲打她，便不原谅他。她想要和他分手（列娜知道自己的价值，她不费力气就找得到不比他差、不比他穷的伴侣），但当时她已经开始害怕我，或者同时也怕萨文，她明白我们不会那么简单地放手。她丈夫也知道这一点，也就是说他知道我们好像在为他保卫列娜，但是问题关键不在这里，不在于他感激我，而是到这个时候萨文成为了他的必需。他向萨文抱怨列娜，寻找同情，总之，话说透了，他便感觉轻松了一些。"

萨文明显愿意和他分担委屈和侮辱，对这些列娜可不小气，于是他和萨文的联盟日益牢固。不过，有一个时期，列娜的丈夫自己行为不那么检点，列娜当时就开始背叛他，总的说来，她是一只自由的小鸟，并不关注各种约定，有一个独立的、不为丈夫和萨文所知的生活。这在当时对她来说变成了癖好，她试图从中得到解脱，摆脱他们两个。似乎她的行为有意识地表现出要让他们极端不愉快地维护她独立的生活。但是，不管要什么花招，她通奸的细节很快为丈夫所知，有一次他甚至当场捉奸。无论他得知和收集到什么，他都立刻带着去找萨文，并且不嫌下作地对他讲。他明显是想让萨文明白，她背叛的只是萨文，而他与此无关，他只是一个私家侦探。

"经商的相当快就迷上了追踪。侦查是一桩让人沉迷的差事：有谁不想打探、查明人家费尽气力想要隐瞒的东西。而且他干这个就好像不是为了他自己，而是为了我和萨文，"帕斯图霍夫说，"这当然能解决许许多多的道德难题。"

他这样做了大约两个月，后来（帕斯图霍夫甚至都没有干涉）醒过味来。列娜的丈夫本质上是个不错的人，很快就明白了自己做得不对；无论他是谁，是临时代理人，还是临时替身，就算只是列娜的使用者，列娜背叛的不只是萨文，也有他。但关键是另一点：他和萨文的确一年比一年亲近，彼此越来越互相需要，所以我想，即使说（我不止一次也从帕斯图霍夫那里听到类似的话）他是萨文的延续，那也并非夸大其词，他们也的确变得好像是一个人。

对列娜的丈夫来说，这样的出路毫无疑问是一种解脱，但我不知道他对此有多清楚明白，因此，如今帕斯图霍夫去世了，我吓坏了，怕他急着把一切破坏掉。我担心，非常担心，害怕成为帕斯图霍夫遗嘱证人后，我就要用敲诈和威胁来维持他们所营建的结构。我根本不想做这件事，我总是逃避责任，不擅长也不喜欢命令人，此外，我当时有病，这种事我未必力能胜任。还有一点令我不安。尽管做了各种努力，帕斯图霍夫还是没能做到，让列娜修改遗嘱，同意和萨文葬在一起。这样一来，这件事可能会落到我头上，怎么才能说动她，我一点想法都没有。

幸好帕斯图霍夫显然清醒估计了我的能力。在鼓鼓囊囊装着列娜丈夫案件材料的信封上，贴了一张给我的字条，请我非必要时不要毁掉信封，而且没有绝对的必要（后一点被特殊强调）不要阅读。也的确，帕斯图霍夫的死显而易见没有改变列娜和丈夫的关系，总的来说丝毫没有改变，至少他还一如既往、继续定期地每周都去萨文的墓地。

我不特别怀疑帕斯图霍夫能够猜得到他建成的建筑物有多牢靠：正是这种牢固稳定奇怪的三角爱情让他能想到，所有这中间有一种特别重要和公正的东西。它如此重要，可以用来作为谅解他违反了法律、谅解列娜和她丈夫毫无疑问是一对身受不幸的人的正当理由。他认为，也许这就是理解丈夫和妻子相互责任的钥匙，理解使他们关系平衡与和谐法则的钥匙。让帕斯图霍夫欣慰的是他从未结过婚，也就是说，绝对没有任何利害关系。可以像一个律师该做的那样，平静而不动声色地看待这些问题。他独立自由，不受任何影响，从旁观者的视角才可以看清楚事物的本来模样。

我在帕斯图霍夫留下的文件中，发现许多页类似这样论证他婚姻法则研究正确性的根据，有的极其细微，并且按我的理解，法律上没有纰漏，我期待这即使不是全部、也是大部分的研究工作他已经完成。但是结果发现，可惜，只有几个不很独特的论题。不过还是不难从中理解帕斯图霍夫想说些什么。他显然相信有死后的生活，不过，对他而言，这一生活起次要服从作用，并不独立。人们从那里继续看着我们，并且特别关注自己亲人的生活，其生活依旧让他们关注、感动，涉及他们，但是他们已经不能对任何东西产生影响。

帕斯图霍夫认为，既然如此，死者拥有一个不可分割的权利，那就是知情权，任何东西，无论好和坏，都不应当对他们隐瞒。此外，他写道，第一次婚姻是神圣的，结第一次婚的人，无论以后他们命运如何，他们死后都应该葬在一个坟墓。此时他打断文字叙述，抱怨很明显他没有能让萨文在这一点上得到满足。他自己清楚不应该限制寡妇的权利，但是他认为如果知道丈夫了解她的生活，并且她死后要葬在他身边，那么女人自己就会克制自己。说实在话，这就是他写的所有东西。

翻查帕斯图霍夫的文档，我期待着一种启示，也许因为，甚至肯定是因为我对他有过错（我们见面次数太少），当然了，我对结果很失望。只是后来，也不是很短时间，我才明白帕斯图霍夫想要的有多么少：他觉得重要的是让我，抑或只要是个人，了解他之所想，然后自己继续想之所想，并且记住他。也就是说著作本来就只是开个头，做个记号。他暂时只是接受我参加自己的游戏，解释清楚游戏规则、游戏规律，然后我们才能一起坐下来，开始说各种细节，讨论、思考、商量，一切都慢条斯理，详细周到，要与题目的严肃性和重要性相称；他也不反对工作拖延，拖延最长的时间，因为只要工作没有结束，我在这整段时间里时刻都会记着他。还有，他爱萨文。

我想列入"名簿"的第二个人，是维拉·尼古拉耶夫娜·罗杰斯特文斯卡娅。她是我爷爷的弟媳（这种亲属关系怎么称呼得短些，我不知道），三年前我得到她四卷本的回忆录。我当时想都没想到过她还活着，他们那代人还有谁活着。此前不久，我因为某些原因开始关注自己的家史，家庭的来源、活动、风习；这件事发生在父亲去世后不久，如我目前理解，是我企图与其他遗产一起接过一切将其与亲人们联系在一起的东西。父亲之死扯断了千百条线索、关系，我似乎与过去被切割开来。

活着的时候，父亲很少讲自己的童年，讲自己的父母，包括各种亲戚；有时候这很刺激我，于是我一而再、再而三地打听这儿，打听那儿，但是总而言之还是明白，他只是珍惜我：从前有许多可怕和不可饶恕的事情，而我还是个孩子。要是我有了孩子，我无疑也会这样做，但是在他的去世、葬礼后我开始明白和占有我在这个世界上的新位置——这个实际上是他的位置时，结果是我仿佛是僭称为皇者，甚至没人能向我讲出我是谁，从哪里来。

很长一段时间，任何了解哪怕一点儿有关我家庭的确切消息的企图都归于失败：或者这是个阴谋，或者真的没有人知道它的任何东西。我不加思考地把所有远亲问了个遍，因为我没有任何近亲，问了我估计会可能会知道我家的每个人，直到突然有一天，父亲三服的堂姐给我打电话，说还有那么一个维拉·尼古拉耶夫娜·罗杰斯特文斯卡娅活着：假如还有人多少知道我们，那就只有她了；她补充说，如果我想的话，可以尝试和她女儿商定我去拜访的事。不过，有一点麻烦，最近维拉·尼古拉耶夫娜常闹小病，和她会不容易交往。过了三天，姑妈又打来电话，口授了地址，说明天晚上她们在家等着我。

在库尔斯克地铁站和塔甘卡地铁站之间，在花园环路靠近市中心那侧，科学院大楼后面有一座几乎被淹没了的（需要沿楼梯往下走）赫鲁晓夫式的五层楼，它就是我要找的地方。怎么走，主要的路标，姑妈描述得非常详细，最重要的是都很正确，但我还是搞乱套了，晚了半个来小时才到。迎接我的是维拉·尼古拉耶夫娜的女儿阿尼娅，还有一条名叫娜思嘉的可爱的老牧羊犬，我在解释明白迟到的原因后得知，这是她们住的第四座房子，但是都在同一个位置上。起初这里是一座木制的隔成两间的平房，之后是个大房子，还是木头的，后来被拆除了，建起石头房——为了匹配近处的两座教堂，如今就是今天的贫民窟，他们正被从这里往外赶，但是他们不想从自己所在的区到任何地方去，已经在这里坚持了两年多。

在我脱外衣时，阿尼娅讲了这一切，之后带我到自己房间，开始抱怨，说母亲从夏天开始生病，很难与外人以及任何她不太了解的人交往。看得出，阿尼娅不高兴邀请我来，也不知道该怎么做。说实在话，我以前没遇到过类似情形：起身说再见，看都不看维拉·尼古拉耶夫娜，似乎很蠢，尽管不难猜到她指的是什么病：维拉·尼古拉耶夫娜患的是老年萎缩症，这就是为什么姑妈没有直接跟我说这一情况，不知为何用了委婉语，我讲不清楚。

似乎，我和阿尼娅不用一句话就能彼此明白，至少是我刚一想到维拉·尼古拉耶夫娜得了老年萎缩症，她就立刻放弃了抽象病症的话题，并且好像是自我辩白似的，开始哒哒哒说起以前妈妈记忆力非常棒，他们家族许多人记忆力都很棒；此外，妈妈，还有妈妈的妈妈，从5岁开始养成记日记的习惯，每天都必须记下所有所有东西，这样一来她什么也没忘记过，丢失过，经过了，就和她在一起。

就在妈妈年满80岁时，也就是三年前，她决定写自己的生活回忆录，于是她，阿尼娅，不知为何支持了她，尽管明显没有用。因为日记保留下来了，而任何直接印象当然就比回忆加工过、改造过的东西更生动、更真挚。但是这一点她现在明白，可是当时她非常鼓励母亲，后者没生病时及时写下了整整四卷。这四卷也吞噬了她的记忆。起初家里没注意，后来发觉，妈妈一旦记录下什么事情，她就不再记得它了，确切地说，记得非常模糊，仿佛云里雾里。

"这总的说来可以理解，"阿尼娅解释，"那些没记在日记里的一切，都记在妈妈头脑中，并且她知道，一旦忘记了，一切仿佛都要死去或者甚至根本没出生过，如今就再也没有什么她需要记住的了。"

之后，阿尼娅开始想让我相信，妈妈度过了艰难、可怕的一生，但是没有倒下来，一个人把三个女儿抚养成人；明显，她非常爱母亲，以她为骄傲，并且害怕我把一切破坏掉。我在她们家里是个异己元素，一小时时间就会把她们一起度过的漫长的整整一生毁掉。外表看起来什么都没有改变，但是只要阿尼娅哪怕一次用我的眼睛看一次母亲，事情就会变得虚假和不真诚。对于我来说，拜访失去了所有意义：在这种状况下，维拉·尼古拉耶夫娜未必能讲出许多有意思的东西；此外，四卷回忆录当然会比任何谈话更有价值。我已经准备告辞了，但是此时阿尼娅拿定主意，说她对母亲的爱不应当害怕考验：她站起身，坚定地说，我们已经被等得太久了。

听完上面的话，维拉·尼古拉耶夫娜给我留下的印象非常好。她长得匀称、干瘦，尽管80岁了，身上还能看出体型。在我面前坐着的是一位真正美丽的老太太，破坏其美丽的只有当她猛然仰起头时，那乱晃的巨大喉结。甚至她在生病，我都不是一下子看出来的。

她们非常热情地介绍和欢迎我，像对一个老熟人：阿尼娅递上了茶，拿来了漂亮的烤甜饼，她几次强调这是维拉·尼古拉耶夫娜自己做的，也正是为了我要来做的。总之，阿尼娅一直努力向母亲说点好听的，也用同样状态导演我。于是我每吃掉一块都夸好：饼也的确不错。

当然，她感到和母亲在一起不容易，并且后来当她确信我在她们家感觉不错，维拉·尼古拉耶夫娜当时已经坐在钢琴旁，时而弹奏自己喜欢的华尔兹《阿穆尔河之波》和《在满洲的山岗上》，时而讲述童年，特别是日俄战争（华尔兹正对题目）。阿尼娅突然说道，妈妈烘烤手艺一直不错，现在也在努力做，但是早就分不清盐和糖，所以她，阿尼娅，总是不得不扔掉，重新来做。

维拉·尼古拉耶夫娜病情有多严重，我过了一个小时才明白：在她累了以后，她开始糊涂，开始说来回话；起初她说话正常，无论语调还是表情，一切都不混乱，不管怎样，我们的交谈都令人奇怪。她非常乐意讲起我父亲，清楚记得他们是在新年时认识的，新年是家里最喜欢的节日，大家尽可能丰盛地庆贺新年。维拉·尼古拉耶夫娜记得当时有新年松树、玩具、礼品，其他人还有她本人都得到礼品，当时她才刚过门。

我的叔伯爷爷，她的丈夫，非常喜欢我的父亲，他们几乎是同龄人，父亲是我们这个完全不快乐家庭中最轻松愉快的人，因此她也紧随丈夫很快对父亲有了好感。她现在说起父亲还是格外温柔。谈话一开始，我说了我父亲俩月前去世了，但是在她心中世界已经终结，谁活着，谁死了，早就一成不变地被确定，我说的内容，她无法将它纳入其中。

我很快发现，维拉·尼古拉耶夫娜把我当成了父亲，甚至叫名字也一样，叫我安德留沙。阿尼娅更早明白她搞错了，她吓坏了（她害怕我生气），几次试图纠正母亲，解释说我是安德烈的儿子，而安德烈本人不久前死了，但是她母亲根本不接受这一点。实际上我无所谓，于是我制止了阿尼娅。后来我突然发现自己喜欢别人把我当成我父亲，从我身上看到了他，回忆起来那么亲切。不过我还是又告诉维拉·尼古拉耶夫娜，说父亲死了，但我的话还是没有被听见。我和父亲外表的确长得很像，所以她在自己面前看见就是他，况且维拉·尼古拉耶夫娜最后一次到我家（还是临近战争时）时，我父亲比我现在大不多少。说安德烈死了对她来说听起来是个愚蠢的玩笑：哪儿来的死啊，这不就正坐在对面喝茶么。

那天晚上我一直让她们完全处于不妥的状态，起初是阿尼娅，她不想放我去见母亲，但不知道怎么拒绝，现在是维拉·尼古拉耶夫娜很轻松、很高兴回忆起她和父亲在哪儿碰到一起。可当我单独问父亲的事，她感到惊奇：因为她以为我在向她打听自己。当然她觉得奇怪：我这么不记得自己，这么对自己感兴趣。有几次她惊讶于我的健忘，尔后责备说："安德留沙，你自己难道不记得了吗？"

当时我只好换个话题。我问了维拉·尼古拉耶夫娜她童年的事情。根据情况看，她很满意话题转了，回答起来非常活跃。中学，第一双舞会鞋，别墅和当地业余戏剧演出，1914年抵制德国商店，以及战前不久人家送给她的纯种牧羊犬，所有这些她记得非常清楚，带着大量的细节，最重要的是很鲜亮。我也很高兴能把她引离我们家。她这样说了大约20分钟，之后开始拼命强调两件事，这两件事看起来把她压抑得很厉害。一触及它们，她便第二轮把一切重讲一遍。通常是一句不差，只有当阿尼娅仿佛忘记母亲有病而责怪她时，她才宽容地补上两三个细节。

第一件事涉及的是她心爱的姐姐。她姐姐有着罕见美妙的次女高音的嗓音，早在音乐学院四年级时就在莫斯科大剧院唱过两次，被认为未来有光彩的前程。但是1919年饥荒期间，姐姐和一个在邻居租房的土耳其学生去伏尔加河那边找粮食，在萨马拉附近的一个地方失踪了。确切地说是维拉·尼古拉耶夫娜的父亲半年后收到证明，说她因伤寒死在萨马拉的医院里，但是无论维拉·尼古拉耶夫娜还是全家都坚信，是土耳其人拐走了她，运到伊斯坦布尔，卖进了后宫。当时好像发生过这种事情。后来，他们不止一次试图找到她哪怕一点点的踪迹，两次去过萨马拉，但是没有结果。这实质上成了压在他们所有人身上的十字架，是他们共同的罪孽：每个人都可以替她去，而去的却是她。

第二个维拉·尼古拉耶夫娜反复重复的话题，和我的叔伯爷爷有关。他们1923年登记结婚，一起过了15年，直到1937年底爷爷被逮捕，3个月后被枪毙。总的证据表明，他们的婚姻罕见地幸福。她给丈夫生了3个女儿，对他疯狂爱恋，并且说实在的，她产生念头写回忆录正是为了保留下他们的爱情史。她和爷爷生活的所有岁月都被保留下来，确切地说，就应该极其清楚地保留下来，因为他一被逮捕枪毙，维拉·尼古拉耶夫娜的生命便结束了。她从以前他们居住的、她丈夫领导过的国内仅次于巴库油田特大油田的格罗兹尼，带着孩子立刻出发到了莫斯科，在父母家中实实在在地藏起来了。过去那段格罗兹尼的生活不只是为爷爷、对爷爷的爱所充满，而且她自己也在其中也起到了响当当的、与之旗鼓相当的作用。特别是她曾是20世纪30年代极其流行的"工程技术工作者之妻是一支巨大的文化力量"运动的组织者之一，在格罗兹尼领导过一大堆各种小组，到工厂和工厂艺徒学校办讲座。甚至同是在1937年，在爷爷被捕前几个月，她在克里姆林宫从加里宁手中接受了巨大的、当时还不频繁颁发的劳动红旗勋章。正因如此，在莫斯科时，她和女儿们从不敢去文化公园，在大门口悬挂着她佩戴那个勋章的画像，差不多一直挂到斯大林去世，她害怕被认出后会被逮捕。

　　离开格罗兹尼，剧烈而永远中断了那一生活，中断了其中的一切；直到退休前，尽管受过高等教育，她一直在一个不起眼的办公室当打字员，生活过得艰难而无乐趣，勉强应付生活所需。在新的生活中，没有任何东西能遮蔽、推开她和我叔伯爷爷一切度过的时光。

　　她和女儿们时常挨饿，但她还是把她们抚养成人。她常对阿尼娅说，她有这份力气，因为有过那一段不一样的生活。在我爷爷面前她是清白的，是一个女人能做到的清白，但有一件事让她不安，无法宁静。和爷爷是她第二次婚姻，之前她嫁给一个中学老师为妻有一年时间，但是在认识爷爷之前就已经离开他了。如今，当着女儿面和我谈话，她不想让阿尼娅知道那个教师的事。她完全不想让她的生活中还有过哪怕一个男人，这会侮辱她的爱情，让她在丈夫面前有罪，好像她没有坚守到他的到来。为了抹去这段婚姻，维拉·尼古拉耶夫娜把和我叔伯爷爷见面的时间越来越往前提，直到她把自己变成一个小姑娘。他们的情史开始得很平淡。她带着狗在离家不远的地方散步，在亚乌扎林荫道，后来她坐到爷爷读报纸的长凳上，于是他们聊了起来。起初她说她当时21岁，但后来岁数不断减少。最后她一口咬定，说她当时只有16岁。

　　说实在话，最重要的是我为什么要把维拉·尼古拉耶夫娜的名字列入"名簿"。我在她那里度过的整个晚上，她详细地、高兴地回忆了自己的童年，可一旦我向维拉·尼古拉耶夫娜打听我家里的事，除了父亲，其他所有人的情况她回答得含糊其辞，很不情愿，说许多东西不太记得，而且她如今没必要记得，因为她一切都记录下来了，如果我想要，阿尼娅会把她的回忆录给我。阿尼娅的确是给了我，于是我一口气用了三天，读完了一卷又一卷；有的地方写得极其神采飞扬，有的片段已经感觉了有病，但关键不在这里：除了那次在亚乌扎林荫道的见面，回忆录中所有地方再没有任何一次提到她的丈夫，而一切正是为了纪念他、为了他而写的。记录中断在亚乌扎林荫道，之后没写任何，没写一行。

　　这件事我已经想了很久，但是目前还是根本无法搞清楚：假如维拉·尼古拉耶夫娜说得对，所有没记录的确实在消失、死亡，那她对爷爷的爱也就什么剩不下了，而她回忆录完成了的信念难道只不过是一种自我保护，一种特殊的疯狂？抑或事实上那将他们在某个地方、以某种方式联系在一起的东西，比方说会保留在上帝那里，这样一来就会得到保全，不会落入虚无？

第三个我想写的人，是列夫·尼古拉耶维奇·托尔斯泰。我早就知道应该提到他，但是明白了，只有现在，已经是在这里，在医院里，在和他的两个学生莫洛佐夫和萨布罗夫长谈之后，我才准备好。他们两人按照导师的训诫，在阿尔泰山一个农业公社中，一个住了9年一个住了12年。不要以为我这里写的很大部分是从他们那里得知的，不是这么回事：托尔斯泰生平的基本事实是当年在真理大街上的单元邻居谢苗·叶甫盖尼耶维奇·科钦讲给我的，下面我会提到他。但是我得以开始这项工作是在如今，在与他们——托尔斯泰的追随者认识之后。

参加这场谈话的，除了莫洛佐夫、萨布罗夫和我，还有各种各样相当多的人，谈话很长时间围绕在关于托尔斯泰学说的两个著名观点周围。一种观点说，托尔斯泰创造了一种伦理上如此纯洁无瑕的学说，以至于根本无法将之用于恶；另一种观点主张，在最残忍的内务部侦查员中间也有不少托尔斯泰分子。1936年经类似侦查员之手被送往列福尔托沃的科钦当年向我讲过为什么会这样。

他说："反正我一生没遇到过比托尔斯泰学生更好的人。也就是说我遇到了一些人，就单个人、就个人天性当然也不差，但一个水准经历过训练的好人只有他们，也许还有某些特殊宗派的信徒。在他们居住的公社也有幸福安宁，但是他们离众人走得太远了，不过留下了往回走的桥梁，并且对许多人来说这成为可怕的诱惑。他们的导师托尔斯泰在自己道德原则方面跳得太高，仿佛彻底改造了自己，也就是说，不管托尔斯泰学说如何强调自愿，它总归是对平常人的天性施加的暴力。

"从实质上说，托尔斯泰分子的目标几乎和布尔什维克的相同，不过手段完全不同，与共产党人的手段丝毫无法协调，那就是充分自由：任何一天，你都可以离开公社，任何一天，只要公社不反对，还可以回来；但是他们用共同体、公社把自己建造成新人，靠集体得救这一点，还有他们的目标是如此接近这一点，让托尔斯泰分子很容易像亲人一样走入苏维埃俄罗斯，感觉自己像在家里一样。他们已经有了新的共产主义的生活经验，并且这种生活的确美妙。在托尔斯泰影响下，他们与普通生活相脱离，脱离了其所有的妥协和虚弱，脱离了其中所有的谎言、肮脏和屈辱，他们也的确建造起了人间天堂。它很近，可以达到，可以实现，最重要的是没有奇迹，没有上帝。

"他们已经生活在了天堂这一点，是他们的财富，他们的嫁妆，他们带着它来到已经不是托尔斯泰式的而是苏维埃的公社。他们到那里，至少就是要为了能让把人间变成天堂来得更快；布尔什维克手中的权力、国家机器能够让一切无限加速，加速到不仅他们，托尔斯泰的学生，而且所有人都能在人间天堂得到在上天天堂能得到的一份幸福，无论怎么分，都不会减少，而是相反，因为来的虔诚的人越多，每个人得到的越多。

"一些托尔斯泰分子回到我们的生活中，想要向大家传递这个天堂的好消息，想要告诉大家它的确存在，就像自古以来的先知们所说的那样，最重要的，它就在身边，他们就像向导想要带领我们跟随，这些人要是当了侦查员，那他们身上就会有比其他人多得多的振奋精神和理想主义，多得多的兴奋和不妥协精神。他们丝毫不怀疑自己是正确的，不怀疑那些落入他们之手的人的确是共同的、村社的敌人，是使公社偏离天堂之路的敌人。还有，这些人已经自己把自己改造过了一次，厌恶平凡生活；他们以前也曾对其抓住不放，但是还是能与之分裂，而其他人还抓住不放，他们感觉是不对的，这是软弱、胆小，不值得同情，只配蔑视。总的来说，这些人特别敏锐地觉察到尘世的不完善，很难去肯定别人的生活。"

科钦说，托尔斯泰在创建自己关于善、幸福和正义的学说的过程中，没有察觉出，假如他想以常人没有、只有圣人才有的彻底和绝对来达到这些东西，那他就该或者成为上帝，或者彻底离开所有人，自己去生活。以前人们要想得到安宁、独居，他们常会去荒原，后来是去修道院，这样做很理智。

曾经有过一个法则，尽管不是四海皆准，那就是一个人要是想离开"世界"，他要得到亲人的许可，因为不允许无罪出走，因自己出走而给亲人造成痛苦和悲伤，善不应当制造恶。后来时代变了，现在很少人去修道院。那种想要不改变周围一切地过新生活的企图，本身在把一切变成谎言，自古以来如此，这也是没有办法。要想摆脱它留在人间的人只有一条路——自杀，以前所有的，把它从生活中删去，删除它就是因为它不完美。一个出走去修道院人，是可以摆脱自己的过去，留下的人做不到，但是无论前者还是后者都无权动过去，既然这一过去不仅仅是他们的。

一个人无权支配别人的过去，科钦说，也就是说即使他有这一权力，他也不能、不应该加以利用。不能消灭与其他人共同的过去，不能为新真理而清场。还有，上帝安排的，你给所有人带来的善，不能赎回给亲人带来的恶。善非常依赖距离。投给你爱的人的，永远多于众人中分发的、分配的。假如你为了共同幸福而给亲人造成痛苦，恶就会更大，这也是无法逃避的。

科钦说，人们当然很难容忍应该出走，容忍你所明白的一切都只为你自己，容忍甚至是你最亲不过的人，与你共度一生的人，你所爱的人，为你生孩子的人，都不想与你分享快乐，容忍他们把它塞还给你，堵上耳朵，只要听不见你认为是最纯洁美妙和最向所有人敞开的那些东西，容忍你幻想向所有人毫无保留地奉献一切，明白你的财富，怎么分都不会少，明白这不是面包，怎么掰也不会变小，而你的亲人一块接着一块把它塞还给你，什么都不想懂。思想的实际实现正是由此开始的。为什么他们要拒绝那么美好的东西，为什么不接受，为什么不把恶换成善，难道他们是不懂事的孩子，难道这不是你的职责——父亲和教师的职责，抓住他们的手，把他们引上正道？

科钦说，没有什么比当教师更危险，父亲不为儿子负责，儿子不为父亲负责，但是教师要为学生负责。你要拒绝当教师：那种假如你知道什么好东西却不教会别人、不告诉别人是罪的说法，是不正确的。假如你是教师，你就需要权力。权力能成好几倍地强化你上课的效力，并且你理所应当想要其越来越大，你理所应当喜爱和想要利用它。

拒绝过去，对所有或几乎所有生活画上句号，是一件可怕的事情；生活中已有的东西被宣布为恶、歪理而加以切断，一切都被活生生地扯断，要想健康从中走出来是不可能的。获得了真理带来的兴奋虽然也可以压倒人，让人忘记过去，但是后面是虚空，是大坑。还有，在这种不是从母腹中而是从思想中的出生之中，一切都是人为的，不自然的，那些人重写了自己生活，他们能够在中途做出总结、做出判决,能够净化再生的人,他们所创造的世界也同样是人为而成的。

当然这个人为的世界极其适合进行改造,设计起来很简单,它是能动的,但是其他人,那些不善于拒绝过去已有的人,无论如何也不能与之协调;它太快,所以他们追不上。

科钦说,托尔斯泰是个非常好的人:他反对死刑,有道德自我完善的理想,希望这里——大地上的一切,都和基督所想的一样。但是为了实现这一理想,他情愿放弃自己的也不仅仅是自己的过去,所以也就损害了和他亲近的人、他所爱的人的生活。

我自己也知道,托尔斯泰家许多年过得非常艰难,知道从19世纪80年代开始妻子和他越走距离越远,孩子中除了一个女儿都随妻子而去,替代孩子位置的是他的学生。我知道他曾长时间寻找与家庭和解,并且在不可能和解时,当他所做和所说的一切都只是让他们的距离越来越远时,他从雅斯纳亚·波利亚纳庄园出走,出走10天后死在阿斯塔波沃火车站站长的家里,是后者在站台上遇到的他。

科钦的父亲1901—1907年住在加拿大,时而做《自由报》记者,时而只是普通的工厂工人。他为报纸写过许多在加拿大安置离开俄罗斯的反仪式派信徒情况的文字,时常把自己的文章寄往雅斯纳亚·波利亚纳,甚至收到过托尔斯泰的一封短函,对他表示感谢,后来几年又和切特科夫保持定期通信关系。当时他已经是一个社会民主党人,在其中属于极左翼,因此后来,1917年后,投奔了共产党。但他的观点更像是波格丹诺夫的,而不是列宁的;至少他坚信,马克思主义是宗教,而把基督尊为马克思的先行者。

关系破裂还是早在1879年开始的。在给斯特拉霍夫写的信中，他说："对我的事业来说，我死是有益的。"而当时索菲亚·安德烈耶夫娜给塔·安·库兹明斯卡娅写信说："列瓦奇卡埋头自己的工作，去监狱、去调解法院、去乡法院、去招兵点，极其同情全体人民和所有被压迫者。这无疑是那么好，伟大而高尚，只是你愈发感到自己肮脏无用。"（1880年）1884年她给妹妹写道："昨天谢尔盖·尼古拉耶维奇从图拉回来，看见列瓦奇卡在雅斯纳亚·波利亚纳。他穿着短上衣、肮脏的毛袜子，蓬头垢面，一脸不高兴，和米特罗方一起给阿加菲娅·米哈伊洛夫娜缝鞋……类似的丑态、这种对家庭漠不关心的态度，恶心得我都不想写下去。生了一大堆孩子，他不会在家里找到任何事，任何欢乐，甚至任何责任，我对他越来越感到鄙视和冷淡。我们根本不吵架，你别多想，我甚至根本不会告诉他这些。但是我开始觉得带一大帮孩子，有一个大家庭还有怀孕太难了，难得我有种渴望，渴望我怎么不生病，怎么不被马踢死，托尔斯泰和别尔斯的关系还是经常和长久地得到调整，但是后来他们彻底分道扬镳。"在19世纪80年代末，托尔斯泰不只是扯断了这些关系，他也摒弃了与妻子共同的过去。原来他一生都认为并且对他来说曾经是最重要的（1888年，给切特科夫的信），就是"结婚生子不是放荡……这不是罪过，而是上帝的意志……难怪基督颂扬孩子，说天国是他们的……全部希望都只在他们身上。我们已经都被弄脏了，也很难被净化，可随着每个家庭中每一代出现，就会有新的纯洁无瑕的心灵，他们可以保持下去"。如今他开始对她说，婚姻并不是为上帝服务的一种形式。婚姻永远是堕落，是远离上帝。他的《克莱采奏鸣曲》《魔鬼》以及后来写的《谢尔基神父》和《复活》都是关于这一点的。她写道："我这是在转抄列瓦奇卡的《论生与死》的文章，而他指的完全是另一种幸福。当我年轻,非常年轻,还是在出嫁前的时候,我记得我全身心地追求最彻底摒弃私利的幸福和为他人的生活,甚至追求禁欲主义。但是命运给了我家庭,我为它而活,而如今我突然应当承认这不对劲,这不是生活。此前什么时候我会想到过吗?"(日记,1887年)

她写道:"如果一个人的得救,他精神生活的得救在于消灭身边人的生活,那么列瓦奇卡得救了。但难道这不是两个人的死亡?"(日记,1890年)科钦说,也许托尔斯泰原来期待他的孩子们后来就会成为他的学生,他的妻子会生出一群追随他的学生。但是她不会生学生,只会生孩子,于是他便离开家庭,去学生那里。

但是托尔斯泰最看走眼的不是妻子,而是大儿子列夫·利沃维奇·托尔斯泰。他们异乎寻常、真真是如同两滴水一样彼此相像。当父亲开始要离家而去时,儿子开始和他斗争,因为长相相似让他与之平等。曾几何时他甚至以托尔斯泰晚期的长篇小说为主题写作了几部不无才气的反小说,但后来垮了,患上了神经失调,离开了俄罗斯。只能让人可惜,他没有发疯,并且直到自己的最后日子都知道,他是列夫·利沃维奇·托尔斯泰,而不是列夫·尼古拉耶维奇·托尔斯泰。

列夫·利沃维奇后来到了美国,在那里受穷(这已经是在1917年以后了),开始在好莱坞拍电影,扮演父亲,并且照自己画父亲的肖像,因为他绘画手艺不错(少年时曾在巴黎学过几年)。未必还有其他的例子,证明其投降得如此彻底。

科钦所说的有很多是对的,我也不是在这里白白引用,但列夫·尼古拉耶维奇与列夫·利沃维奇相互关系的历史要比他所讲的更悲惨。问题在于,也叫列夫的托尔斯泰的大儿子,事实上或者就是托尔斯泰本人，或者是他的兄弟。这丝毫没有疑问。托尔斯泰家的家庭医生格鲁克对同事说过，他确信儿子列夫是列夫·尼古拉耶维奇的同卵双胞胎兄弟。由于某些未知原因他发育延迟了，并且在已经是托尔斯泰妻子索菲亚·安德烈耶夫娜·别尔斯的腹中成形。

格鲁克说过，别尔斯对托尔斯泰的爱总是让他震惊，这是经典的母亲对儿子的爱，事实上是别尔斯生的托尔斯泰本人，又作为列夫·尼古拉耶维奇的母亲怀了同样的列夫，这一点最能说明一切。当然了，对于这种类似自我的延续，是任何人，特别是一个像列夫·托尔斯泰这样极端害怕死亡的人，只能是做梦想才能得到的，因为他得到的，很少有人能得到：将自己的一生延长到了另一个完整的人生，看到了你自己成长和发展过程，看到了你如何渐渐变成你现在的样子，既作为自己，又能旁观自己，知道这就是你，知道你实际上的样子。列夫·尼古拉耶维奇得到了身未死已复生的结局；他被赋予了两个生命，两个都很长，可是他没有珍惜这一馈赠。

正当列夫·利沃维奇开始长个时，所有人都明显看出，这便是列夫·尼古拉耶维奇，托尔斯泰开始向人证明说，不，这不是他，而只是他和别尔斯的儿子；当然了，在他身上，如同每个孩子身上一样，都有点东西来自父亲，但也就仅此而已。老托尔斯泰身上已经积下很多私心，他仿佛觉得自己便是链条的终结：在他之前一直是上坡，而他是顶峰，在之后他们家族无处可去，他是终点，而想要延续他只能是亵渎歪曲。托尔斯泰只能有一个。

千万不要以为孪生兄弟出现类似情形十分罕见，比方说，不久前中国有一个人总抱怨自己老是胃疼，做手术时从他身上分离出他早在母腹中吃掉的孪生兄弟的下颌骨、肋骨和一绺头发；去年在印度也发生了类似的故事，那里的医生从病人的肚子甚至还取出了一些软组织，此外还有一个完整的后头盖骨。

中国和印度人的病案让托尔斯泰的徒弟们激动不已，特别是莫洛佐夫。他们你一句我一句地开始讨论兄弟间早在母腹中就开始的冲突和对抗，这冲突和对抗进行得如此残酷和血腥，就像在该隐和亚伯之间的争斗一样。其他人也被这两例吃人事件所震撼，病房里一致认为，一旦你知道你吃了亲兄弟，你就无法再活下去，否则道德就不会存在了。

托尔斯泰的另一个弟子萨布罗夫忘记了现在谈的是他的老师托尔斯泰，他说："人的心理终究如此，就像人终究善于恰好忘记他不需要的东西：不管有什么，你依旧纯洁无瑕！实际上这些人也许甚至不知道自己有罪，没有丝毫忏悔之心，好像吃人的不是他们，这真是龌龊卑鄙！"但也有人不赞同萨布罗夫。

病人罗戈夫说，也许这只是仪式性的谋杀：根据传说，杀死并吃掉自己的兄弟敌人能继承他的力量和智慧；也不排除有其他的说法。托尔斯泰饿了，或者确切地说两个人都饿了，并且明白他们只能有一个人能活下去，于是由抽签来决定。这对两个人来说是可怕的悲剧，但是幸运者向兄弟发誓，他一定要替两个人活完一生。他们相互拥抱接吻。这样一来就谈不上恶毒，恰恰相反，摆在面前的是崇高道德的榜样，英雄主义和自我牺牲的榜样，也只有时间来证明幸存者是否配得上得到馈赠。

有个人补充说："我们应该用类似的榜样来教育我们的孩子，而不是当作可耻的东西将其抛弃，"那个人说，"不管其他任何东西，我们实际上完全没有任何根据去指控托尔斯泰谋杀；他毕竟没有吃掉自己的兄弟，而只是阻碍了他的发育。我更感到悲哀得多的是列夫·尼古拉耶维奇当他兄弟最终出世后的行为。

干吗要向列夫·利沃维奇解释说他不是列夫·尼古拉耶维奇。这就像一个母亲,总想着要儿子,生了个女儿,像对待男孩子一样养育她;结果女儿长大成人,一副男人做派,以后终生不幸,或者因无法忍受人格分裂甚至自杀。

"列夫·尼古拉耶维奇以为,教育儿子不能像教育自己一样,一定要把他变成另外一个人。托尔斯泰从根本上认为环境比遗传起的作用大得多得多。为了让列夫·利沃维奇戒掉文学,他打发他去法国学雕塑。并且在儿子回到俄国后,尽管已经很清楚他成为不了一个雕塑家,托尔斯泰还是一有方便机会就向列夫·利沃维奇讲,作家是生活造就的;比方就他,托尔斯泰,而言,是战争和塞瓦斯托波尔之行使他成为了作家。此外,写小说的必须要内心平和,而这是列夫·利沃维奇所没有的:他神经质,起伏不定,永远也不会像列夫·尼古拉耶维奇那样进行真正的写作。"

小托尔斯泰的反小说引起了我们特殊的争论。莫洛佐夫认为,列夫·利沃维奇完全不可能有和父亲不一样的故事情节,他在自己的主人公另样的(有时完全是异样的)阐释中,企图就像父亲所想的那样脱离他,企图尖锐地、使大家都明白地展示他是另外一个人。也就是说,他接受了老托尔斯泰强加的规则,并表现为自己是他的儿子。但是托尔斯泰看不上,想都不想去理解这一点,把它当作侮辱。

但是我不同意莫洛佐夫的解释:众所周知,与列夫·尼古拉耶维奇不同,列夫·利沃维奇丝毫没有偏离早期托尔斯泰的路线。我认为,恰恰正是老托尔斯泰有意识地不再像从前一样,人为地改造了自己。一旦他明白了他在兄弟也是儿子面前是不正确的,他便躲到一边,让他去延续自己。从这时起,真正的托尔斯泰成了列夫·利沃维奇,我们正应该研究的是他。

不过,兄弟间的不合仍在继续。最终结果是真正的托尔斯泰(列夫·利沃维奇)去了瑞典,在那里长时间接受名医恩斯特·台奥多·维斯特伦治疗精神病,而老托尔斯泰从雅斯纳亚·波利亚纳出走,他们都逃离了自我。在列夫·尼古拉耶维奇死后,特别是在革命后,一切慢慢回到正轨。

第四个我想提到的人,就是上面已经提到的谢苗·叶甫盖尼耶维奇·科钦,他是我们家在真理大街合住单元房中的邻居,我在那里和父母一直住到15岁。后来我们家得到了单独的一套房,完全是在另一个区,在列宁大街,搬家后我只见过科钦两次。第二次是在将将一年多以前,他去世前的一个月,因此可以看作是我和他的告别。我住的时候以及后来,科钦一直和姐姐住在一起,那是一个温和的老处女,对弟弟像是对个孩子。基本上所有人对他都像是对个孩子,拿我为例,我从小就确信,他是我的同龄人。

科钦家的房间是我们合住单元中最大的一间,但形状极其古怪。房间窗户朝南,有窗户的那面窄得说实在的只放得下窗户,但是接下来,那被科钦喜欢称作"观众厅"的房间越来越宽,形成一个梯形。出于同样的考虑,他的床(他不经常从上起来)被他称作"御榻",而陈旧的亚麻窗帘被称作"幕布"。如果根据科钦的逻辑,窗外的一切就该被称作是舞台,更确切地说甚至可以说是生活舞台，但是对他来说未必如此，因为他对窗外的生活没多大兴趣；也许，自打从集中营放出来他就从来也没有想要走出自己的房间，望望房间尽头的玻璃窗外。总的来说，他看中的是终结和界限，他的世界是平面的，像电影银幕，他为了图像的准确清晰或者由于他无法控制比例关系而有意拒绝舞台深度。有一次他对我说，他少年时学过绘画，被认为在色彩方面相当有才，但是怎么也学不会透视——这种为达到真实而有意识对大小尺寸的歪曲。

科钦的一天是从褶皱的窗帘布上寻找人脸开始的；如果是好脸，他立刻便有好情绪，从床上起来，一直到天黑都有笑脸，很开心；反过来，要是坏脸，就会让他忧愁，几小时躺在床上完全一动不动，看起来像重病患者。所有这一切都十分认真郑重，所以很久以前，还在我出生之前，他姐姐就试图给他治病，把他送进医院，找好大夫，但是情况却没有改变的希望，最终也就由他去了。不过这番折腾也有几分好处，他被认定为有残疾，开始领取一笔微乎其微的退休金。

大约从5岁起，我奶奶去世后，我一天要去科钦家好几次，有时在他们家晃荡几小时；我们合住的那套房一早起直到晚上人们下班回来都死气沉沉，我不喜欢一个人待着，就去科钦那里，那唯一总是有人的房间。自然而然，很快他就让我爱上了他的功课：我们每个人都自我炫耀找到的人脸，但是后来科钦本人将此斩断。关键在于经常出现他遇到了好脸，我找到的是恶脸，他立刻阴沉下来，重又躺倒床上，他姐姐就会把我赶走。

科钦也许是我生命中第一个对一切看得比我认真的人；我相当快地学会了可怜他，向他撒谎。

科钦的好的一天从敞开窗帘开始，遮挡舞台的幕布打开收拾好，但是屋内光亮没有增加。问题是整个玻璃窗，就我现在的记忆，除了透气窗，全都贴满了一排排写了字的薄纸（每张纸上只有几行文字）。因此房间内即使是在阳光充足的日子也是半明半暗，点着电灯泡。我喜欢这一点，因为我喜欢电灯光。用科钦的话来说，这一排排的纸一起构成了他的自传体长篇小说，这一小说由于他的生活缺乏重大事件，相应的，也就缺少因果联系，而完全由一些单独的思想和描述所组成。而思想本身往往来得不具系统和逻辑，至少外表如此；每次重新找到它们便是他作为作家的日常工作。逻辑当然是有的，因为思想是由逻辑产生出来的，但它是内在的，不仅如此，它是不长久的，流动变化的。

科钦对作家劳动的观念是以以下方式体现在实践中的。在他心情好的日子，他整个早晨都在描绘详细的小说发展路线图，即今天如何、按什么顺序读贴在窗户上的词句；他通常使用红铅笔来做，因此路线图很像是一幅血管图。很明显，这一联想令科钦感到满意，因为他本人喜欢重复说，小说是活的生物，就像人有生命，会呼吸，能成长发育。之后，当路线图完成并且有人来时，他便灵巧地爬到依靠在窗台的桌子上，在上面时而走，时而半蹲，时而踮起脚尖，时而坐下来，根据他的方案读所写的东西。那场景极其有趣。听众对科钦来说必不可少，他必须要看到什么人的眼睛，并且他尽管读得又快又流利，总是来得及回头看看；幸好他没有被惯坏，愿意读给也许除了姐姐外的任何人听，至少像我，一个五六岁的孩子，就能令他彻底满意。

他干吗要把写的东西贴到窗户上，科钦解释了不止一次，但每次都不同；不过他的任何回答彼此都不矛盾。这件事似乎开始于战争期间，当时为了避免轰炸时玻璃不飞出来，人们用交叉纸带贴在玻璃上。科钦当时允许姐姐把小说切割成几页，并且一再宣称，他写的东西不会让世界崩塌，破成碎片。

他还说过这样会暖和些，他的小说温暖着他和姐姐，不让他们冻坏；他说小说应当烤烤太阳；说小说应该是透明的，既然房屋内总是点着灯，那就是远没有完工。他还说，说不能把它关在抽屉里，活活剥夺光明，说小说完全就像是植物，要靠光合作用生活。实际上，科钦写的是什么，我一个小孩子当然无法断定，尽管在我读完第一部长篇小说——狄更斯的《雾都孤儿》之后就疑惑二者不能相提并论。但我依恋谢苗·叶甫盖尼耶维奇，也许可以说是爱他，所以从未表示过怀疑。

不过这到底是什么，我现在知道了。我最后一次去看望科钦时（我是在他姐姐打过电话，说他病重难愈，让我最好去和他告个别之后去的），他的确已经起不来床，但是很快活，肯定对我很高兴；我还没来得及问好和脱外衣，科钦就交付我新的、似乎是刚完成的路线图，赶我上桌子去读。这事可不轻松。他的思想用箭头和数字编码，要想捕捉其进程，需要做出极其稀奇古怪的身体动作。他时刻都在帮助我，用力做出手势，发布指令，向上向下，向左向右，往角上，等等。更糟的是另一件事：许多纸页都褪了色，几乎到处都贴了两三层，字母一个透过一个，字行重叠，因此我时刻都会搞糊涂。不过我还是胜任了这一任务，读完了他想要我读的一大段，在此之后我甚至还求得允许抄写下来，这让他非常满意。于是我就有了他所作所写的一部分；当然，这压根不是什么长篇小说，我认为他写的东西更确切地说，可以称得上是散文组诗，或者也许可以称作是一串完全缩微型的短篇故事。还是更像是诗。

"我往村子走。要想进村，我需要跨过三条小溪。我跨过了第一条，跨过了第二条，进入了第三条。我进入第三条以后听到了响声。是水在撞击我的双腿。我决定看看水如何撞击我的腿。水撞得很漂亮。我哪儿也不急着去，于是便决定再看看。从那时起过去了72年。也就是说，这是革命前的事。

"有一个人以为我的生命是一个碗。他偶然失手掉了碗，打碎了我的生命。他打碎了我的生命，道了歉便走了。妻子收集了一整夜碎片。她收拾碎片，把它们粘起来。早上她把碗藏到安全的地方。然后离开，去找这个人。像士兵一样，我雨前会旧伤作痛。

"沼泽干涸了，于是苔藓变得很像绵羊毛虫。许多人看到了苔藓，于是都说这是绵羊。羊提供毛，提供皮，提供肉。这都是羊提供的。这都是羊提供给我们的。那它们自己能留下什么？它们忘了自己。它们是利他主义者。它们心好。如果苔藓成为羊就太好了。乌拉！我被安排了工作。给了我草棚，让我看羊。安身到冬天。

"我房间窗户的对面是一座九层楼的楼顶。从某时至今，这个楼顶是一个活跃的地方。总有人在上面走。一些人是有事，一些人只是闲逛。我的好感完全在前者一边。有事的人路走得总是很直。他们走到楼顶边跳下去。在他们的跳跃中有力量，有冲力，有算计，又迅速，又务实。而闲逛的那些人，一走到边上便往回走。他们坐在折叠椅上往下看。我经常想他们之间是否有某些共同之处。妻子说有。妻子说，很容易就能让他们相杂交。她说，过不了一年，楼顶上会满满当当都是小骡子。如果是那样，那意味着她赢了我一块巧克力。

"白天和傍晚积雪融化。凌晨时冻住了。人们走起路来像走钢丝绳似的。他们像老人抓着空气。他们像孩子跌倒。他们变得更柔软。

"基督走过水面,他是否留下了痕迹?如果没有,那就是说在大地上比在水上容易留下痕迹。如果没有,那就是说土和水不是一种东西。就是说,上帝的确将它们分开了。

"林荫道上树木排成一排。它们列队,像士兵一样。林荫道是规整的森林。培育林荫道又费时又费力。但有革新方法。应当把士兵埋进土里。每天都要浇水。这样春天一到他们会萌发,吐出嫩芽。

"今天我写了一篇鸟类指南。一只成年鸟要想变成雏鸟,应当个头缩小。它应当改变生活观。想要重新出生的鸟应当放弃这一念头。

"我站在高处。这里危险。往前是一个大深坑。我往下看。我头晕目眩。但我还是要看。下面生长着树木。我站在它们上方,我是一只站着飞翔的鸟。树木往下是沼泽。地狱被水淹没。

"一个人像被砍了一样倒下,他明白了,他是草。他明白了,周围是草场。他明白了,已经到时候了。到割草的季节了。

"鸟落到树枝上,树枝晃了一下。鸟从树枝上飞走,树枝晃了一下。我想这已经不是第一次了。我想一切已经有过了。"

"一片深深的森林湖。湖底堆满倒下的树木。树枝间鱼儿慢慢穿梭行走。树木们私下把它们称作是鸟。

"我一冬天照顾一个雪人。我爱上了她。我喜欢她有一张淳朴的脸。我喜欢她有一个大肚子。我完全不喜欢轻盈的年轻小姐。三月份她终于答应成为我的。我和她一起很好。我喜欢她嫉妒我对别的雪人的态度。当天暖和了,我把她运到北方。我的爱救了她的命。冬天我们一定会重新回来。

"我病了很久很久。我和自己的病已经处熟了,对它习惯了。它成了我的一部分。我老了，我的病也老了。不管怎么说它死在了我前面。我把它埋葬在自身中。

"1936年。莫斯科。一楼窗户中站着一个裸女。她很美。她是个好母亲。她在等我。她在等着每个从窗户看见她的人。每个人都可以把自己的所有放进她那里。他随时可以取回他存入的一切。一切都会完好无损地还给他。加上利息。

"'这个女人到底叫什么？'老师问。

"'储蓄所。'我从座位上喊了一句。

"老师说：'冰是有组织的水。这是有稳定日常生活的水。冰是优秀的生产者和可靠的同伴。'

"'那河呢，'我说，'河怎么样？'

"老师说：'河也是优秀的生产者，只要它从上往下流。'

"荒漠。黄灰色的龟裂地。地表裂缝延伸，裂成碎片。裂缝很深。无法黏合。风播撒沙子。从沙丘脚下往上，平稳缓慢。权力应该培养而成。然后急剧向下。任何得到政权的人都该被忘却。如果你想搞场革命，那就搞吧。撒沙子是个光荣的活计。可以干一辈子。"

最后，当我已经走到门口，科钦对我说："托尔斯泰预见到了他的学说中很可能会产生出恶。他对索菲亚·安德烈耶夫娜说，他的学生也都是些孩子，只是有缺损，没有享受过母爱的温暖。他多次请求、劝说妻子，想让她对他们像对他们俩的孩子一样，更确切地说，还要好些，还要关心些，就像对待生病的孩子、对待孤儿一样。还有一个方法来避免恶，那就是索菲亚·安德烈耶夫娜应该同意像给自己孩子一样给托尔斯泰的学生们喂乳。托尔斯泰哭着求她做此事，但是据切特科夫说，她冷漠地对他所有的呻吟作出回答，说她的奶不够所有人的，而后故意气他，甚至用绷带把胸缠起来，结果导致他们最后一个孩子也不是她喂养的，而是奶妈喂的。那时起他们彻底分裂了，而过了几年，他为了不让学生们感到自己不为任何人所需，便彻底走向了他们。"

我终于等到了克隆菲尔德医生。他亲自出来见我，把我带进诊室，听完我的话后，让我下周前把紧要的事情料理好，星期一科里会有床位空出来，所以他乐意我住进去。我要在医院住很长时间，不少于半年，我要服用药剂的治疗期很长。他也可以换个时候收我住院，不过分来做药物实验的床位不经常有，很可能要等上几个月。一旦我星期一合适，那么之前一天，也就是星期天，我要按他马上要给我的号码打个电话。

留给思考的五天，我过得很平静。实际上，他振奋的语调打消了我的恐惧，甚至不得不住院的期限也不特别让我害怕。他可能是一位好医生，因为不管我如何多疑，和他谈话，他的真诚没有一次引起我的疑心。总之，他也没有骗我。在说定了的星期天，我打电话说我准备住院，而星期一（那天10号）妈妈和姑妈送我到急诊室。我在那里换好公家的病号服，之后她们手递手把我交给护士，吻了我便离开了。妈妈哭了，但更多的是为了履行程序，她已经被等待我的发作、被那哪儿也不能放我一个人去折磨垮了，如今医院答应让她休息，喘口气，甚至还有了治好一点的希望。妈妈当然想要相信这一点。至少她得到坚定的保证，说不会更坏。所以她心情平静地把我留在了医院。

　　急诊所在的楼几乎紧靠在亚乌扎河边，在克隆菲尔德诊室那座12层大楼的次要部分。急诊科位于一座还是革命前建成的老楼中。设计时似乎是要建一座郊外宅邸，但是建到一半又决定建成医院，所以又给中间非常精致的部分从两侧添加了不合比例又长、主要是又高的侧楼，结果整个设施立刻有些像牢狱。后来多次进行的我们所谓的美容修缮，彻底把建筑拉平了。那些装饰图案、兽头、其他的雕塑，或者是脱落了，或者是被打掉了；甚至以前凸出来半圆形的圆柱也逐渐抹上了灰，如今突出的只有颜色。大楼是一座历史建筑：医院就是由这座当年某个金矿主商人为科萨科夫本人提供资金所建的大楼开始的。

　　那座12层大楼和急诊部由地下通道像脐带一样连在一起，所以我确信，护士小姐填完表格就会把我带到我已经熟悉了的6层，但结果是克隆菲尔德真真是无所不在，他在医院主管的不是一个而是整整两个科；我们要去的恰恰是这里。说起克隆菲尔德，护士的话又亲切又活泼，可后来未经任何过渡就开始可怜起我这么年轻。她说得很快，几乎像在说绕口令，并且与教堂里那些老太婆叨叨咕咕的祈祷有着奇异的相像之处。最后她写完了，也同情完了，便平静地抓起我的手，带我去病房。路上，她和我讲，我得到的病床很幸运，就在窗户边，而窗户朝向花园，是最受宠不过的位置，照理该给老病号，但是他们科很特殊，并且她可怜我还几乎是个孩子就已经成了克隆菲尔德的患者，因此把病床给了我。

　　于是，我成了这个世界的合法居民。如今我就要将其开发成适合居住的地方。我原想，医院生活一定会过得很容易，但我适应得又慢又艰难。从所有条条框框来说，我是一个有特权的患者，来这里靠关系，而最重要的是我的病情比旁人轻，但这些全都是些许安慰。更确切地说是恰恰相反。事情的关键在于，我几乎是本地住户中唯一一个完全能感觉到自己有病的人；这里的规矩、常规是感觉到疼，而不是感觉到有病；疼痛一发作，你便痛苦难受，可是疼痛减弱、消失后，你会忘记它，忘记得仿佛根本没有过。可我缺乏忘性。我总和自己的病在一起，总在想着它，总在监视它的动态变化，关注我服的药的疗效，我是好了多少，还是相反坏了多少。

从我的也是从任何一个观点来看，我同室病友的生活过得很可怕，怎么地我也不会答应与之交换，但是我也很艰难。感到特别难的原因也许是周围没有任何人处在与我相等的地位上，没有任何人能明白我，我被高墙与所有人隔离开，自己依靠自己。

实际上，当一个老年萎缩症科或者为了好听现在叫老年科的患者，对于任何人而言都不轻松，无论他得什么病、程度如何都一样。在任何一个心理诊所它都被看作老大难科，原因首先便是因为绝对没有希望，这感染了所有人——无论病人、大夫，还是护士。没任何法子，无法推行哪怕相对良好的卫生秩序，病人会尿床——虽说我们科有特权，床单也不过隔天一换，其他病院还比不上，一周才一换。由于这个原因病房永远散发着一股尿骚味儿，以及和平常医院一样的一股厨房油哈喇了的味儿和洗衣房撒的漂白粉味儿。由于床单潮湿和埋汰东西，许多病人都有溃疡、褥疮，不过由于这些东西都看得见，人们都试图与之斗争，经常要做包扎，医生都注意此事。于是病房里除了别的味儿又加上了强烈的药膏味儿和酒精味儿。

大楼是给前领导干部的，但不是全部，只有中间部分和左侧楼。右边部分我在时就开始做装修，准备把它和我们隔离开，交给急救，用于收治那些像我一样从街上捡来的人。改造工程即使不是两年，也要持续一年，但是"上面"明显是已经批准把侧楼交给急救，相应的我们以前的病床被夺走了，因此装修一开始同时就有车往这里拉病人；他们被放在工人还没有开工的病房内，之后，在经过几天吵骂打闹后再转往其他医院。急救引起的混乱不仅与我们的常规乱象有关，而且还和精神病院早已有之的病床几乎是双倍短缺有关。已有的床预定给了急病患者，其他的谁也不想给钱去管。

住在我们病区的都不是普通人，这从他们自己和自己说话中不难猜出，但是有一次查房时克隆菲尔德也是这样和我说的，说几乎所有住在这里的，或者是老布尔什维克，或者过去的大干部，因此他在这里总觉得自己是总书记。就是从他那里我得知，能到这里被看作是仕途生涯最荣耀的结局。这实际上可以理解。和一个患萎缩症的老人住在一个房里极其困难。他需要有个单独房间，需要时刻照顾，身边总是要有个人，否则家里脏得过不去人，臭气烘烘，总是有危险，不是煤气没关，就是房里跑水。但是要找个愿意照顾病人的女人可不简单。

也有养老送终所。但是去那里也很难，队排得好几年，经常是那些没有亲人的老人即使到死也等不来位置。另外，类似机构里的生活有多可怕也不是什么秘密，很少有人会心甘情愿把母亲或是父亲交到那里去。医院就是另一回事了，那里形式上暂时（如果努力，时间也可以一拖再拖）而不是永久接收病人，在那里想法上是治疗，而不是供养。老年病科的条件，不管怎么骂，也还是老人院的情况所无法比拟的，这样一来，它对大家（对家庭、对病人）而言都是最好的指望了。相应的，要想被这里接受也需要不少的关系和不小的功劳。

不过，据克隆菲尔德说，今年是过渡年，莫斯科一下子开始建几所慢性病托养所，类似介乎医院和老人院中间，再过两年这里的大多数病人就会转到那里去。一旦托养所实际建成，病人就会越来越少，医院就会彻底像个医院。而目前两个病房才一个护理员，等着人家及时给你拿尿盆、换床单只能是天真幻想，更何况他们科没人有钱为此付出。

克隆菲尔德说的当然正确，不过要命的还不是只在几个小钱上。某些护理员，那些老太太，我去招呼她们去病人那儿（否则喊是喊不来的），她们自己以书面语体理性而残酷地解释说，完全没必要延长这些废物的寿命，白白浪费人民的钱。国家最好是把他们都毒死，而把人都转到正常医院去，比方说产房，那里也是一个护理员管两个病房，干净的床单应当不比这里少。我不止一次听到招呼她们的人被宣布，他不是个人，至多是个动物，而她们这些护理员不是被雇来伺候动物的。没有人可以对她们发牢骚，于是她们一边觉得自己很正确，一边一有方便机会连对医生们都想做宣传。

9

我在医院的最初两个月实际上是预备期。一天接一天给我的肌肉和静脉注射各种药，大部分是刺激注意力、记忆力的，它们和各种维生素一起用来让我的机体做好准备接受治疗。给我的药无疑对我起了作用，光提我一生没有任何60天能有如此清晰的记忆这一点就足以说明。对比特别强烈是因为后来当已经开始注射克隆菲尔德的药物时，我的记忆完全支离破碎，模糊不清。特别是开始的两星期。当时我实际上白天黑夜地睡觉，并且只是后来逐渐地随着大脑习惯和适应了药物，我脑袋中才开始留下点东西。与其形成反差的是，先导性的两个月医院生活的亮度和色彩无与伦比，我即使现在也无法走到一边旁观当时的情景；时间什么也没有治愈，我依旧害怕我那些恐惧，身上依旧还有同样的信念，同样的希望，害怕什么都还没有解决，同时我也知道我们注定不幸。

起初我怎么也没受限于制度，感觉自己年轻、精力旺盛，几乎不躺在病床上，我身上完全是一种几乎忘却了的健康、肉体快乐（我想，无论用哪种方法测试我当时都年轻了十来岁）和屈辱及恐惧的奇怪混合。并且这种恐惧，尽管有整整几周的平衡和宁静，还是哪儿也没去，一再增长。以至于我把睡梦，长长的梦，由于克隆菲尔德药物注射而导致的几乎不间断的睡梦当成拯救，并且后来由于越来越害怕它回来而能拖多久就拖多久。

仗着我被注入的过剩的生命力，从旁观者的角度来看，我极其富有活力，也许也是忙忙叨叨，至少在昏睡前的几个月内，不仅和全科的人互相认识（那里来的都是些怪人），而且甚至和这里的某些住户有了接触。我在医院遇见的人中有十来个人是这里的外人，这一点让我长久不安，直到最后，第一个月结束时，我才拿定主意向克隆菲尔德打听他们是谁。之前许多人我都知道他们的名字，比如说那几个托尔斯泰分子，有莫洛佐夫、萨布罗夫、尼古拉·谢苗诺维奇·伊夫拉伊莫夫，后者我下面会说；我也许也可以自认为被接纳入了他们所组成的圈子，但是老年病科并非是一个生活可以为之骄傲的地方，所以向他们本人打听他们是如何到这里来的，我觉得似乎不太得体。

克隆菲尔德很容易明白了我的关注，也明白了我为何找的恰恰是他；他十分有礼貌地回答说，那些人不是他的患者，他知道的也不多。据传说，20世纪20年代，也许还晚一些，大楼归一所封闭的寄宿学校所有，学校大概是给我国的和共产国际的高官子弟开设的（至少在这里工作过二十来年的保育员是这么和他说的）。当那些领导干部被派去执行某些远途和危险任务时，比方说去边防或者去打仗的地方，他们把孩子留在这里，回来后再接走。这些孩子很可能有些像人质。总之，克隆菲尔德说，如果我愿意，他一定尽力把所有情况搞清楚些，因为他也对此感兴趣。

过了一天，他又来向我宣讲，但是我没听出有任何新东西，他只是说不知什么原因某些学生就一直留在学校度过了一生，他们的亲人也许牺牲了，也许叛变了。十来年前这类老住户有三十来人，但现在就只剩下十一个人；他们谁的年龄都不下60岁，每年都会有两三个人死掉。他们因何在此，也无从打听。无论如何，对于当局来说，他们的命运早就失去了意义。

他补充说，似乎在战争期间，学校索性被人忘记了，后来人们想起来了，突然醒过神（是在赫鲁晓夫时期），想关掉它。决议甚至都已经签署了。但是这里的人谁都不想出去，外边没有任何地方、没有任何人在等着他们。不管怎么奇怪，所有这些都解释清楚了，命令被取消，他们也就留了下来。

但是为了不只为这三十人保留一整座楼，这里开始安置一些邻近科室来的、通常是康复期的病人。结果这里有些类似康复中心。后来便是一个自然进程：一些人越来越少，另一些人越来越多，走后他们混合在一起，至少学校的人没有了单独的病房，彻底打乱了。不过，他总结说，他们是这里的长老、老住户。他们的特权优待是禁忌,并且包括护理员在内所有人都认可这一点。

当然,这离彻底清楚还很远,但我突然醒悟了:和莫洛佐夫、萨布罗夫、其他人的交往,是我医院生活唯一的亮点,我努力不错过他们的任何一次讨论,很感激他们什么都不打听就接受了我,而我却这么固执地企图弄清他们的底细。毫无疑问,我当时错了。要是他们想让我知道他们的历史的话,那他们就会找时间讲给我听的。

类似的念头很快发展成了自我谴责,我把医院里的一切完全放大了,夸张了。后来我想明白克隆菲尔德什么新东西都没说便高兴起来:我的意愿不正当,但是上帝不允许罪过存在。但是人的好奇心无法消除:大约过了两天,我安慰自己说,既然伊夫拉伊莫夫是他们中的一个,也就是说这一次一切都公开坦白,我于是带着同样的问题去找他。

伊夫拉伊莫夫对我的关注并不惊奇。他说,这其中早就没有任何秘密,但可惜历史也不短了——他仿佛抱歉似的低下了头。他身上总有一股爱炫耀的劲儿。我们起初想把说话的地儿安排在大厅,在关掉的电视机前,但那里已经有人坐着了,于是我们干脆去走廊,从这头到那头来回走。

"从1922年到1932年,"他开始说道,"也就是整整十年,这座楼里是自然天才学院,简称天才院,是一所当时绝密的机构;当时还是列宁所领导的苏维埃人民委员会签署了组建学院

的决议，对其寄托了极大的希望。我们，也就是按照养成的习惯或者按照惯性每周举行讨论的那十个人，是天才院最后一批学员，其他人要么自然死亡，要么非正常死亡了。

"在我已经说过的1932年，学院也是被人民委员会决定解散的，不过其成员已经完全不同了。取消的理由是它没有益处；实际上要命的理由不在这里。在1932年，我们校长、最可爱也是最聪明的赫里斯托福·英诺根季耶维奇·特罗高教授在十月革命15周年前预备出版自己献给革命的著作，并将部分报告给了天才院的教授们。确切地说，是他著作中半带理论性的第一章。

"他使用了许多自己的、极不寻常的文献资源，因此情形与官方的如此不相仿，以至于引起轩然大波。手稿被没收了，特罗高被逮捕，他相当快就死了，现场听过的人大多数都受到了打击。比方说，我们这些人中没有一个是那种人。但是1932年还是一个自由化的年代，特罗高所收集的材料即使在手稿被毁之后还在学院流传，所以我们对他的著作有清楚认识，"伊夫拉伊莫夫说，"这一点稍等等再说。"

"特罗高当校长并非偶然，他早就在研究天才性。19世纪90年代出现了一个叫爱弗洛的小组，小组成员包括政治家、哲学家，有许多科学家，主要是生物学家，有心理医生，还有几个企业家和工程师，一句话，成员五花八门，各式各样。他们得出结论，那就是在20和21世纪国家实力将不再由领土和公民数量所决定，而绝对是由这些公民的质量所决定。他们把人的大脑看做是最重要的自然资源，认为它优于其他所有资源，黄金、煤炭、石油、矿产等等全加一起都比不上。相应的，他们认为每届俄国政府的任务，就是增加和丰富人的大脑。

"应该说，这方面的优先发明权属于德国，德国类似的小组出现要早十年。领导小组的是杰出的心理学家克雷丕林和克瑞奇米尔，但是他们对民族健康的理解是另一个样子，这样一来，在这个问题上俄国和德国也早就是对立的两极。德国认为健康是功利性的东西，实质上是纯物理的东西。德国小组成员大多数是优生学家，他们坚信，主要问题在于有大量患有精神病、智力不全和畸形的人存在，但是首先在于精神病人，他们再生出与自己类似的人，使种族腐化。由此得出单一性结论，那就是为了共同利益必须而且一定要对其实施强制绝育。

"在俄国占上风的是另一种观点。它是建立在一整套研究基础上的。比方说，其中包括19世纪最后几十年对所有俄罗斯的天才人物及其血缘近亲传记的研究；同时作为对照组，还对帝国境内的犹太居民的特点进行了平行研究，特别是研究了这一民族体现的明显的天赋与同样明显的内心不稳定相结合的特点。两种情况结果一致。原来，天才与这种或那种的心理病变密不可分。与德国人不同，即使是为了种族的心灵健康，俄罗斯人也不愿意与自己的天才们分别；恰恰相反，俄国的政府以及社会都认同天才们是民族精华；正是由于能催生出天才，一个民族才能证明自己有理由存在。结论是不仅仅要忍耐精神病人，还要开始研究他们的思想、他们的谵语、他们的种种不正常，以便不错过任何一个显现天才的机会。

"尽管小组的活动是保密的，但是其部分研究成果还是浮出水面，但是公众得到的一如既往是漫画式的。某个彼得·特卡乔夫曾在不太长的时间里做过'爱弗洛'的秘书，用自己的署名发表了一篇论文，证明说历史创造者不是人民群众，而是一些具有批判性思维的个人，也就是天才们，他们能够不带成见地看一眼世界，就能发现其不完善，看出其缺陷和罪孽，并且率领千百万人自觉自愿地将制度彻底破坏。你应当明白，阿廖沙，天才不只出现在政治方面，相反政治方面天才惊人地少；但是当时俄国社会相当天真；由于相信了只要推翻君主制，一切就会自然理顺，俄国社会热烈欢迎特卡乔夫的理论。

"病态和天才相关联，这一惊人特性，"伊夫拉伊莫夫接着说，"需要得到解释，该问题研究了相当长时间。结果如何？任何社会都是严格组织起来的，为了让新的一代毫不走样地复制它，存在着成千上万的禁令和禁忌，任何人几乎从在襁褓中起就知道什么可以，什么不可以，什么是坏，什么是好。规则被植入我们身心里面，一条也没有忘记，从生到死我们都生活在检查监督之下，无法对之隐瞒任何微小琐事，因为我们自己就是这一检查机关。而且我们都非常警惕，阿廖沙。天才是社会可怕的敌人，他们唯一会的就是破坏它，因为他们知道其不是必须的。经常只要有一个不同寻常的人存在，就足以让一切崩塌，而且是轰然崩塌。

"为了自救，社会一直在让天才相信他的想法、思想、理论是愚蠢、谵语、疯狂，相信这些东西毫无意义，令人厌恶，堕落，肮脏，就算为了自身幸福他也不应该将其告诉任何人，甚至是最亲近的人。他应该牢记，这是对他的诅咒，是他的十字架，是他的耻辱，他应该祈祷上帝让一切最终成为秘密，和他一起被埋入坟墓。社会的理由毫无疑问令人信服；大多数的天才也没有企图与监督检查作斗争：他们很快、甚至很高兴地变得顺从，并且过上一个尽管并不总是幸福但完全正常的生活。天才有一个机会实现自我，只要他内心中的社会有弊病，只要它有病、孱弱，那他就能首先在自我中消灭它，然后接下来走入自由，集聚所有力量、生命、仇恨，再在外部摧毁它。

"人身上的社会到底何时会得什么病？有时是飞快过去的微恙，比如梦或者由于饥渴、发烧引起的错觉，但是有东西更加严重，如歇斯底里、催眠术或者别的什么引起的迷昏、毒品幻觉、错觉，特别是所谓的见到已经见过的东西的错觉；自闭症、心理连带运动和其他很多东西。

"对习惯世界的公正、正当的信念，可能被发生在我们身边、我们亲人身边或者只是当着我们的面的某个悲剧所摧毁：我们一再回到这一点，损失大得任何人都无法接受、无法容忍所发生的事，能发生类似事件的世界不可能是公正的。这些感受常常是心灵疾病的源头，不过当然不止这些。

"被我们放进疯人院的到底是些什么人？是什么把人格分裂患者、偏执狂患者、癫痫患者、循环症患者等联系在一起？当然，他们得的是不同的病，但有一点是共同的，那就是得这些病的人都拒绝我们的规范，拒绝我们的法律，拒绝我们的整个宇宙。他们用同样的砖重新建造了一切，并且如今任何以往的禁令都阻止不了他们的天才；他们有另外的'好'与'坏'，在我们世界上他们也完全是自由的。说实在的，这就是'爱弗洛'小组的最重要结论。

"由此出发，他们在世纪末为俄国研究出了两个纲领，根据当时的时髦他们将之称为'最低纲领'和'最高纲领'。而实际上两个纲领只是一个纲领的不同阶段。'共同纲领'的最终目标就是靠人而不是神让人类重返天堂，与上帝结合。为此设想了要让从亚当以来的所有死者复活，以及给每个人以个人永生、永恒青春和充分幸福。

"'最低纲领'包括实现上帝给予俄罗斯的馈赠。犹太人由于自己的罪孽失去了神恩，于是俄罗斯成了新的圣地。俄罗斯人被上帝选中来把世上所有的善和光明的力量团结在自己周围，并且准备与恶和黑暗势力作最后决定性的斗争。小组那么具有远见，在当时，也就是19世纪90年代就坚定指出，恶势力的领导者将不是海洋霸主英国，也不是日趋强大的德国，而是土里土气的遥远的美利坚合众国。

"'爱弗洛'的人认为，为了完成俄罗斯被赋予的使命，它面临的任务是要把自己天才的数量扩大到几十、几百甚至是几千倍，就是说要实行所谓的国家'天才化'。途径只有一个，那就是不惜任何手段动摇社会，动摇社会的所有领域（政治上是各种的社会主义政党；宗教上是各种宗派和神智学团体；艺术上是现代派，但首先当然是未来主义；道德上是性倒错、同性恋——对一个、第二个、第三个的支持，在急剧削弱检查监督的同时，应该能同样急剧增加天才的数量）。他们认为，这样工作的结果将改变精神病的性质和得病经过，以前不传染或者很少传染，如今能够跨出病人的界限，会开始一场将已经无法制止的流行病。

"这场流行病（后来人们将之称为革命）将彻底摧毁社会，让它经历无法想象的灾难、痛苦、苦难，搞乱其中所有的一切，让任何一个人，哪怕是最普通的人都过不上自己原本打算的生活，最终导致天才大规模抛出（'爱弗洛'的预测后来被证实，革命期间天才的数量的确扩大了许多倍，但是饥荒、寒冷、流感、伤寒、霍乱、国内战争阵亡、大规模枪毙以及更大规模的天才逃亡出国当然对数字做了修正），这便能使俄罗斯站在善的力量领导者之位。

"'最高纲领'便是黑暗和光明、邪恶和正义的最终较量。这一较量是长期的，双方都将表现出前所未有的残酷，天平将时而倒向这一方，时而倒向另一方，仿佛上帝还没有做出来任何决定一样。那过去的生活便是罪恶的容身之所，罪恶存在于它的每个时刻，贯穿其全部，占有其全部，如今它和它会一道死去。人们一向以为是善、是正义的东西，他们爱的、相信的、敬仰的东西也会死去：母亲们会目睹她们被野兽撕咬的孩子们死去，孩子们也会看到这些野兽撕咬他们的母亲，而要是有野兽们听从其祈求没有碰的人，那么他也会被火吞食，总之，什么都剩不下，甚至连同对上帝的信仰。是的，一切都应该就是这样。"伊夫拉伊莫夫说。他沉默了一会，之后突然说出最后一句话："怎么样，阿廖沙，似乎我已满足了你的好奇心……"

我们刚好站在他病房门附近，他半抱了我一下，便立刻去了自己房间，我甚至没来得及和他告个别。

除了寄宿学校的十一人外，本病房科还住着有五个不同寻常的人，其中有三个年轻男子，从所有迹象来看是军人，并且似乎是脑盖骨受伤，至少是彻底失去了记忆。他们被认为是重症患者，并且总有护士在其病房昼夜值班。顺便说一句，这些军人是全科真正的福气。

问题在于尽管上帝剥夺了他们的理智和记忆，但军人的肉体异常强劲，因此那三个在我们大楼换班值班并且独断专行、左右他们的女护士（克隆菲尔德分身在两个科室，不经常来看我们）搞明白这个后，她们内部分享了这几个士兵，这样一来每个人都有了自己的情人。我生平第一次看见，三个女人经常得到良好的满足，并且应该说，她们对给予她们的欢愉报以加倍的补偿。他们一对对不知疲倦，似乎连我们残剩的生命也被他们拿去补充给了自己。一天一天连续，几乎没有休止地从士兵的病房中传来喊叫、呻吟、煎熬于肉体欢愉中的喘息声。有时候护士三人同时和士兵们在一起，用临近的床事刺激自己，搞得有点像在比赛——看看谁的情人更有劲。在那样的日子里，就连我们这些可怜的老人都会因情欲而几乎发疯。

护士们用感人的关怀照顾自己的意中人，他们不仅永远有新鲜的床单，而且手脸干净，胡须刮净，头发齐整，甚至经常喷上香水。毫无疑问，护士们爱上了士兵们，我们也很感激这一爱情，因为与护理员不同，我们的小女护士工作完了也从不急着回家。相反，她们觉得待在这里感觉那么好，在这里是那么幸福，以至于找出各种借口好多待一会儿。她们爱病房，也爱我们这些病人，我们是她们快乐的见证者，她们也想要我们感觉很好。她们身上有这样的需求，希望她们周围的整个世界都欢欣鼓舞，都像她们一样，那么年轻、漂亮，那么充满情欲和爱情。

她们不常与自己情人分开，但即使分开也耐心、可爱、周到，总是好像神采飞扬。对我们任何一个人来说，能和她们说上几句话就是珍贵礼物，也许我们也全都爱上了她们，并且我认为她们明白这一点。由于和护理员的关系很糟糕，所以我们私下把这些小女护士称作天使，称作小鸽子，她们也的确如此，我不记得有任何场合她们如果有能力帮忙却拒绝过谁。出于某种想法她们很少关上士兵病房的房门，很可能公开亮相会给她们的情事增加刺激，会让她们更兴奋，或者护士们坚信疾病缠身的我们反正什么都看不见；甚至即使她们只是没有把我们当作人看待，实际上这都不重要，对于我们来说，她们的爱情是最后一片真正的活的生命。所以我们都感谢她们没把它藏起来。

我们聚会的大厅在士兵病房的正对面,所以刚一从那里传来护士们叨咕"我亲爱的,我的甜心,我的小燕子,小甜果,小酸果,我的唯一",并且接下来就是"再来,我的好人,再来,再来,对了,就这样,再来,再来,我要你,要你,要你",我们的讨论会立刻就自然中断了。当然我们不会用胳膊肘你推我、我推你好离门更近一些,但门里面有上帝创造出的那种生活,而我们却都上了年纪。我们剩下的气力就只够用来评判生活,和他们在一起既无聊又无趣。甚至到了声音平息之后,我们的研究讨论也远不能立即恢复。

除了士兵,科里还有一对有趣的人。他和她。从所有材料来看,他们也是最初的住户,至少他们拥有同样的权力和优惠。这对人比莫洛佐夫、伊夫拉伊莫夫等学校学员年长约20岁,因此按照常规单独住。这是两个非常奇怪的人。有时候我觉得他们和普通本地患者没有区别,后来这种印象消失了。他们那紧张的但经常不为我所理解的活动(尽管上了年纪,他们却是这里所有居民中精力最充沛的人)明显有意义。她时常把全科的人团结起来,聚集在自己周围,有点类似戏剧演出,他们演得极具表现力,而且我们在其中得到自己的角色、自己的任务,因为他们不承认有观众、有群演。大多数本地居民都永远朝向了自我,发觉不了世间发生的事,可是这一对,就像是优秀的群众活动发起者一样,很容易也把他们纳入自己的活动,他们极其明显朝老年人使劲。

戏剧随机出现,无中生有,组织者永远都是他们同一个二人组,其参加者互相看,又只能看见对方。在这意义上说两人组是封闭的,封闭得和其他病人一样,但是剧情中有那么多冲击,那么多情欲,以至于未遇抵抗就把周围每一个人引入其中,大家围绕着这一对开始活了,一直活到双人组自己散开。于是全科一下子平静下来,回到常规状态。我不能说这一对儿从第一天起就引起我注意,大多数时间我是在我向克隆菲尔德打听的那些学校学员圈子度过的,但想要发觉不到他们也是困难的。

前面我已经说过,当说到要住院的时候,我是多么害怕,无论如何也拿不定主意。更何况要是没有母亲和姑妈施加压力,我也就根本不会去找克隆菲尔德。但是医院里最初的几天过得很好,我充满了乐观精神,最重要的是,我身上好像一切立刻都平衡了,我很平静,这是间隔很长时间后头次开始工作。不幸的是,这一光明时期持续得太短了。

早在出发去医院之前,我向自己做出保证要更新"名簿"。我认定我将每天都会工作,我制定了明确计划,包括写谁、按什么顺序写;如今我所有这一切都上了路。甚至有关那些由于我脑袋里关于他们剩下很少东西而打算说短点儿、只提一下的人,我都开始在纸上想起一个接一个越来越新的片段、言语、姿态、面部表情;我工作得很轻松,几乎没有停顿,对每个人都能写了又写,所有这些人仿佛都复活了,都回来了。这些日子多么幸福,我感到自己有了力量,感觉到我被赋予了几乎是复活的才能。而后来在第二周结束时,工作中断了。

在医院里我祈祷的次数特别多,我有东西要去祈求上帝,有东西向他感恩；我以早在童年就习惯了的方式在家里祈祷，含着泪，说各种亲切的口头语，幸好病房里没有任何人对我有任何关注，而就在（我清楚地记得日期）我住院生活的第12天，我感觉到没有任何人，绝对没有任何人会听到我的话。甚至仿佛一个人也没有，一切空虚，一切都走了，死掉了。那时我的内心开始了恐慌。当时已经是深夜，我没祈祷完就躺下了，而早晨我起床后，就已经再也不能工作了。

这一夜之后大约过了三天，我又一次出席了学校学员的讨论。主题是怎么形成的，准确的我说不上来，因为我迟到了，但是说的是什么我完全理解。聚会的人讨论的是有关名人的历史性的问题，特别是斯大林和基督。某个叫谢尔盖·普罗齐奇的人单调而乏味地做了关于斯大林的报告，他自称是著名的俄罗斯童话研究家弗拉基米尔·雅科夫列维奇·古斯塔夫斯的学生。他所说的并不是他的研究，而是复述古斯塔夫斯一部初步完成的巨著。尽管嗓音无聊，但很明显，普罗齐奇赞赏自己的导师，以其为自豪。他显然爱古斯塔夫斯，对其依恋，但却不擅长表达出来这一点。结果他重复导师的话时，一切都重要而又无用。

古斯塔夫斯早在1923年就开始收集关于斯大林的材料，一直坚持到自己被捕和死去的那一天，也就是1938年之前。工作是基础性的，按普罗齐奇的话说，光摘录就有十多卷。弗拉基米尔·雅科夫列维奇研究了各种艺术体裁和种类中斯大林形象的形成，从顺口溜到交响乐，还有国内各个地区，包括堪察加。

我当然不打算在这里详细复述普罗齐奇的报告，况且建立在分析成千上万资料基础上形成的主要研究结论被我们所接受，至少聚会的人中没任何人与之争辩。我就来重复一下这一结论。古斯塔夫斯坚信斯大林是一个纯神话人物。普罗齐奇也就是以这种口吻引用了他的原话,"根本任何时候都不存在任何一个斯大林。真正的斯大林,一个能吃能喝的斯大林,和不死鸟菲尼克斯一样,都是一派胡言",等等。

古斯塔夫斯认为斯大林是人民天才最伟大的成就。他写道:"我一贯主张,唯一真正的艺术家是人民。有谁能与斯大林平起平坐?我们爱他如同爱我们手工杰作,"他接着写道,"需要有多少灵感、智慧和爱才能创造出他来!几十万、几百万的无名天才日复一日、年复一年创造他,他才得以获取荣光。这是真正的全民事业!"

我重申,我们都认同古斯塔夫斯这一命题,题目已经说尽,可就在此时普罗齐奇不知为什么突然疯狂地、像个娘们似的喊了起来:"斯大林没存在过!不存在!不存在!没存在过!从来没存在过!他没存在过,没有!"他喊了那么久,喊到后来他的嗓音开始走音,上气不接下气,完全变成了某种分辨不清的哭诉,直到这时他才终于被成功带离开。

我已经说过,聚会是在二层一个不大的厅里进行的,那里在长在桶里的棕榈装饰下有一台电视机;我们医院与别的医院不同,是最安静的地方。关键是这里的患者谁都不理解电视图像(似乎这和行频有点关系,或者是镜头变得太快,让病人来不及跟上)。病人们唯一可看的就是动画片。他们甚至喜欢动画片,所以医生们认为他们现在的生活越像以前的、住院前的生活越好,铁手一挥,都把他们赶去看《晚安,孩子们》节目,大家知道,这时候会放映动画片。他们看电视的时候,我们不慌不忙地在走廊散步,结束后我们才又回到大厅,继续我们的学术研讨。再没有人提起斯大林,他的事都已经明了,但是他成了某种接下来说的内容的对立面。

谈话是从讨论不久前一个轰动事件——都灵裹尸布开始的,也就是当基督被放入墓室包裹他的裹尸布,上面印有他的容貌,保留至今。它的发现让最后一批怀疑者确信的确有过这样一个人或者神人,他在两千年前曾生活和行走在巴勒斯坦的土地上,后来被钉上十字架,被埋葬,埋入地下,也就是说一切都和福音书中所描写的一模一样。并且像福音书中所说,第三天他的墓空了,他升天了,站到他本应站立的上帝的右边。

无论多奇怪,我对昨天夜里失去了基督并不感到吃惊,大家表述观点时都很平静,似乎甚至是无动于衷,保持类似的语调基本上是这些聚会的一个传统。根本无法弄明白,学员们中间是否有人信教或者曾经信教,哪怕是一个人。他们不仅谈到了都灵裹尸布,还讨论了其他一些证明基督历史性的证据,特别是一些伪经。当时有一个人我不熟悉,大家都亲切地叫他马丘沙,似乎上次说托尔斯泰的时候他不在场,或者我根本没注意到他。他回忆说起一个晚近的、比较罕见的关于基督存在的证据,即所谓的《吊死者的故事》。在场的只有两个人读过,所以大家抢着发出请求,想让他哪怕三言两语也好,先转述一下其中的情节,好让大家基本了解。

他从《吊死者的故事》是一部犹太人的民间小说开始说起。小说的写作完成于10或11世纪,至少最早的抄本标注的是这一时期。全书的残酷性几乎是狂欢节似的,并且曾经很流行,有许多抄本。它作为关于基督的文献,很难说价值很大,更确切地说是没有。大多数人认为它是反基督的诽谤作品,丝毫不予以关注。不过也有一些神学家认为既然其建立在古代传说基础上,那么顺理成章,其部分内容就值得信任。

小说对基督和基督教的历史是这样讲述的:有个年轻并且

极度自信的人，即来自拿撒勒的耶稣，他秘密潜入放约柜的至圣堂，从那里带走了法物；他把它缝入自己大腿，看守约柜的狮子们丝毫没有察觉。法物给了他创造奇迹的力量，让他在辩论中常常战胜最有教养的拉比。所有这一切让耶稣吸引了几百几百的信徒，认定他就是救世主，是被派到地上救赎人类罪恶的神人。由圣灵纯洁结胎生出的他，身上甚至没有初罪，他用自己的出生改变了世界，因为如果说以前人世间的恶越积越多，人们越来越远离上帝，那么如今圣父把他派来，要把他们这些迷途浪子带领回去。

这一新邪说如烈火一样蔓延，几乎每个以色列的村落都有基督的追随者，他们的村社甚至出现在圣地之外，于是犹太长老会毫不犹豫地采取了离奇的一步，长老们决定用奇迹来对抗奇迹。这实际上是信念举手投降，承认其弱于奇迹。长老会把和耶稣偷走的同样的法物交给一个以品行端正而著称的拉比，很快他便开始在创造奇迹以及辩论中压倒基督。新救世主的学生以几乎难以置信的速度离基督而去。他几乎被所有人抛弃，被虔诚信教的犹太人抓捕，经历种种屈辱之后被吊死。因此该书叫作《吊死者的故事》，而不叫《钉上十字架者的故事》。

"于是，"马丘沙继续说，"长老会欢庆自己胜利了，但是付出的代价太大。基督的死复活了对他的信仰。他本人也被众人之口复活。没有谁家里有哪个人不相信他被埋葬后的第三天又从棺椁中站立起来，被上帝带到了天上。重新复活了的邪说严重威胁了长老会理当坚持的对唯一上帝的信仰，还有更糟糕的，那就是整个希腊拉丁世界百万、千万的异邦人立刻完全相信了基督，其人数越来越多。人们往自己身上浇水，接受洗礼，并且开始认为他们是犹太人。他们带着新教徒的狂热相信自己成为上帝选民的一部分。

"当时还没有任何学说存在,有的只是对基督之死与基督复活的信念,是基督把全世界的罪恶担在自己身上,但其追随者没有人怀疑自己成为了真正的犹太人。拉比们认为基督教有些类似民间拉丁语,那些刚认识到唯一上帝不久的人,很难做到遵守所有律令,并且他们坚信,与信仰相比这并不重要。这种潮流以前也有过,但如今它既然得到了最高级别的准许,就有可能淹没所有那些认为无律令便无信仰的人。法官们把发面一样膨胀起来的基督信徒人群看作信仰方面的野蛮人,害怕其会像巨浪一样淹没他们。也就是说吓坏法官们的,不是基督徒的学说,而是基督徒的人数。他们害怕基督徒们甚至不怀疑他们拥有的是另一种完全异样的信仰,不怀疑他们和犹太人是一种人。

"犹太人自古以来就生活在比他们人数多得多的异教徒中间,对这种世界结构他们都习惯和适应了,这方面一切都很清楚,都很明白,人们分为犹太人和非犹太人,两种人之间没有任何共同点,在信仰问题方面二者既不会寻找妥协,也不会寻找认同,并且这一绝对独立性让所有人满意。是基督让世界发生了改变。突然间出现了大量的人自认为是犹太人,但是犹太人自己还没做好准备承认他们是兄弟。他们太长时间生活在孤立隔绝之中,孤立隔绝已经成为他们的特征,他们的一部分,因此如今要走入开阔地带,这让他们感到可怕。

"犹太人们想要回到过去,他们要求长老会带领他们回到一切如旧的地方,好让他们知道该怎样生活。这是全体人民的声音,是所有不追随基督的人的声音,因此长老会不可能听不到这一声音。拉比们很长时间都不明白该怎么办,谁都看不到解决的出路,而同时基督徒越来越多,似乎上帝选中的民族眼看就要溶解、消失在其中。犹太人面临的危险甚至甚于巴比伦囚虏时代，无论祭司还是普通人都同样意识到这一点，于是当时长老会中一个年纪轻一点的成员阿纳尼亚，拿定主意向长老们提出以下建议。"

马丘沙说："'让我们当中最有学问的两个拉比（他说了名字，但暂时我们还不知道是谁）去到基督徒那里，用所知道的关于基督的东西创造出一个完整学说，一个新信仰，以便每个犹太人和每个基督徒都清楚他们有不同信仰，有完全不同的信仰，他们互为异己。那样的话他们就只能分道扬镳，放过对方，一切便会各安其位。'"

马丘沙接着说："根据小说来看，那两个未知姓名的拉比便是使徒彼得和使徒保罗。他们搬到了罗马，住进专门为他们建造的塔楼中，至死都未离开过，目的是和基督徒的交往不会迫使他们破坏犹太教规。为了避免被玷污，他们只吃在最严格斋戒期间教规允许犹太人吃的东西。也就是说，虽然创立了基督学说，建立了教会，但他们一生直到去世都是虔诚的犹太教徒。《吊死者的故事》中说，他们甚至成功做到了入葬时都和虔诚的犹太人一个样。"

马丘沙所讲的故事，我觉得特别是他描述时的样子，特别激怒了托尔斯泰分子萨布罗夫。他说道："但是这么一来，不就是说犹太人是有意识地制造了伪信仰了吗？""这很难说，"马丘沙回答，"从犹太人的角度看，这当然是伪信仰，并且可能再也想不出来有什么罪恶比彼得和保罗所承担的更大，但是基督徒未必会认同说他们的信仰是假的，甚至所有承认人认识上帝之路艰辛漫长、是渐进之路的人，完全会认同说彼得和保罗的学说是正确的，未必还有什么时候能有如此之多的人，几乎一下子抛弃了异教来信仰唯一的上帝。"

"可是，"萨布罗夫坚持说，"小说毕竟表达的是对自身罪恶的兴高采烈。真真切切充满了如此多的仇恨，如此多的机敏和发明才能，如此地自圆其说，此时说从哪个方面来看也就不重要了；此外，写小说的正是犹太人，这就是说，这是他们的观点，就是说信仰是假的。马丘沙，你好好想想你给我们讲的东西，先是侮辱和谋杀基督，并且比福音书中描写的都残酷，之后是两个拉比，像伊万·苏萨宁一样，让寻找通向上帝之路的人迷路，将其领上歧途，并且他们那么蔑视信众，那么自豪于自己丝毫没有违反训诫，一次也没有和任何追随者分过食物。心平气和地说这些东西，在我看来，不应该也不正确，我们任何人都没听说过比这更野蛮的。"

"也许，你说的也对，"马丘沙表示同意，"不过总归像我说过的，不要着急。小说里的确有很多幻想的成分，但也看得出从小从事革拉哈注释而释放出来的智慧。但问题的实质不在这里，问题的实质是，无论小说作者自己怎样认为，它都是假话，假口供。所以我要告诉你们为什么犹太人要假坦白自己罪行。对他们来说，公元10世纪和11世纪是可怕的、极其可怕的时代。在英格兰、日耳曼，也不止那些地方，许多村社当时整体毁灭，所有人都被杀死，从老人到吃奶的婴儿。你们要明白，"他奇怪地用低沉的嗓音说，"甚至是信仰也无法忍受得了杀死所有人，一个不剩。信仰也无法忍受得了孕妇被剖开腹部，取出胎儿，缝入活猫，这是谁也忍受不了的！于是犹太人认为，"他声音更低地继续说，"或者是根本没有上帝，因为上帝不可能创造出这样的世界，或者是罪恶之杯盛得太满，一切明天就会全被毁灭。所以他们想拯救基督徒，那些杀害他们的基督徒，还想拯救世界，因为世界的使命还没有完成。他们再也不能无辜死去,于是他们假称自己有罪。他们承担的罪恶是那么巨大,大得无论他们遭受多少苦难都不觉得够。他们恢复了正义,平衡了世界,恶如今重又不只是活在世界,它成了罪的报偿。他们对上帝说他们自己有罪,说得让上帝相信了他们,并且饶恕了基督徒。"

不知怎么的,自然形成了这样的结果,那就是我在失去祈祷的能力之后,再也没有任何东西做支撑,我开始在此间、在尘世寻找自己的庇护者。我之前也是常常尽力帮助别的病人,通常是帮助自己同病房的人,该换床单、给尿壶时我去给他们找护理员,邻居疼痛难忍必须打催眠针时我去给他们找护士。

有时甚至为他们鸣不平,因为这里除了克隆菲尔德之外也许再也没有人把这些病人当人看,并且所有这一切都做得那么真诚和坦率,真诚得有时难以自制。说实在的,护理员们、卫生员们在科里是唯一现实的权威,至少是我们接触到的唯一权威,所以我和这一权威比谁都近。我由于提出请求、出面鸣不平而变得很显眼,也很早就学会了利用自己的地位。

这在我住院生活的第一天就开始了,我当时一而再想要感谢那个给了我完全不配得到的靠窗床位的卫生员。我想让她知道,我可不是个不知好歹的畜生。推动我这样做的,当然不是感激,而是恐惧,我害怕她们,怕她们所有人,害怕到时候我会完全依赖她们。我任何的病情恶化都意味着她们本来就拥有的巨大权威的增长，就是说我的病情本来就靠她们这一权威来估量。并且当我能祈祷上帝时，我还能控制好恐惧，上帝仿佛在和恐惧作对。只要他在，我就不会让自己去做什么不需要的事，不会让自己以完全不需要的方式去害怕，总还是有所禁忌。但是他走了，而恐惧却留了下来。

我能尽力帮助病友，这给我带了强烈的快乐，这是实实在在的善事，所以我也不能不感到满足。况且我是冒了风险，我知道我可能搞坏和护理员的关系，她们本来就活多，我又推给她们额外的，她们当然不会喜欢。不过我还是去找她们、叫她们，后来我才明白我在个中也有算计。

我明白了，我维护别人的权利，是因为一旦我处在他们的处境我想有权得到同情、可怜、帮助，我想要让护理员们看看我是一个多么好的人，告诉他们我的确值得同情。还有一点，我努力让他们过好一点是想让他们记住，和我在一起、由于我，他们曾经过得很好，并且对我心存感激。总之我时刻需要和他们交谈，假如他们不在，我也会在心里这样做；睡觉时，我会梦见他们；我想去找他们，无法克制地想去找他们，并且尽管这是一种恐惧。我需要他们抬举我，突出我，认为我是自己人，把我看成是病人的保护者，是他们中的什么干部，而且是一个完全好说话的干部。这是无尽的恐惧和无尽的狡猾，但也是最平常不过的对身边躺着的人的怜悯，这样一来，我花了好久才让自己相信我的罪孽并不那么大。

我比别人害怕护理员身上没有什么过错。她们身上是那么完全没有罪过，以致我和她们说话时，都因无法相助想要哭出来。她们反倒嘲笑我，说，很快我就要和我的邻床成一个样了，她们愿意到那时再来和我谈谈道德问题。很可能我不仅仅是怕她们，而对我起作用的还有她们所说的话,至少很快我开始察觉,即使她们答应做我要求的事,也都无所谓(对于我或者对于别的病人),是我对她们点头哈腰,特别是话头提到产房的时候。我虽然不完全但还是承认,救孩子或者产妇的命,重于延长任何一位我的病友的生命。他们那可是刚刚开始生活,他们的气力还没有耗尽,而我们呢,给每个人的寿命的大部分无论怎么看都已经过去了。

　　有一次我完全站在肯定她们的立场上,说某些民族有这样的规矩,一个无法养活自己的老人要离开村社,上外地去死,以免成为负担。而且一切都安排得十分妥帖,村社没有过错,任何人都没有过错,甚至是他们的子女;老人们到死都知道他们还足够强大,强大到能帮助自己的部族活下去。

　　应该说护理员们对我的支持平静地加以接受,她们从来没有忘记过我是一个病人,就是说地位怎么都不和她们相等。不过我能理解她们、为她们辩护,这还是让她们很高兴。她们很乐意听我从日本、雅库特等地的书中得来的关于老人上山去孤独结束生命旅程的故事。她们反复打听,私下进行讨论,也许这是因为她们自己也老了,经常也会想到死。当然,进行类似谈话时,我意识到我在背叛自己人,实际上是在拒绝他们有权活着,但会用没别的法子作借口来安慰自己。这就好像是为尿壶、为床单所付出的代价。

　　住院第一个月快结束时我招上了一场相当严重的感冒,高烧不退,几乎没出过病房。躺了整整一个星期,最后似乎开始康复。虽然还病着,但我再也不能强迫自己在邻床病友圈子中接连再躺上一天一夜。刚好赶上那一天是国际学校学生定的见面日,只是为了见到正常人的面孔,听见正常人说话,我决定哪怕是稍微和他们在大厅坐一坐，一旦感觉累了就回病房躺下。

话题又回到了托尔斯泰上。大概这是一个不知什么原因早已无望地让他们激动的恒久话题。不过新谈话如同前一次一样，没让任何人和解，他们丝毫走不到一起，也不可能走到一起，因为得出的结论几乎就是在对托尔斯泰信徒们进行指责。托尔斯泰分子的反对常客谢尔平很轻松甚至是很漂亮地为他们的一生、为他们的信仰判了死刑。想让他们接受这一点那才愚蠢。一个人哪怕年轻时也很难认可说他的一部分生命过得不正确，更何况这里说的还是一生；他们要是信了谢尔平，那他们就剩下去上吊了。这和逻辑、和理性毫不相干，只要有自我保护的感觉，就能找到几千条论据来自我辩护。

谢尔平的论题总还算文雅。他从他自己理解的开始，说这一谈话没有意义，该结束了，它无法得到任何好结果，因为他说的那些人无可救药，而在场的人中他也没看出有新的托尔斯泰的学生，谈下去的结果变成不是在辩论，而完全是在胡闹。此时他装出一副可怕的模样，称托尔斯泰分子们是受虐狂，如果他们容忍他的话（他们无疑彼此依恋），之后他说了下面的内容。

托尔斯泰的学生们就其出生而言就不是正常人，是有缺陷的孩子。如果说正常的孩子能自然而然地、在特定时限占据父辈的地位，与其并驾齐驱的话（大自然就是这么设定的，并不需要特别努力），那么这些学生命中注定不会得到平等。只有其中极罕见的几个人能在生命尽头达到别的孩子很轻松、不受任何阻碍就能得到的东西。也许，原因就在于他们没有被怀胎九月，没有用人乳喂养，而且他们实际上只不过是别人的孩子。

曾有时日他们离开自己父母，丢下他们去找导师，但是他们每个人身后都有着过去的生活，选择新生活和拒绝旧生活是一个沉重负担。要责怪他们很难,但是他们全都是仿佛被损坏了的人,拒绝生养你的人是一道巨大的创伤,这创伤会永久存在,给一切打上烙印。还有一点,孩子不能挑选自己的父母,父母好像是上帝给的,而学生则是自己找的为父之师,这也是产生可怕的傲慢心态的基础。导师怀上学生贞洁无罪,这对他们双方都是一种可怕的诱惑,能在此诱惑面前站得住脚的没有几个。双方都觉得他们的关系是那样的纯洁,因为他们事实上甚至连初罪都没有,天堂之门为他们敞开。相应的,一个学生,如果他无罪出生,那就许多事都被许可,比普通人多得多;由此产生出他们罕见轻松所创下的恶。

还有最后一点,孩子像父母,这习以为常,不会引发任何人疑问,而学生则是极力要成为自己老师的翻版,他内心总是怀着恐惧,害怕有人说他不是正牌货,说他表面装忠诚,实际上却是心怀异端,是个叛徒。就是说他再次背叛,起初背叛的是父亲,如今背叛的是老师。此时这个"再次"是最可怕的东西。于是就产生了这样的结果,世界总是另一个世界,其中的今天不等于昨天,而学生们身上,老师的遗产不是被继承,而是凝固下来,变成了教条,并且总是朝向这一个方向——以往过去。学生们能够增添的就只有自己的恐惧,只要恐惧一旦活着留在学说中,就会在其中呼吸、生长,直到遮蔽一切。

临近12月末,我略微强健了些,自我感觉不错。机体适应了药物注射,并且尽管克隆菲尔德一再增加药量,我对此没有感

觉。睡眠也没问题，普通的8小时我完全够用。我的情绪早就已经平稳了。临住院前和住在病房的头两个月，我大部分时间一直有一种惨剧临近的感觉，一切仿佛都已决定了，只留下了希望；如今恐惧再次消退，我平静从容。长久以来我首次能轻易摆脱开我遇到的各种难题，我突然变得觉得总是关注自己太无聊，没有新鲜印象太无聊，于是我又重新开始对我的同科病友感兴趣，而且是所有人，老年病患者和学员们无一例外。是伊夫拉伊莫夫唤醒了我的好奇心，我发现我首先关注的是他所讲的、所提的那些人。

观察病房科里的生活很有教育意义。我觉得，在这杂乱无章的忙碌背后，在这各色人等奇怪的混杂背后，有一种重要的东西，是什么，我很久都搞不清楚。我时常觉得离揭开谜底很近了，但每次的回答都是不正确的。也许是我烧过了劲，或者是这种生活我完全力不胜任。至少还不到一周，克隆菲尔德在一次例行查房时突然说，最近两天的我让他很不喜欢，我太亢奋，所以如果目前的状况持续下去，镇静药剂量就得加大。对于他这个专业的医生来说，这是个愚蠢的错误，药物剂量应该一下子加上去，而如今他搞晚了。第二天，我在亢奋之余又增加了以往的恐惧，就是那种惨剧临近的感觉，我对自己完全没有了办法。一切发生得那么快，甚至还没等我明白过来，给我的喘息期就已经过去了。

就在我想恢复"名簿"的工作之前，我一坐下便立刻明白了，这纯粹是一种惯性。我不过是记得我曾经记录过"名簿"，而此时觉得自己情况还不错，就是说可以继续下去。但是我写它的目的已经消失了。我有些猛然觉得，那一往昔的生活和我当时的所作所为，不仅仅只是暂时中断了，而是已经离去，对于我、也许还不只是对我而言。周围的世界发生了改变,我的写作无论对我曾认识并努力保留下来的人还是我本人,都没有意义。只要世界部分地还是他们生活的一样,世界需要他们作为前人,作为发生了的事情的根源和解释,最后作为传统、忠实的指向标,如今这一切如同既往,那就什么都没有坠入虚无;在那个世界他们有自己的命运,回忆他们就已经是多余。这完全显而易见,因此我突然明白了(当然,以前也猜到过),上帝是世界唯一的轴心,世界唯一的理由,所以如今,当他离开了我,当他不在了,一切都应当结束。

我感觉很糟糕,感到非常可怕,因为我看见一切无可挽回。如今,当上帝不在我身边,也许他根本没在任何人身边过,我明白,以前他总在旁边,完全离我很近。即使现在我也丝毫没有忘记这种感觉,觉得上帝就在我所在的地方,我没必要召唤他,我依然感到上帝是自己被剥夺了的一部分,但是这部分被剥夺了,我也知道这一点。我想起来即使是在我很久以前那次半夜祈祷之后,我还不止一次试图去找他,试图让他回来,但是在我祈祷的话语中甚至连这些话是为了谁、是说给谁都不存在。

最奇怪的是,我在祈祷时,从来没有感觉上帝放弃了的恰恰是我,没有感觉我、具体的我、让上帝愤怒的我,当时我确信我想要找到恰当的话语,我信仰过上帝,信过他,爱过他,毕竟有句话说"凭信得救"。不,我感到他离开了我们所有人。完全离开了。我内心袭上一种绝望,那种绝望我以前从未体验过。我觉得周围除了寒冷一无所有,世界仿佛被无限扩展,失去了封闭性,其中一切都变成了陌生。我无法让人居住进去,也无法使其温暖。上帝曾让人居住其中,如今他不在了,一切便立刻失去了价值和意义,成为一个巨大的、空虚的空间,人只能是向其中坠落、再坠落。

现在我不难勾画出上帝在我生活中曾经占有的位置,因为这个位置依然还是空的,没被占有。世界的外在形式依然如故,但是内芯已经被拿走,一切靠什么维持,靠什么、怎么样站住脚,无法理解。常常有一种感觉,这一结构是脆弱的,眼看就要全部崩塌。有时我觉得世界仿佛就是它自己的图像,留下的只有图像,没有任何鲜活的东西,只有可见的形式,而生命却已经离开了。这是冬天常见的情形,水洼表面结了冰,冰底下的水浸入土壤,于是当你一脚踩上去,就会出现干裂,你会落进坑里。

所有的一切突然变成没任何人需要。我不知道该如何活下去,因此渐渐地陷入了呆滞状态。我很难受,但没有任何法子,任何药片都不管用,我身上没有任何变化,我对任何东西都完全没有反应。不过在处于这种古怪状态期间,还是有几乎一周的时间有些许光亮。以前一涉及与上帝关系的话题,我努力讲得小心谨慎,一切都那么难以理解,连我自己都不相信自己,确切些说,是竭力不相信自己,可我还是立刻就知道,大概知道,被抛下的不只是我,不会祈祷的不只是我。我实实在在地从皮肉感觉出那可怕的、无与比拟的灾难正在临近,感到世界被抛弃了,注定要死去。它没有任何东西可以赖以支撑。

有一次我甚至没有忍住,在医生查房时和克隆菲尔德说起了我的恐惧。我已经很多次想这么做了,想通过他也给别人提出警告,但是一直没拿准主意。我和他关系很好,因此才和他说了,而克隆菲尔德却认为我是被医院吓坏了,在寻求同情。他对我的启示录报以揶揄,说他本人最近感觉也不太好,不过原因再现实不过,他再无力管过来两个科室,至于我,事情明摆着,我知道我任何时刻都可能失去记忆,也就害怕治疗,我身边躺着的那些人也未必能给我带来乐观情绪。

　　所有这些克隆菲尔德说起来和往常一样平静，甚至也许是懒洋洋地，可能就是他这种情绪传染给了我。不能说我真的相信了，仿佛是我把自己的病夸张到了宇宙规模。只是不知道为什么我内心又重燃希望，突然觉得还不是万事已定，觉得上帝还有所期待，并且几乎立刻产生一个想法（以前也有过那么一两次）——开始另一本"名簿"，写我同病房病友的"名簿"。这个想法完全是冒冒失失的，我只不过是疲于害怕、期待，就又想起了所有最近几个月所干的工作，我已经习惯了将其看作自己活下去的理由和许可。但是过去已被割断，已经终结，于是我突然觉得写写克隆菲尔德那里躺着的病人不仅是可以实现的，甚至是正确的。这里混杂了许多各种不同的东西，但最重要的是我知道我在他们面前、在他们所有人面前有罪，以后也会一直有罪，因为我看他们时，时常当作好像他们已经死了一样，我拿自己没有任何办法。这些人也的确都只朝向以往，朝向过去，新东西对他们来说完全不存在。这是一种和死亡很接近、极其相似的东西，于是这给了我理由将他们记入"亡灵名簿"，理由甚至超过了他们还活着，是我把他们活埋了这一点。

　　也许上面说的并非全部没有过错，但是我打算写这些老人却未必应该被责备。要是我能写下他们，他们在"名簿"中指定会被一视同仁。我知道只要我还没爱上他们，没想把他们当作我的亲人，我就不应该也无权去写他们。天啊，我的确是想按他们现有的样子爱上他们。当然爱上他们很难，他们早就没有人爱了，甚至是他们自己的孩子，他们已经被打上印记，再没有任何人在任何时候来爱他们。我是应当哪怕仅仅只是开始、迈出爱他们的第一步，可没有任何东西可抓。总的说来，我有意愿，我明白爱不可能来得很容易，需要付出巨大劳动和巨大精力才能爱上他们，而这些我有吗，足够吗，我不知道。也许我还是把希望寄托在了上帝身上，寄希望他能够回来，帮助我，那样的话，我们俩一起就自然能使他们为人所爱。

我甚至记得自己的当初如何达到这种爱的计划。我理解没有人爱他们是因为大家都在想，作为人，作为与上帝一对一交谈过的人类个体，他们已经死了，再也不存在了。剩下的只有某种类似被隔离的空壳，并且需要有等同于耶稣复活一样的奇迹，才能让他们恢复到以往的样子。当然创造奇迹我不会，我自己也是被上帝丢下的人，一个上帝再也听不见声音的人。

但我还是对以往没有任何东西可后悔，可惋惜。我所说的计划是这样的：是疾病，然后是医院泯灭了他们彼此的不相似之处，他们之间的区别，仿佛是诊断让他们成为了孪生兄弟。诊断中所标注的，被认为是让他们能够活下去的重要的和必不可少的东西。其他的都被看作是改变不了任何东西的没用的胡话、偏差、细微差别，于是，我想通过克隆菲尔德、护士、护理员了解他们的诊断并且将其去除。即使所剩完全不多，几乎什么也没有，但这也会是他们自己，而不是疾病，不是让他们痛苦的疾病。在这些碎片中有他们的生活，毕竟他们每个人都经历了漫长的生命，并且我会开始从最微小的片段中开始收集，将其粘结为原来的样子。

我面临的是一件缓慢而细致的工作，逐渐地边缘会收紧，空缺被遮蔽，而我会越来越依恋我所写的人。到那时我就会爱上他们，第一次爱上他们，起初是因为自己付诸如此之多，是因为他们好像是我的创作、我的手工制作，之后就连这一支柱也都不需要有。

我的计划就是如此。但是在什么都还没有开始,我还只不过告诉自己他们值得去爱,我还只不过明白了他们是人,一切便开始改变。我突然觉得上帝在关注我,在期待我的结果。他还在远处,还没有向我靠近,但是他已经在这里了,我不可能搞错。很可能是我自己承担太多,我的话听起来亵渎神圣,但是我觉得他好像决定了要关注我、信任我,也就是说,如果我,一个凡人,能够爱上他们,能够拯救和复活他们,那么他,上帝,就一定能拯救和复活我们所有人。我知道上帝想让我爱上他们,我知道他很想要这一点,很难克制住自己,很难让自己坚信目前我所做的一切不是出自心,而是出自理智、头脑,还有恐惧。而要是真的能在一个普通人身上,而不是在基督——上帝之子身上出现对自己身边人的爱(对生命体的最低要求),到那时我们就实实在在对得起生命,也只有到那时。

　　我感到所有这一切对上帝很重要,也就是说,他也搞糊涂了,不确信、不知道接下来该干什么,不知道他所创造的的世界是否还需要人们。他已经倾向于不需要,倾向于所有恶都来自我们,我们无可救药,但是一旦我爱上躺在这里的那些人,那就是说他错看了我们,我们完全不那么坏,还有可能被拯救。我知道,假如我能把他们所有人都写下来,甚至干吗要所有人,哪怕是几个人,哪怕是唯一一个人(这就像索多姆的义人罗德一样),假如我能哪怕仅仅只是开始这一工作,那么我实际都已触摸得到的那一灾难就会停住脚步,不再向我们靠近。

15

于是,只要我一想到新"名簿",所有坏的东西都呆滞了,凝滞了,如今都好像在期待这一"名簿"会不会写完。在这个死亡是家常便饭、每天都有、为人期盼、认为是福分的地方,人们不再死亡。他们仿佛被交到我的手上。他们努力一点也不妨碍他人,不打扰他人,日复一日平静温顺地躺在自己病床上,但我看得出他们每个人都相信,都希望我选中保存的人就是他。

我知道,我从未忘记我的计划纯粹是乌托邦幻想,在目前状态下要工作许多许多年是我完全力所不及的,但是病人们什么都不想去理解,他们期待着,就好像我有能力完成这件事。他们也的确就像孩子一样,相信大人(就是我)无所不能,或者就像跟随基督的人一样,他们恳求他:让人复活吧,给人治愈吧,供人吃喝吧。这里没有一滴游戏成分,没有任何一方在玩,而且我当时重又感觉到上帝这一点证明了,即使是对了解我真实意图的上帝来说,一切也全是非常认真严肃的。不过,当我明白了在我能够把他们病情摘出去之前要有许许多多的工作要做、要学习许许多多的精神病学知识之后(毕竟我要是成功了的话,在某种奇怪意义上是我治愈了他们,把他们重新变成了无病之人),眼瞅着为了开始工作,我需要读完大量的书,这些书不知道能够从何获得,完全不知道这无底洞有多深,从何获得,如何获得,我甚至连想法都没有。

自己也不知道为什么,大约两天后我把一切告诉给了伊夫拉伊莫夫，也包括计划，不过没说上帝，没说末日中关于他的一切，而只不过说了我从前做过这种工作，在住院以前，而如今我无法回忆起往事，因此想要开始写身边的人。我完全清楚自己的作为所遇到的困难，但我想试试。也许对于他来说，我所说的看起来可笑幼稚（我把我说的每个词都弱化了，用调侃加以软化），不过，我接着说，要是他或者别的什么人（我简直不知道去找谁）能有助于我，我会非常非常感谢他。毕竟您关于老年的知识自然比我多，您几十年看见了、观察了许多病人；总而言之，我一再说，这当然是胡思乱想，但万一有人想要帮我的忙呢。

也就是说我只是抛出了钓鱼竿，不相信甚至担心有人上钩，因为在和伊夫拉伊莫夫说话时，我开始明白我是在召唤，在祈求（上帝愿意考虑重返人类，病人不再死亡），并且突然对自己所担负的、所承担的一切感到可怕。我当然高兴上帝答应，或者更确切地说，几乎答应回来，高兴他存在于我的世界，并且同时我也清楚发现，我面临着一个未知的冒名者和挑唆者的命运。一个挑唆者，一个许诺拯救世界，许诺人，许许多多的人，痊愈和复活的挑唆者。即使一切许诺得不太坚定，但毕竟给出了希望，他们相信了这一点，把宝押在这上面，假如我无法给他们任何帮助（难道我力能胜任），那我就是绝对的恶，是一个在最重要方面撒谎的人，欺骗了所有相信他的人。我突然明白了他们在期待我、只期待我来让他们痊愈，明白了上帝在期待的，正是我、我的爱能告诉他该不该来拯救世界。打算是好的，我想做的也是正确的，绝对正确的，同时一切都是臭名昭著的冒名顶替，因为我明显无法完成任何东西的任何部分。

虽然无力而为，但我还是走上了这条路，因为无处可以停步，无处可以转向，无任何方向可转，但是这条路我走得很绝望，勉强迈得动腿，就这样我结束了与伊夫拉伊莫夫的谈话。我丝毫没有在任何方面催促他，强迫他，当然也没期待随后有什么反应。伊夫拉伊莫夫平静地听完了我讲的话，并且我觉得他不带一丝好奇，而第二天早上就开始了真正的朝圣之旅。我病房的门口还在我起床前就聚集了所有本地居民，仿佛是来了这个世界上的所有种族和民族。天啊，他们都到我这里来了，病人和前学校学员，护理员和卫生员，护士们，医生们，包括克隆菲尔德本人，所有人。有时候他们真的排起了队，甚至卧床的都由卫生员毫无怨言地连床一起推到我的病房，而且把他们洗得干干净净，铺了新床单，总之，照顾得就像卫生委要来巡视前一个样。

于是他们一个接着一个堆给我一大包一大包的个人生活，这里还掺杂了我本该去除掉的个人病情，还有大量的生动的、微小的细节，这些正是我要追逐的东西。病人们很快就搞清楚了我不是屏障，也不是堤坝，于是他们的话像洪水一样喷涌，上气不接下气，他们说呀说，简直无法停下来，但是站得稍远一些、等待轮到自己的人却非常平静，有耐心，很温顺，谁也不催促谁，因为大家都明白让每个人畅所欲言有多重要。他们甚至给记忆不好的人帮忙，在其由于拘谨说得过于简短时做补充，比方说，还记得吗，你还出过这件事，你当时可跟我们说的是这些，或者是怎么做的，或者是怎么搞的怪。完全没能力的人他们自己将其位置前移，而且很容易相互谦让；在我看来，他们猜到，我具体会把谁列入"名簿"没什么差别，最重要的是他们或者全部得救，因为上帝会回来，或者全部死掉。

我曾经在报社长时间学习过速记，并且自认毫无成就，但是在医院才弄清我已经掌握了速记的基本技能。最要紧的是我通常来得及记录下来，但是下面的内容并不是记录稿，甚至也不是初始加工稿，更不是"名簿"。相反，我是从一个共同点——他们的病情开始的；我试图从各种命运、故事、印象的混杂中把它找出来，并仿佛是将其蛹化，撒上石灰。如今我看出来为此很需要我以前身上的那些孤傲。

这种观点不正确，如今我越来越经常地想，之所以不正确，很可能正是它毁掉了一切，完全不可以带着冷漠和研究的态度来看他们。从一开始就该去爱他们，爱他们和救他们，而不是分析他们，只有爱才能救他们；我本该不去了解、本该完全忘记他们是病人，他们身上最重要的是疾病，我过于让自己坚信他们的生活中只剩下一些破烂，害怕遇到应当填平的沟沟坎坎，害怕琐碎地、忙忙叨叨地缝补各种裂缝、窟窿，于是突然间，当他们完整地出现在我面前，甚至能够把疾病变成自己的、与其他任何人都不相似的疾病，变成自己的一部分时，我受以前计划的牵引，又重新开始将其切割和制成标本。天啊，我当然不该走这条路，不该像医生一样去看待他们，因为医学眼光早就明确判了他们死刑，而我是希望将其治愈。但我简直不知道怎样应对这一切，我糊涂了。

比旁人更早让我吃惊的，是病人们自我讲述中讲出了活的东西，讲出了他们身上还有生命，原来护理员真的对他们很生气，认为他们狡猾虚伪。她们害怕他们，和他们平等作对，即她们知道他们还活着。后来我记录下来，实际上所有病人（既有通常无忧无虑的，也有我所认识的阴郁孤僻、像恶禽的影子的）都拒绝一切新东西，包括印象、关系、人群，即他们不想要任何形式的生命延续，没看到其中有什么好，值得关注；唯一对他们还有用的、为此而延长生命的，便是周围发生的事让他们想起、归还给他们往昔的什么东西。

今天的生活对他们来说，就是闪烁明灭又不知从何出现的火星。这些火星仿佛是南方浓夜里的萤火虫，病人们追随它们好像在追随瞎眼的引路人，想要明白些什么，在自己的过去中找到些什么，失去了它们，他们彼此磕磕绊绊，长久迷惘于一片黑暗之中，又重新找到，于是他们有足够的光亮来发现他们在医院里，生命即将结束。在这彻底的向后看之中，在这要逃往过去的企图中，在有意识地拒绝未来，认为其不值当、没用处之中（要是去问他们，他们会异口同声地主张延长人类寿命没有意义），有着某种可怕的、失去温暖的倔强。

他们很容易像做梦一样把自己生命中的人和事编织起来，结果得出一个那么不牢靠的世界，以至于我总是可怜他们。他们完全可怜，因为他们忙忙碌碌，没有头脑，时刻准备出门走上远路，也许，这条路通往过去，他们匆匆忙忙，总是无论如何都无法打点行李，总是有东西被弄乱、丢失、遗忘。他们在夜里特别不安宁，在他们生活的世界中，仿佛灯熄灭了、被关了，他们也就该离开了，就在这时，在他们该特别加快脚步的时候，他们发现自己被抢了，破产了，损失巨大而无法补偿，所有积蓄都没了，没什么能拿回来了。

他们失去了一切，如今不得不待在医院里，在这里无论是其他病人、卫生员、医生还是床位本身，只能唤起他们的恐惧，他们逐渐变得执拗、多疑，任何结论对他们都不起作用，根本不可能让他们完成任何事。与此同时，他们如同一个人一样都很轻信，依旧相信并非失去了一切，还有希望，也许这只不过是个玩笑，或者是小偷惭愧后会把拿走的东西还回来。而他们暂时又重新开始积攒上路的必需品，又重新准备上路，只是如今更经常、更细心地反复清点、检查自己的财产。

速记稿中经常还有另外一个他们对当前生活漠不关心的证据，他们像拒绝其他东西一样拒绝自己的面孔，如今辨认不了镜子中的自己；他们还把同病房的邻居看成是完全另外一些人，是很久以前、年轻时曾经在他们身边的人。这是一场令人震惊的假面舞会，他们的心灵已经与肉体分离走掉了，包裹它的肉体让它厌恶，于是它很轻松地忘记了肉体，像老皮一样抛弃了它。但皮还在，还活着。失去了心灵的肉体被里外翻过来，暴露出来；于是他们所有人，特别是老太太，都很无耻、肮脏，总是十分贪婪。他们再也无法独处，他们必须要填充空虚，只要手偶然一碰到他们，他们立刻就想要你。

心灵不仅仅是走了，它在他们生前就离开后还在他们头上凌辱他们，不是说有肉体的自由，肉体的快乐，肉体解放的快乐吗，而这也是，在他们身上和暴力结合、纠缠在一起，推动病人去干最野蛮的堕落之事。他们需要有酒神仪式，他们应当被彻底践踏、被钉上十字架、被抛弃，他们理应受难，体验对自己的厌恶，知道他们有罪，是无可救药的罪人，这是他们活得快乐的条件，是他们为之所付的代价。并且在淫欲方面他们也很可怜，无能，孱弱，很少能坚持到底，他们发火、哭泣，一次又一次撕扯自己软弱无力的肉体，然后他们仿佛被宽恕了，他们忘掉一切入睡了。

与心灵同时，他们还拒绝伦理，在这一意义上他们也回到了当初，回到了童年。以前伦理让他们平滑，让他们柔和，总是导入妥协、忍耐的因素，而如今他们一下子变粗野了。这涉及面容、行为、言语，一切都变得更尖锐、更坚定，他们也经常像是恶意的漫画，是对自我的讽刺漫画。

由于回到童年，他们离开了上帝，又变成了异教徒。他们身上没有丝毫像忏悔、像对自己罪过的意识的东西，他们也不期待怜悯。受难似乎也不是他们应得的，是没有任何理由的惩罚，他们身上活跃着一种他们命中遭受到非正义的感觉；我想，他们所有人也早就不信仰上帝，但是当我第一天记录他们那说不上是讲述还是忏悔时（我不知道怎么称呼才更正确），脑中风者比别人更能引起我同情。

这些通常阴郁凶狠、经常狂暴的人（而后当他们疲倦后，这就会被冷淡和孤僻所取代），他们想要用力量和行动来纠正世界，打碎、打破所有门户和藩篱，重新打开世界，让它通透敞亮。他们的斗争不成功，他们遭受了失败，对我们的世界来说正在死去。他们拒绝它，它也拒绝他们。脑中风者从正常有作为的生活到无可挽回的疾病和医院的过渡非常快，这也的确是被击中，是瞬间突变，于是他们继续生活，知道他们所患的疾病中没有自然性和正确性，没有只是跌入童年的人所富有的一切。

他们的部分大脑明显现在也很健康，但是其无法穿越过患病组织，恢复起联系，找到自己人，战争期间经常如此：一家人四散在国内，有的在前线，不知道是死是活，也许受伤躺在医院里，或者失踪，其他人的情况也毫不知晓：轰炸、疏散，所有人与所有人失联，谁也找不到谁。谁都不知道他还有没有妻子、孩子，或者他在这个世上孤身一人，一切都毫无必要。在保存下来的那部分中留有许多生命，于是这部分尽其所能拍打紧紧关闭的门，它不明白是谁把它关进了这间牢房；如同误入精神病院的健康人，它什么都不理解，不理解为什么、是谁、要干什么，于是渐渐发了疯。

从我开始为病人们做速记的第一天起，我就一直记得拯救他们、把他们列入"名簿"的想法是偶然产生的；我开始想到此事只是因为我本人受了打击，只是因为我突然发现我被上帝抛弃。这里很少有利他主义成分，很少有东西能证明我正确，所以我为此什么都不该得到，什么都算不在我头上。我自己拯救自己，而他们只是我游出险境所抓的那只救生圈。

我抓住这些人，开始思考他们，开始想保留下他们，是在我明白了我和他们一样被上帝和人们所抛弃之后，只是我再也不想独处。只是当上帝在孤独和被抛弃这一点上把我们拉平的时候，只是当他把我向下领到他们跟前时，我才记起了他们，说他们是我兄弟。可是在当时我没觉得他们是兄弟，只是凭理智明白这一点，而且高看自己一些，即使写他们也长时间试图仿佛居高临下，尽管上帝把我们摆得一般高。我对自己说，说我是一般高人中的长者，我是兄长，父亲死了，我在家中、在族里顶替了他的位置。

我当然不情愿和他们混同，只是想作为引路者带领他们走向光明，好让上帝看见并且可怜他们。也就是说，我以为只有我一个人知道哪儿有光明，我一个人知道有上帝。

说实话，我当时发生了那么多变化，让我已经不明白、不记得为何以前没看到新"名簿"就是我的工作，是我到这里来的目的，是我存世的根本目的。而我以前所写的悼亡名录只是一种准备，只是排练、学徒。还有一点，我立刻清楚了以后会有什么，清楚了我被赋予的角色，确切地说，清楚了能够被允许做出什么和由此会发生什么，我突然完全清楚地看清了全部道路；只是不知道我能否拯救哪怕是一个人。但是能与不能二者的后果我都清楚。我对一切看得非常冷静和明了，这就像晚秋的日子里，树叶已经落尽，一切透明而赤裸，很快就是冬天、冰雪；再不会有温暖，再不会有秋老虎，那是在过去，看起来非常非常远，没有幻觉，没有希望，只有顺从，因为什么都改变不了。

我觉得我当时对世界的看法和上帝看世界一样。他几乎到了绝望的程度，远离了他所创造的人类，如今他经常完整地、从头到尾地思考人类。他对人冷漠了，爱、温暖，这些长久、非常久妨碍他看清我们的东西都离开了。他曾非常爱我们，我们曾全是他的孩子，上帝的孩子，并且他曾宽恕我们，对我们善良、温柔，最重要的是宽容。他曾长期善于让自己确信我们还都是孩子，对孩子能有什么要求。如今这过去了，他因我们而疲倦了，明白了我们是成年人，什么都纠正不了。他看我们的目光越来越像医生的目光，我们对他而言就是各种各样的疾病，是最五花八门的偏差、违规、畸形的集合、陈列馆。

之前我们每人都被他看做是般配的交谈者，毕竟他创造出来的不是一群人、一帮人，而是一个人；也就是说，他的方式是一个人，是我们的尺度，而其他一切都是我们在组成家庭、阶级、民族、国家以及上帝才知道的什么东西时自己想出来的，这时我们害怕一对一和他交谈。

他看着人们，看见他们如何躲在彼此身后，他们总是想躲进阴影，让他看不见，这就产生出时刻都有的非常缓慢而谨慎的不断变化。不过，他们要是一下子没藏好，他们便互相推搡、谩骂，还可能动手打架，他们像钻洞一样互相钻进对方中，并且立刻在越钻越深的同时把对方刨出来，这就是他们的生活，这就是他们的历史。他们不情愿与上帝交谈，也不仅仅是由于每个人都有许多罪孽，只是他们几代人早就过的是这种生活，是没有上帝的生活，所以如今他突然站在他们面前，他只会妨碍所有人，最重要的是他们不知道也记得如何和他说话，说些什么。一句话，他们已经和他格格不入,他似乎是他们的偷窥者,突然进入他们的生活,立刻把一切都打乱了,破坏了,将生活的目标、意义、甚至是节奏统统改变,已有的变成了没用的和不正确的,他为什么、出于何种目的剥夺他们所有这一切?

他们不理解他干吗要来,明知道他们用他们奉献的自己的生命,奉献的永恒幸福告诉上帝他们想要怎样生活,确切些说是告诉上帝他们不能换个活法。他们已经容忍了一切,结束了一切,明白了对什么都不拥有权力,他们孱弱,不值得他任何怜悯,可能只有他们中间的少数几个值得几滴可怜。而如今他出现了,要和他们交谈,尽管知道对他们无话可说。所以他们都躲避他,只能迁怒、气愤于无论如何躲在别人后面不让他看见,可总是有人会直接站在他面前;他们觉得这是他,上帝,要的诡计,要让总是有什么人在他面前,是一个不体面的诡计,于是他们同情他(当然不是上帝,而是人)很不幸,放他往自己这边来,于是又有人站到了边上。结果是他们在自己得救时彼此相互断送,并且这种情况持续到他站多久就多久。这是他不怀好意的诡计,让总是有人会站在边上,不是在人堆里,而是和他一对一。

在我清楚了我该开始写本地居民的"名簿"之后过了一星期,伊夫拉伊莫夫又来到我病房,既没有开场白,也没有任何关联地继续讲起爱弗洛小组,讲起天才学院以及在我们科病房残存的那些人。我至少是那么以为,以为话题会涉及这些东西,直到

他突然猛地连弯都没转，就令我吃惊地说道："据我所知，阿廖沙，您自己也非常了解，在18和19世纪交界时期，俄国没有太多受欢迎和受尊敬的作家，斯塔尔夫人除外。"

接下来那个晚上，仿佛我做的笔记、完成的工作就再也没什么用处，唯一该被保存下来的人只有斯塔尔夫人，因为他只说了她。斯塔尔夫人早就为我所爱，如今我了解了她也是他之所爱。我当然想听到伊夫拉伊莫夫对此有何看法，但是在我们待的那个地方听到有点令人意外。我没有和他争论，丝毫没和他对立，尽管惊讶他讲到她时好像是在讲一个自己十分熟悉的女人，而且相当动听。据我的记忆，我甚至没告诉他我曾准备写一本关于她的书，但是不管怎么说对我而言这都是一段对话。并且从他当时以及以后几天讲斯塔尔夫人的坚定精神来判断，他有此感觉。

"她同时代的人不约而同地认为，"伊夫拉伊莫夫坐在我床边继续说，"她所扮演的角色不在文学中，而在生活中，这一角色是唯一的，也是更有价值的，她获得的这一角色不是继承来的，不是与生俱来的，而是她自己生出和养育出来，也就是说这一角色实实在在是她私有的，不是其他任何人的。实际上她的朋友们对她的热烈态度很好理解，我们都爱自己，也像爱自身一部分一样爱着自己周围，但是许多现在活着的人几乎也如此对待斯塔尔夫人。

"尽管她没能管理国家和人民，大家都一致认为，她不靠官家，不靠军队，不靠宫廷，一句话，靠她自己就取得了多得多的成就，成为整整一代人愿景一类东西的教导者、主宰者。也许不止一代人。她的思想、她的教育形成的回路延伸得非常远，甚至到了现在，已经很少有人读斯塔尔夫人作品时候，也很少有一本书，在其中找不到发端于她的人物。而在当时，那些上帝安排生为女人的人，从俄罗斯到西班牙和南北美，都读她的《黛尔芬》以及更为流行的《柯丽娜》读入了迷，其中没有多少人在生活中能够重复她人物的命运，能够得到幸福的人更少，不过在这方面她却没有欺骗任何人：她笔下的女主人公美好而又短命；但是她给出了所有人梦寐以求的理想，所以不幸只能使其纯洁并保留下来。并且她们，那些小时候读了她的书的人，又原封不动地将其传递给了自己的女儿，后者又传给了自己的女儿，就像我说过的那样，许多东西，非常多的东西一直传到了我们现在；整个19世纪，至少是女性的那一半，是由她建立起来的。斯塔尔夫人本人很快被不公正地推到了次要层面，但还是应该提到她。"

"你知道吗，阿廖沙，"伊夫拉伊莫夫继续说，"斯塔尔夫人具有强大的、理性的、几乎男人一样的头脑，她更像一个思想家、哲学家或者随笔作家（最后一个更贴切），而不是小说作家。她在其著作《论文学与社会结构的关系》中，出色地继承了孟德斯鸠的思想而又避免了极端片面性，这一著作比她的小说更闪亮、更显才华。同时代人对此很明白，现在人也明白，时间没有改变一切。《论文学》一书极其理性，语气和缓，有无穷的善良而机智的观察，有无穷的智慧，无穷的对不同国家、操不同语言的民族的理解，对某些人类代表人物的理解（她对一切完全开放，对一切完全接受），这是真正属于她的创作，而小说只是她才能的副产品。证明这一切的还有一点，那就是她长于交谈，知道她的人意见一致，在交谈中她迅捷、智慧、准确、活跃。大家都说，在她还是个孩子，她父亲在法国宫廷的仕途达到三大巅峰中的第一个巅峰时，人们开始聚集到他们家中，就在这一沙龙中她就不同寻常。这一机制（沙龙）不是她建立的，这种形式（沙龙交谈）也不是她想出来的，但是二者都是'照着她的'，按她的尺度打造的，我想，你我都没有疑问。

"她的确善于交谈，几乎出口成章，同时又自然而然，丝毫不做作，绝不企图压倒对方。她感兴趣的是人自身的样子，你从第一句话就能感到这一点。据人们回忆，她反应罕见迅捷，善于猜出下一步会如何，也就是说多于算计，像下棋一样，同时她的比喻出人意料，大胆，无所顾忌，以至于她所说的一切，都出奇地新鲜，让人听不厌。这当然是有基础的，她受了非常好的教育。她是真正的博学多识，即那些知识都是她通过自身释放出来的，是她自己思考出来的，变成了自己的。但她还做到了更多，早在还是小姑娘的时候，她就明白了不是头脑让我们的生活变得值得活着，她也能够通过自身把这一理解释放出来，以至于，阿廖沙，原谅我说重复了，以至于几代人都爱她，情欲失去控制，受苦于她的书。"

"毕竟斯塔尔夫人，"伊夫拉伊莫夫说，"她从来都不幸福。不错，她一生中有太多她小时候就猜到和幻想的东西，她身边都是名人，多次恋爱，多次更换情人，生过多个子女，居于几乎所有决定当时法国以及欧洲命运的阴谋和冒险中央，同时她死时也上当受骗。无论其同时代人还是我们，都不容置疑地将她置于任何贵妇之上，但是她自己一生想的、想要的只有一个——和她们一样。

"我相信她是曾幻想过她们的运气、她们的命运，幻想过上天对她们的赋予，而对她没有，也就是说她想要权力，凌驾于其他人之上的权力。不仅如此，她一直相信这是上帝给予她的使命。即她的统治权仿佛来自他，来自上帝。这并不是疯狂，以她的智慧，在她那个时代，她一生所做的那些事（大约在去世前五年左右她本人在自己的科佩庄园城堡作了总结），理所应当地被她看作微不足道,极其渺小,是对她才能天赋毫无意义的浪费。她写道,她是一个木偶,命运没有把她置于王位,而是置于巴黎沙龙这个玩具世界。她所拥有的一切当然要求要有相应的手段、相匹配的规模,她一直就是一个大雕塑家、大建筑师,却不得不直到生命尽头都在搞一些微型小作。

"上帝是否真的用权力诱惑了她,阿廖沙,这可不是个简单问题,甚至是对那些上帝对他们而言神圣、全善、不可能去诱惑任何人的人来说。而对于她,你知道吗,一个信仰、无条件信仰上帝但又有怀疑的人来说,她的许多朋友完全都是不可知论者,这个问题更加难以解决。假如她生于其他时代,在那些登上王位的权力仅只靠出生、即极其罕见的机遇、只不过运气而已来获得的时代,一切都好明白,可是她在革命即将到来前来到人世,是那场把所有人一律平等上升为原则的革命所培养长大的。就是说以前只有为数不多的哲学家说过的东西,当着她的面成为了权力的基础,其中也包括统治权。这一原则也得到遵守。在路易十六被处决后有不少人物,他们并不拥有任何特权优势,除了统治欲,但却达到了巅峰,他们主张并且证实了任何人都可以得到政权,问题只是他能否把持住政权。

"我们不妨回忆一下,在当时只有革命才是政权的来源,只有革命赋予其统治权,也正因为此国王的堂兄奥尔良公爵才拒绝了自己的封号,成为'平等菲利普',作为对此的奖励,他的儿子路易–菲利普后来被拥立为法国国王。同时'平等菲利普'赞成处决弟弟也被公认为是正确的。而她,斯塔尔夫人却什么也从来没得到。

"可是,说实在的,毕竟是有了她父亲,才有了革命,也就是说所有的革命权,首先是支配革命的权力都属于他,而又由他亲爱的女儿继承。她的父亲耐克男爵曾三度担当末代国王路易十六的国家监管者，他用自己一系列关于国家财政的报告凭空创造了革命，当然也就应该由他领导。此外，他诚实清白，受人尊敬，毫无疑问，他要是执掌国家，会比后来得到政权的、从罗伯斯庇尔到拿破仑的所有人要好得多得多。法国人民也想要他执政，因为他是一个令所有人满意的人，他是能够平息安定共和国、真正成为其优秀执政者的人。

无论是她还是耐克都未必明白他为何那么快被疏远，那么快隐退，他是唯一一个没有丝毫污点的人，从任何意义上说都完全是一个光明人物。当时人们对革命还很生疏，斯塔尔夫人不可能知道，只是猜测出这几乎就是政权和对生活的狂躁加速，几代政权当着她面急速更迭，短短几天、几个月。也就是我想要说的，阿廖沙，可能是她错了，可能她对上帝的指责不公正，但事实就是事实，她是个革命的头等贵族、最有名望的贵族，她具有登上王位的所有权力。

"我此时作出的结论证明了一点，在她立场中绝对有逻辑，但她很少想起，她是一个最差的律师。要是在法庭上让她陈述自己登基的权力的话，她会旁顾而言他。她会一开始就说，她年轻时候的情人，有拿破仑失败后拯救了法国的塔列朗，有进入并且某个时期实际执掌过执政的督政府的巴拉斯，有曾经与拿破仑同为执政官的邦雅曼·贡斯当等等其他很多人，这些人在不同时间手中掌握着法国的命运，但这些人的名字出于一系列考虑她不能说出来。

"特别是从他们私人信件中可以知道并且证实，这些人中每个人的政治生涯通常是闪电般的，都是从一点开始，即从与她——斯塔尔夫人——的爱情、从与她的交往开始。他们都爱她、爱抚她、控制她。她是个女人，所以他们进入了她。她接受了他们所有人，把所有人藏在自身加以掩护，给所有人以力量。她本人就像上帝一样，就像革命一样，成为权力的源泉，这源泉就在她之中，在她的天性里，被她纳入自身中的人得到了权力。之后她会对陪审员们说：'长时间来我企图欺骗自己，我不能容忍，不能接受政权就在我身上，而我却得不到。'你得承认，她会对他们说：'为我——渴望权力的斯塔尔夫人——设计出来的苦难甚于坦塔罗斯。我过了一辈子，从来一次没有喝醉过，难道我不值得被宽容？'

"斯塔尔夫人有非常敏锐的头脑，所以她不相信没有出路。许多年来她一直向自己证明，她的情人不是从她那里攫取、获得的政权，问题出在沙龙上，只有它才是他们向上爬的阶梯。斯塔尔夫人崇尚自己的沙龙，照料它，爱抚它，对自己举办沙龙期间来的每个人，都当作是自己唯一朋友一样来欢迎。这也当然好理解，阿廖沙，我们俩都知道只有在沙龙中她才感觉自在，只有在那些她自己挑选邀请来的光鲜的非凡人物中间，她才觉得自己没白活。似乎几乎就在罗伯斯庇尔刚被处决之后，她就非常早地恢复了传统的星期二和星期五聚会，她也创造了自己沙龙的传奇，她的目的很简单，她想要的很小，要让权力来源在哪里都可以，即使极其近，就在附近，只要不在沙龙之中。后来，为了证明她自身没有权力，她从里到外都是普通妇道人家，斯塔尔夫人还把这一传说发展成为一个完整学说。"

"斯塔尔夫人主张，"伊夫拉伊莫夫继续说，"一个完全不需要太大、但组织纪律良好的团体，拥有一个有头脑、有意志的领导人，可以毫不费力地把世界命运掌握在手中。只要有一点，那就是铁的纪律，时刻准备使自己的一切服从于组织的需要。她的沙龙就是这个组织的'屋檐'。这里,在世俗的闲言碎语和抽象的议论屏风后面,决定着谁将如何执掌法国。倚仗拿破仑,这一传说曾经变得非常流行,流传很广。领导法国秘密警察局的富歇那里,有许多斯塔尔夫人朋友中的线人。他是一个头脑清醒的人,不喜好神秘,因此他将斯塔尔夫人首先驱除出巴黎、后来完全从法国驱除出去。这一做法很难被人理解,也许他只是想要搞些阴谋诡计来巩固自己地位。

"总而言之,阿廖沙,我觉得斯塔尔夫人的命运与人类始祖亚当的命运有些相近。他们的生活好像可以相互补充。有一种感觉,斯塔尔夫人完全是为另一个时代而设定的,上帝指派她做夏娃,亚当的妻子,她只是出生晚了。你来回想一下圣经中的一个片段,上帝对亚当说,让他给所有生物命名,这些生物是他——上帝——本人创造的,并散布到分给人的大地上。但是为了给每个生物真正的、唯一属于它的名字,亚当就要知道它的天性,要了解、懂得它实际上是什么。知道这一切的是创造它的上帝,而不是亚当。所以当天使们把上帝创造的生命一个接着一个带到他跟前时,他进入它们之内,要想明白其实质,明白其到底是什么,当着上帝的面认出它们,就像认出夏娃,就像男人认出女人,就像巴拉斯认识到斯塔尔夫人是政权的实质所在,只有这样才能给其命名。"

"如果斯塔尔夫人传记作者们可信的话,"伊夫拉伊莫夫说,"1810年被驱除出法国、被亲朋好友抛弃后,她住到了瑞士,自己世袭的科佩庄园里。最初的几个月她很忧郁,情绪低落,谁都不想见,但后来命运赠予她一个意外的礼物。年轻的法国军官让·罗克爱上了她,并且尽管他只有22岁,而她当时已经44岁,他们还是成了亲。一年后她生了个女儿,用她本人的名字——热尔曼娜给孩子命名。分娩后不久她秘密离开瑞士，经过维也纳和华沙来到俄罗斯。她到过基辅、莫斯科、彼得堡，受过亚历山大的接见，当时的拿破仑的队伍已经强渡涅曼河，因此她这个拥有那个科西嘉人最危险敌人名声的人，到处受到热烈欢迎。

"1813年秋天她乘船去了伦敦，在那里为她备下凯旋式的欢迎仪式。之后她重归科佩，1816年10月回到巴黎。1817年2月21日她在去往路易十八首辅大臣所举办的舞会途中，在其宅邸的台阶上摔倒了。摔跤导致了脑出血，由于这个原因，五个月后斯塔尔夫人去世。她死的那一天，7月14日，正是法国大革命开始的日子。"

这些事件的外在线索没有争议，未引起传记作者产生怀疑，但是和经常发生的情形一样，事件的实质却不引人注意。要想明白这一实质，我们必须要退回到五个世纪以前。1495年，在埃波月九日（即哀悼日，埃波月为犹太历第五月，在公历7—8月间——译者注），也就是耶路撒冷第一圣殿和第二圣殿被毁灭的日子，西班牙国王腓力一世颁布诏令，要将犹太人驱除出境。诏令颁布三年后，两个犹太人望族费经周折到了日内瓦，在耐克男爵先祖雅克·耐克那里得到容身之处。说实在的，耐克家族也正是从雅克开始兴起的。

15世纪后半期是犹太人漫长历史中的一段可怕的时期。在欧洲许多不同角落，众多的犹太社区被铲除干净，或者被强行施洗，另外一些地区所有男人被打死，只有女人付出巨额赎金后才能保住性命。某些喀巴拉派拉比（其中就有著名的卢里亚拉比的一些弟子）认为，所有犹太人灭绝以及上帝的号角宣告末日审判来临的那一天已经为期不远。因此在他们所领导的神学院中，人们特别狂热地研读与埃波月九日和末日审判有关的文本。

最受关注的有两个问题，第一个完全是实用性的，在那些一个男人都没有保全的社区，假如那些犹太女人无法挪到别的城市的话，她们该怎么办。她们该如何履行上帝"生养众多"的戒律，如何延续自己的种族？第二个问题是《塔木德》对《律法书》第二十二章所做的令人奇怪的注释，其中主张当所有民族面临末日审判时，每个民族中都能找到若干个祭司（他们就会成为这些民族的辩护者），也就是亚伦男性直系后代，他们的血管中只流淌着犹太人的血。同时，这一文本也可以理解为无论祭司还是他们的妻子都不会知道他们是犹太人。

在经过长时间努力之后，解开这一注释的钥匙终于被找到。《律法书》第二十二章的字母按照特定顺序重新排列后组成了新的文本，不仅解开了祭司之谜，而且对没有丈夫和未婚夫的犹太女人给出了答案。顺便带有某种药剂的配方，其主要成分是古代帮助拉结受孕的风茄，没有丈夫的女人喝下去，只要她平常女性的功能还在，她就能怀孕生孩子，这个孩子就是她本人。上帝在给不幸女人添寿一纪的同时，仿佛承认了其在上帝面前的正当性和自己的过错。依靠这一奇迹，所有腐朽的、所有受年老体衰之累的，都会在女人身上彻底复原更新，但是无论是痛苦还是灾难都不该从她记忆中清除，任何被打死的人都不能被她遗忘。一个女人允许用三次风茄，接下来过错和罪孽就会转到那些从来不帮助同族的人身上。在从西班牙出逃的犹太人用于感谢雅克·耐克的东西中就有这个延寿的秘方。据我所知，第一个使用这个药的非犹太人就是斯塔尔夫人。这个秘方在耐克的家里被人遗忘，她也是在由于无聊翻腾科佩庄园家族档案时偶然发现的。在经过一段时间动摇、怀疑这一步是否合乎神意之后，她拿定主意延长自己生命。

这样一来，斯塔尔夫人与让·罗克生的女儿，与所见到情形相反，与罗克毫无关系，她就是斯塔尔夫人本人。斯塔尔夫人为自己的第二生命选择的居住地，不是如此残忍地欺骗了她的希望的法国，而是她钟爱的俄罗斯。挑选了三个可靠的女人——奶娘、保姆和家庭教师之后，她把一岁的孩子带到了那里，在奥斯科尔河以南地方，在孩子名下买了一座很大很漂亮的庄园。安排好诸事之后，她在彼得堡坐上了开往伦敦的船。斯塔尔夫人在俄罗斯按正教仪式受洗，登记入贵族名册，用的是唐波夫省地主欧也妮·法兰西耶夫娜·斯塔尔的名字。

在告诉我斯塔尔夫人住到俄国之后，伊夫拉伊莫夫突然失去了谈话线索，开始奇奇怪怪地胡扯了一通1812年俄法战争，扯了一通俄罗斯的柔性和女人性……后来他说，斯塔尔夫人在我们这里住了很长时间，他还能讲出许多和她有关的东西，但是不是现在，不是在今天，现在我们该告别了，我们都到了半夜还不让大家睡觉。他站起身，我也站起来去送他。

我已经了解了伊夫拉伊莫夫，我相信下一轮谈话不会早于一周以后。但是第二天晚上，我屋里的老头们刚躺好，他就又来了，在旁边坐下，从各种情形看，他是准备要把斯塔尔夫人的生平讲下去。他的表现不同寻常，我甚至产生了一种感觉，他是拿定主意要用一宿时间做一件对自己来说重要的事。很可能他在想我的"名簿"，我甚至确信，他想的就是"名簿"，这就是说他并不是随便谈到的斯塔尔夫人,他想要我也把她记录下来。不过这也可能是我恍惚觉得。

有时候伊夫拉伊莫夫不能一下子就开讲,一到这时他很长时间,几乎要半个小时,坐在那里一动不动,两手放在膝盖上,背伸得很直,两眼微闭。他还是像昨天在这儿一样一直保持这一姿势,只是他睁着两眼,面朝向我。这一回停顿的时间来得特别长。我不想由我开始说起斯塔尔夫人,因此当他刚一回过神,为了开始话题,我向他问起亚当和分别善恶树。他很慢地作出了回答,但是不知怎的完全不是我想要听到的东西。

"善恶树,"他说,"以及和它一道的许多其他树,随人一起被逐出天堂,但树比人强,它们全都朝向高处,朝向上帝,并且如今唯一联结天空和大地、不让它们彻底分离的东西便是祈祷和树木。刚在土里站住脚,"他继续说,"树便开始向上伸展,一个又一个在空中放出新枝杈,这一根状系统也比在土里支撑它的那个系统更强大。它越长越高,刺破穿透空气和天空,像脐带将其与大地联结。整棵树就像是巴比伦塔,并且尽管上帝明白它生长不是出于自高自大,任何一棵树,无论有多高,它们注定在末日审判前也回不去天堂。

"实际上,每棵树都仿佛在重复人类的命运。它受孕也是在空中进行,在那里种子成熟,在那里种子积蓄力量和汁液,然后就像亚当一样立刻垂直落到地上。但是它们在空中足了月,也竭力要回到那里。树木向上生长非常缓慢，一步一步，肉眼难以察觉。就是说人的净化和救赎之路是渐进的，艰辛的，并非所有人命中注定能走完这段路。成千上万落下的种子能在土里长出来，站稳脚跟的只有少数，但是接下来它们将坚持住，抓住生机，只要有上帝在身边就稳稳站立。有一些树能活几百年，甚至几千年，但是如同我说的那样，终究注定没有任何一棵树能回到天堂。像人被罪恶侵蚀一样，树木从里面滋生出蘑菇和霉菌。但不管怎么说，一棵树即使是无力挣扎，即将死去，在其寿限最后一个夏天，它还是会在空中结出如此纯洁的果实，就像罪孽最重的女人所生出的孩子那么纯洁无瑕。"

"看到了吗，阿廖沙，"伊夫拉伊莫夫继续说，"你有权问我，树因何受罚？准确的我当然不知道，也不可能知道，但我能说出我的推测。天堂之树有各种不同果实，问题并不在于亚当过早地吃了其中一个，树的罪恶在另一方面，树上结的果实中最甜的一个，我会把它叫作最终之果、终点之果，是知识之果、答案之果、真理之果，但不是通向真理道路之果。吃了它，人已经不能也害怕独自前行，不相信他一定能到达上帝那里，亚当在果实还小时就把它摘了下来。从那时候开始，我们，亚当的后人，喜欢答案远甚于问题。我们便变得那么难和上帝交谈，那么难理解他的话，因为自打从他身边堕落后，我们仿佛连语言都不再相信。上帝的世界是问题的世界，只有问题才与上帝世界的复杂性相称。

"你想象一下，我要是问你我们的克隆菲尔德大夫是个什么样的人，即使你对他熟悉得如同自己，也不怕麻烦向我全盘托出，你也得承认，你给出的画像要比克隆菲尔德本人简化，原始得不可比拟。《塔木德》中说，人，每一个人都为上帝珍视，就像其创造的世界一样。人也和世界一样复杂，因为它，这个世界，就在我们每个人身上。无论克隆菲尔德是什么样的人，聪明还是愚蠢，好还是坏，也许都算不上，你得承认，他都永远放得进我的问题中，而永远放不进你的答案中。在上帝的世界中答案是别人的，是人为的，与其相敌对。答案是简单的，它们让身边的空间也变得那么简单，那么容易理解，但这是一种幻象，是一个不准确的、歪曲的、近似的世界，在这个世界上，一切飘忽不定，界限模糊，事物相互叠压，以至于善很难与恶相区分。有为了善良目的而作恶，也有善翻转为恶。

"这个世界已经不是上帝所创造的那个世界，是另外一个世界，所以我们如果不学会发问，我们就回不到上帝身边。我们问得越精细、越睿智，我们能越快找到通往上帝之路。我们要记住的法则，说实在的，只有一个——分寸。我们应该有知识，可以去问，而要想问到所有知识却办不到，因为有一些可恶的问题有能力毁灭世间万物。对某些问题总还是会有近似的答案，有一些则没有，也不能有，还有一些问题我们有权去问，但是终究得不到答案，或者对答案不理解。我们生活的世界是活的，它会动，变化多端，我们不能忘记这一点，也不能忘记我们的问题不应当与之对抗、敌对，恰恰相反，应该与之共鸣，为其承认和接受。

"所有这一切，阿廖沙，大概不难向每个人解释清楚，但是可以用来提问的语言在渐渐离开，用它记录下上帝给予的摩西五卷，但只是以最早的古犹太人的形态出现。《律法书》中词语是多义的，文本里有丰富的隐喻、形象、比喻。你要明白，阿廖沙，好的隐喻不是语言游戏，它是真实的，其中有事物世纪的对应，有唯一的上帝所创造的世界的统一。此外，当时书写不标注元音，所以纸面上极其不同的词语经常看起来一样或者相似。所有这一切让文本能呼吸，会变化，在人面前每一次都以新的面貌出现，被人以新的方式理解和阐释。也就是说它是活的，像世界一样是活的。这一点从翻译中流失了。

"七十子希腊译本和武加大拉丁译本由于语言特性和翻译本身特性缩减并简化了五卷的含义。翻译永远是翻译者本人对文本的理解，他好像在每一个句子下面都写着：我，什么样的人，生活在什么时候，住在哪里，我明白了上帝说的什么，我怎么做的。于是这一切，他是什么人，干过什么，都跑进圣经中。圣经的翻译成为界限，之后产生出规范，每个字只留下一个意义，但类似语言只适合作答案。"

"曾有个时候，"伊夫拉伊莫夫继续说，"那时人们不是写、而是画语言，人存在于他每一个所写出的符号中，每个符号中都有他之所想、他之所求、他之发现，或者只是猜测。抄写这个词语时，你在画、在描绘自己对它的理解，于是它永远是新鲜的。当五卷在西奈赋予人之时，这个时代接近尾声。人们大部分书写用的已经是相同的、仿佛双生子一样彼此相似的字母，但是记得和懂得旧式书写的人还活着。埃及部分地使之复工，部分地没让他们遗忘。之后这些人死去了，于是从此我们一直在做一个奇怪的工作：成千上万的优秀头脑都在注释和解释圣经，但是他们用于记录的词语却是确定性的，终结性的，仿佛停下了脚步。以扫就是这个样子的，在他那里一切都已完结，都已停当，他无法发生改变，因此上帝便剥夺了他的长子名分。"

"词语意义的单一，"伊夫拉伊莫夫说，"是一个可怕的病，它脱胎于谎言，脱胎于对上当受骗的恐惧，这种语言中没有信任，没有自由，它适合于律师和官吏，但不能用来祈祷。可悲还有一点，我们如今愈发经常地为语言着色（给自己的、别人的、坏的、好的），颜色很鲜艳，很准确，对比明显，于是颜色堵塞了意义，最终词语意思是什么已经不那么重要，即使已经向你解释清楚该如何对待它。字母当然是伟大的发明，它让书写简化了不知多少倍，但可惜，损失也是巨大的。喀巴拉派说的不对，《律法书》对我们来说是全部敞开的，全部给了我们，是我们自己把它变成了封闭性的。"

已经很晚了，周围人都睡了。伊夫拉伊莫夫说累了，于是坐着坐着背靠了墙，我以为他是在等我站起来，像昨天一样去送他回病房，于是开始用脚找鞋。我鞋还没找到，伊夫拉伊莫夫好像记起了斯塔尔夫人，他制止了我。

在经历了在法国度过的急风暴雨般的第一次生命后，斯塔尔夫人在俄国度过的第二次生命几乎就是休养。特别是开始时期，事件发生不多，所以我实际上能说给你听的没多少。只有一件事值得注意，那也是因为其后果，或者甚至可以说，这件事本身延续到了今天。

对欧也妮·法兰西耶夫娜·斯塔尔应当给予适当的评价，她身上有耐克家族的血，因此她成为一个非常勤奋的女主人。在19世纪中叶，当时俄国许多大型地主庄园通常已经被抵押和再抵押出去，很少有收益，她的庄园几乎是省内唯一一座利润不断增长的庄园，而且有一点特别能证明，属于她的农民被认为是这一地区最富足的农民。她生活封闭，离群索居，与在巴黎不同，她几乎没什么花销，于是她把土地带来的收入又重新投入庄园，狂热地进行各种改善活动。为了将来把苹果运到莫斯科,她沿河岸开辟了两座大果园,种上了树,似乎她几乎是乌克兰和新俄罗斯以外地区第一个把劳役租耕地全部用来种甜菜的人,她在田地旁建起了一座虽然小但收益颇丰的糖厂。

耐克男爵不止一次对自己的君主路易十六说过,要想达到让臣民良好纳税的目的,只能有一个办法,就是不要妨碍他们去挣钱。欧也妮·法兰西耶夫娜努力遵循这一原则,一系列优惠措施中包括给自己的农民发放贷款,而且数目不小,用于发展各种手工业。乡村生活如此让她着迷,以至于与最初的意图相反,她连冬天也在庄园度过,也就是说一年四季都在乡下,年满24岁以后就没去过两都。甚至她有事去唐波夫也是当天去当天回,只有每年贵族开大会时她才会在城里待上一周,有时两周。

以前她相当频繁地抽空,有时去莫斯科,有时去彼得堡,但总是顶着别人的名字住在旅馆里,所以尽管她发生过一些极其猛烈的罗曼史,但都是秘密进行,没玷污她的名声。不管从哪个意义上说,她都几乎是全省最佳的求婚对象,因为她富有、年轻、迷人、聪明。所以,起初上门提亲的人很多,络绎不绝,但是她全都拒绝了,而且坚定明确地让人立刻明白,她不是不想嫁给你,而是想着就是要留在闺阁中。对此有不少流言蜚语,但是没有别的口实遭人闲话,所以议论很快便终止了,不再有人上门求亲。因为她对人平等,对人尊重,最终没有嫁给任何人,她的拒绝也没让谁生气,和任何人的关系都没有破坏。她只是有一个古怪女人的名声,其他的方面平安无事。

生活相当快地证明了斯塔尔夫人的一个主张:她认为如果俄罗斯的贵族们更多的时间是在庄园里,而不是在彼得堡度过,那么土地因其土壤肥沃和气候合适会让他们过得更好。带着这一思想，她甚至两次在贵族大会上发言，她的两次讲话都得到热烈欢迎，得到许多人支持，但结果只有一个，那就是彻底奠定了她是一个有种种怪习的女人这一名声。

无极端必要不离开庄园的规则她绝对遵守，她甚至在1851年夏季霍乱流行期间也没有离开自己的松树坡庄园而去别的任何地方。当时这场霍乱席卷俄国南方，8月底也蔓延到了唐波夫。她好像是当地贵族中唯一一个留下的人。她也不像那些没有钱撤离住惯了的地方的人那样，把自己关在房子里，她对自身的勇气非常满意，还像以往一样继续每天巡视庄园，亲自监督所有工作。她唯一做的防病措施就是在奥斯科尔定制了一顶自己设计的极其独特的轿子。底是木头的，为了透过新鲜空气钻了大量小孔，其他五面用活接头彼此固定，用漂亮的铅蚀的波西米亚玻璃制成。

她叫人在这个玻璃匣子里（由四个农民抬着，旁边跟着管家）摆上包着蓝色塔夫绸的带枕小沙发，这是唯一一件她当年在法国买的东西，于是便上路了。她身着一袭薄纱长裙，头戴白色花边帽子，脚上舞蹈鞋也是白色的，她非常喜欢，和她很般配。大概是为了使自己安全，她在轿子里点上了一些香烛。在各村和邻近庄园，她这顶奇异的轿子一天之内就让所有人所知晓，给所有人，从地主到农民，都留下很深印象，这让斯塔尔夫人极其高兴快活。

这一年夏天，她在河对岸临近的沃罗涅日省又添置了一座村庄，叫索洛夫卡，还带有一块建筑用材林，在9月末当文书彻底办理好，她成为其合法主人后，她出发去查看村庄。这之前霍乱已经消停下来，但她还是决定不坐马车，而是坐轿子前往。他们刚刚从桥上过了河，斯塔尔夫人就从背影中关注到有个走在前面的小伙子。只是后来她才意识到他在什么地方吸引了她的注意，这个陌生人穿着明显像个老爷，但步伐体态更像是个平民百姓。后一点立刻引人注目。为了验证自己的印象，她想看看他的正脸，但是他轻装上路，走得很快，所以无论她的轿夫如何努力，要想赶上也是很困难的。最后她没兴趣猜他是谁了，于是打起了盹。

她睡得很香，显然也睡了很久，后来突然被吵闹声、叫骂声所惊醒，最主要的是轿子停了下来。还没来得及全醒过神来，她直接看见那个青年双膝跪倒在她面前。他直盯着她，交替着一会飞快地画十字，一会疯狂地翻钱包，同时抵御费力要把他从路上推开的管家。那情形好玩极了。正如她所想的，看上去他还是个孩子，而且是一个在这个大地上感觉自己不牢靠的人。他的脸又可爱又好看，于是她产生了想和他谈谈，也许甚至可以把他带到新庄园的念头。她已经张开嘴，想要招呼男孩，但此时他终于在自己钱包里找到了要找的东西，并且不管农夫们怎么干扰他，他还是灵巧地在玻璃包边上放了一个戈比，之后一头跑开了。

看见斯塔尔夫人醒了，管家用负罪的嗓音开始为自己辩解，但是他说了什么，她并不明白，她也无论如何想不明白发生了什么事，只是后来她才忽然想起来，那个男孩或者是把她当成雕像，或者当成了活的圣母玛利亚。当天正教教堂正好在庆祝圣母日，一大早农民们就来到地主的家，向她祝贺节日，按照习俗送上盐和面包，她也回赠了他们，而如今她本人被人当作了圣母。这真是太可笑了，她，欧也妮·法兰西耶夫娜·斯塔尔，全区的人都认为她是老处女，如今就被当成了处女玛利亚，她又想起来那个男孩刚才那么坚定同时又那么害怕地施舍了她一戈比，于是便像疯子一样哈哈大笑起来，怎么也平静不下来。

之后农民们抬着轿子继续往前走，但是她突然想要耍耍性子，做点蠢事，于是她没想起来更好的主意，便让人往回走，去寻找那枚丢下的硬币。直到那枚硬币在路上尘土中终于被找到，并且由管家手递手交给她时，她才安静下来。最后他们到索洛夫卡时已经是黄昏时分，无论巡视什么都太晚了，而且应该说她今天已经完全没心思做事。她只是懒洋洋地察觉农民的木屋很破，许多都歪斜了，附属设施都快坏了，因此假如她是坐马车来的，那些马都没有地方安置，而主人的房子却是石头的，这在当地很稀奇，初看起来也还凑合。

房子有两层楼，于是她吩咐把床铺安置在二楼靠角落的一个小房间内，屋里有个壁炉，可以很快很容易暖和起来，至于轿子，由于没有车棚，只能放在一楼接待大厅内。刚暖和起来，她立刻躺下了。但是她又没能安安稳稳睡足一觉。快天亮时，楼下传来一阵叫喊声、吵骂声，一切都和早晨的经历非常像，于是她在什么人都没召唤过来的情况下，自己穿上衣裳，下到一楼。农民们还没从搏斗中平息下来，告诉她说刚才那个人两次企图钻进房里打碎她的轿子。而且第二次他们已经在门厅里抓住了他，想要捆起来，但他打起架来简直不是人，最终挣脱开跑掉了。

她问他们，那个陌生人说没说他哪里不喜欢那顶轿子，他们肯定说，是的，他说了，确切地说是一直在喊，说他一定要破除魔法，打碎水晶棺，揪出睡美人。她以前知道这个童话，此时突然感觉很好，因为她如今是睡美人了，他再也不拿她当作圣母玛利亚了。据她回忆，在那个童话中，救出公主并且娶她为妻的应该是一位英俊的王子，于是她想，这种方式求亲挺有意思的，况且好像好久没人向她求过婚了。最近，她有时惋惜把所有人都推脱了。并不是她突然想嫁人了，只不过不知是烦闷了还是厌倦了独居生活，有人求婚，不管是什么人，都是开心的事。经营农业对她来说渐渐失去了新意，变成了千篇一律，于是她已经没有了往昔的热忱。她缺少新的人，新的印象，并且也许是两世生活以来头一次害怕孤独和衰老。

不过她还是决定不做任何举动，好让这个男孩接近自己，尽管他很可爱，自己也喜欢上了他。并且，他想到了在自己的剧本中给了她一个那么神奇浪漫的角色，她相信剧情幸好还没有终结，所以也许因此她不打算采取任何措施。她立刻有了这样一个看法，这个剧本是他的，所以她至少在开始时不应当妨碍他，企图改变什么，只需要听从他，跟随他。还有一点，她感觉到他的故事中有某种深刻的含义，这个故事的长度会异乎寻常，对于一出戏来说长得离谱，总在增添新的剧情线索和剧情转折，而一切都已为此想好，无论是男孩，是她，还是其他参与者，都只能到最后才能明白一切。

她需要在自己的新村子里确定租赁，安排秋冬必须要做的工作，起初打算呆上五六天。而如今在发生夜袭事件后，她认为再没有任何人能把她拖回松树坡，并且如果需要，她还可以在这里待上更长的时间；一句话，既然那个男孩需要时间，她无论如何也不会去催促他。总之，她完全情愿去帮助他，但什么特别的都不需要。第二天夜里他又出现了，这一回他多了心眼。他知道门口有人严密把守，便试图从窗户进到房内，他开始撬百叶窗，但他动作不熟练,有动静,看守的农民很容易就抓住了他。最后他被放了,不过被狠揍了一顿。

早上知道这事后,她向村长大喊大叫,发出严令,如果夜袭再次发生,不许给那个陌生人造成任何伤害,只要把他抓住,捆起来放在门厅后向她报告;之后由于可怜那孩子她哭了一整天。三天平静地过去了,显然他在舔伤口,就在第四天夜里他又做了尝试。但就是这一次他也没成功。而且在此之前她已经知道了他是谁。

在当地,他凄凉的身世几乎人人知晓。他的父亲是帕维尔·伊万诺维奇·加加林公爵,母亲也是位贵族,叫伊丽莎白·伊万诺娃,她的父母在附近拥有一座非常小的庄园,准确地说就是一座小村庄。帕维尔和伊丽莎白没正式结婚,所以这个孩子自然就是一个私生子。由此他的父称和姓都取自其教父,全名是尼古拉·费多罗维奇·费多罗夫。他的亲生父亲很早就死了,不过在他祖父、叶卡捷琳娜二世和亚历山大一世在位时的权贵伊万·阿列克谢耶维奇公爵和他的叔父康斯坦丁·伊万诺维奇公爵在世时,他得到了他们的庇护。靠他们的钱,他上了唐波夫中学,后来在敖德萨的黎塞留法政学校学了半截。眼下他们都去世了,他没有了钱,似乎唯一可以考虑的就是在某个县城学校谋个教职。

村长报告说,按照她的吩咐,这个傻小子被捆起来待在门厅里。这之后她又派村长去找费多罗夫,让他使其确信解救公主的时刻还未到,魔法还很强劲,要是他现在就打破棺材,她必然会死;她没拿定主意自己去说。她还让村长转告,如果他,费多罗夫,悄悄再等上一个小时,等到魔力减弱,他今天就可以到公主身边。村长刚一走,欧也妮·法兰西耶夫娜立刻起床,穿上她被认作是圣母玛利亚时穿的那件薄纱长裙、戴的那顶帽子和穿的那双鞋，快步下到楼下。她在轿子四角点上四根巨大的蜡烛，还在轿子里点了四根黑色的细香烛，一句话，尽量做得一切都和当时一个样，在确信一切都没有搞乱之后，躺到了小沙发上。之后她放下了"棺材"盖，开始等待村长何时通知完费多罗夫，让他到自己这里来。她知道她的服装、她的蜡烛，从里到外映照在水晶玻璃上，使一切都完全像童话般美丽和神秘，她非常高兴他一看见她时她的样子，无论以后他们俩发生什么事，他记住的就是这个样子。最后由村长打开了房门，他非常缓慢地走近她的棺材，由于光线明亮眯起了眼。他跪了下来，向她划了三次十字，亲了她眼睛和嘴唇最近处的玻璃一下。然后坐在了旁边。

尽管欧也妮·法兰西耶夫娜的眼皮半开半闭，她还是第一次仔细看清楚了他。当然，他已经不是个孩子了，但是非常年轻，面庞让她想起曾与她幸福相处过的罗克。一瞬间，她甚至忘记了面前的不是罗克，于是她为他、为自己感到难过，难过自己竟然没有给罗克生个孩子。很可能她当时想起罗克也不单单是因为有了费多罗夫，她最近几个月以来身上有什么东西开始发生变化。许多一直被她看作是次要的和意义很小的东西如今陆续回来了，并且每次都让她难过的是，她当年没看见、没重视、没理解这些东西。特别是有不少人回来了，她习惯于听到斯塔尔夫人渴望新面孔，听到她是那种对众人感兴趣的人，并且认为这没什么好生气的，而结果是她对非常多的人漫不经心。如今她为他们也为自己感到惋惜。

也许，所有事情关键就在这个男孩——费多罗夫身上，而不在于他长得像罗克或者别的什么人，这里是另一回事：随着费多罗夫刚一出现在她的生命中，她在世界上地位发生了改变，她突然自己感觉其变了样子。她好像真的是在从棺材里看世界。以前在她身上是无穷的运动,无穷的行动,她总是处于某些阴谋、冒险、诡计的中心,总是被人们所包围,那些人或者是她要说服的,或者是她有所希求的,也就是说一切都由她走向他们,而如今他出现在她的生活中,她变成了另一个人。一连几小时,由于害怕动一动会吓着他,她躺着完全一动不动,她身体开始发麻,后来疼痛,但是从小没受过任何苦痛的她却毫无怨言忍受了一切。她躺着,半闭着眼睛看着这个男孩,有时要是他说话就听他讲,不过费多罗夫吐字不清,而且玻璃窗挡住了声音,以至于她很长时间几乎什么都不明白,只是后来才学会根据他的嘴唇判断他到底在说什么。当然了,她甚至一次也没有回答一句话。

就这样她每天一小时一小时一直躺着,整夜不眠,不过也不是不睡,是处于奇特的半睡半醒状态。她世界里的时间被他延缓了或者甚至是完全终止了。一切都被他完全平静宁息下来,因为在这些约会(第一次、第二次时,在他在她身边度过整整一夜,清晨才离开之后,她甚至因为打盹不清楚是什么时候)进行时,完全没有任何事情发生。

他几乎所有时间都坐着,只是坐着,怀着一种无法想象的温柔望着她,她经常看见他眼里的泪花,有大约两次他甚至哭了,为什么,她不知道。有时他会向她讲起自己;她甚至听不见也明白这一点,因为他的嗓音完全变为忧伤。他常常说着什么就经常像孩子一样着了迷,挥舞起手臂,蹦跳起来,大声喊叫,之后又立刻停了下来,仿佛这样做实在不合适,他重又坐下来,重又目不转睛一直望着她。到半夜他经常会疲倦,躺下来,脸朝向棺材,头放在她腹部的地方,于是透过玻璃她很快就开始感觉到他的温暖,也开始入睡。他让她习惯于一动不动,习惯于忍耐顺从，她身上曾经有太多的力和运动，如今这都消失了，于是有一些人立刻从过去回到她身边，那些人也像她和费多罗夫相会一样慢慢腾腾，那些人从前全都追不上她。她也为这些人感谢他。

在索洛夫卡，费多罗夫和斯塔尔夫人几乎每天见面，之后过了半个月，在比预计多停留了一倍时间之后，她回到了松树坡，她毫不惊讶、甚至认为理当如此地看到他尾随而至。在这里一切照旧：只要他来，女仆就让他单独留下，不过如今不是在门厅，而是在大厅里，在松树坡有真正的老爷住宅，她下楼来，躺倒棺材里，然后再放他进来。有时她感觉不舒服或者不想和他在一起时，就让人告诉他现在由于她身上被加的魔咒不能见她，于是他便毫无怨言地离开。他十分宁静、听话。但是这种情形很少发生，他很快、出乎意料地快便成为她生命的一部分；相反，只要他自己由于什么原因一天两天没来，她便发愁，不知如何安身，一到傍晚便开始为他担心，折磨仆人，问他为何没来；而只要费多罗夫终于到来，她的心便放踏实了，立刻感觉轻松愉快。

说到底，大概她俄罗斯这一生中非常缺乏爱情，缺乏孩子，而他在其言谈中、在其唤起她产生的同情中就像是一个孩子，并且她听他讲话，就像听自己孩子讲话一样；她怜悯他、爱他、思念他也像是对待自己的骨血一样。这种情形就这样持续了相当长时间，大约有两个或三个月。已经有周围地主们的闲话传到她耳边，说她折磨、侮辱这个不幸的疯子。这件事在唐波夫地区搅起很大动静，甚至传到省长那里，很可能原因就是那个玻璃棺材：大家都觉得她的这个设施以及她装死人这件事是顶级的恬不知耻。

未必是这些闲言碎语对她起了一点作用，但她突然明白过来她再也不能心平气和地倾听他的爱情表白。她越来越难以只把他看成是个孩子,她已经时刻不断地说服自己认为他是个孩子,他总归是个孩子;斯塔尔夫人最难受的时候,是当他身体靠在玻璃躺下,他的体温温暖了玻璃,开始传到她身上之时。这是这是最轻微的爱抚,仿佛是他轻轻触碰她,仿佛是他用自己的气息、自己身体的气息在温暖她;她忘记了他们之间隔着玻璃,他仿佛躺在了她身上,她感觉他躺在她身上,于是开始疯狂想要得到他。她那么想要得到他,以至于她的身体已经无法保持平静,开始随着他的体温运动,他仿佛熔化了玻璃,靠近她,躺到了她身上,于是她做好了准备去绽放自己,敞开自己,让他进入自己之中。

他入睡了,于是她倦于在自己的榻上受折磨,微微欠起身,用额头触及被他捂暖了的玻璃,触及他肚子和大腿根的地方,那里的玻璃被他完全捂热了,她身体动来动去,几乎让自己发狂。她身上一切如今都变得那么敏感,敏感到当夜深人静,房子里都消停了,生命都停滞了,甚至连燃烧的蜡烛都不能妨碍她区分出他的热度,她都能用舌头将之区分出来:她对自己的法国老奶娘说他完全与别人不一样,他有活力又非常柔软,用不着和他保持距离,因为他烫不着人、扎不着人。而当蜡烛熄灭,她对这一温暖的感觉彻底明显了,这温暖一波又一波传来,数着它们她就像数着海上的波涛。她知道费多罗夫也感觉到她,所以很感激他,夜里当她额头紧靠在他大腿根的地方时,她看到他的肉体回应她逐渐膨胀,让他窄窄的裤子鼓起来,而他在试图让身体更舒服些,开始在睡梦中嘟嘟囔囔,翻来覆去,发出呻吟,怎么也无法平静下来。

她头脑中相当早开始产生一个念头,那就是要是她把他变成自己的情人、供养他或者甚至让他娶了她的话,那会对两人都很好。可是这里有不少各种各样的障碍,于是她产生了动摇,无法拿定主意。她早就习惯独自生活，不依赖任何人，不考虑任何人，习惯了珍惜自己的名望，因此要走一下子让这一切全毁掉的这一步，对她来说不容易。此外，她珍惜费多罗夫本来的样子，她喜欢躺在水晶玻璃下，喜欢当睡美人，喜欢人们爱她如睡美人，她不想失去这其中任何东西，就是说她是会乐于让他成为情人的，但是同时要留下他们之间以前的一切。留下他如何望着她，如何坐在她身边，她如何躺在他身下，完全并排躺在他身边而又无论如何为他所不可及。她依旧喜欢他们之间的清白，所以如何将这种清白与他突然成为她的情人的事相容，她不知道。她也不知道他会怎样接受她不再是睡美人的事实。

费多罗夫讲到自己时不止一次告诉她，说他是个童男子，也习惯于尊重他身边从未有过任何人的情形。在他对世界的理解中有太多的东西是建立在他从未与女人打过交道的基础上，他要救出的、从魔咒中解脱出来的、复活的她，会是他的第一个女人。她简直不知道他会不会完全同意当她的情人。外表看起来他们之间没什么变化，完全没什么变化，但一天天、一夜夜她愈发想得到他；他睡着了，而她为了得到他，让自己燃烧得控制不住，她忘了还有玻璃，她撞玻璃，蹭玻璃，靠在上面，不住颤抖，她总是处在某种歇斯底里的状态，无缘由地哭泣，什么白天也不睡觉，几乎不吃不喝。就在这迷迷糊糊之中，在她害怕一切（她从没有过如此之恐惧）、依旧没准备好采取任何举措之时，在其同时明白不能这样下去，这样她会发疯之时，她突然想起来奶娘不久前和她说过一件事，说唐波夫新开了一家非常好的药店，是德国人施里西廷开的，药店买一种很难得的感冒药，主要成分说不好是吗啡，还是鸦片。

21

早在巴黎的沙龙里，话题就不止一次涉及鸦片的卓越特性，涉及东方吸食鸦片的人以及服用这一药品的人的感受。她那些年的熟人中有两个人，曾在印度度过许多岁月，没有鸦片完全没法活，其中一个便是奥塞尔男爵，一个黄色面孔的忧郁的人，他是她最近越来越经常回忆起来的那些慢慢走来的人中的一个，有一次他花了很长时间给她的来宾们作解释，说那是一种幸福，完全绝对的幸福，它很近，就在身边，而最重要的是它很容易达到。贫穷饥饿的印度人比其白人统治者们更聪明，他们对此非常了解，他们情愿整天工作，但不是为食物、为钱或者为权势，他们所需要的一切便是一管鸦片。因为你年轻也好衰老也罢，你健康或者即将死去，只要来上一管，就能让幸福注入你的身体，就能让你回到天堂，回到那个谁想都不会想到堕落的时代。鸦片能清扫掉上面的一切灰尘，大自然已经破旧了，黯淡了，失去了颜色和新鲜，而如今它又恢复原貌。

起初你开始分辨出各种气味，然后你身上的所有感觉都敏锐起来，你又重新像个孩子，上帝又把你带到身边，带到他创世纪第一天的世界。周围全是鲜花开放，芬芳扑鼻，树木葱茏，花草繁茂；你不知道它们的名字，因为它们谁都还没有名字；上帝对你说"你叫它们什么就是什么"的那一天还没有到，但是它们也不需要有名字。色彩是那么鲜艳、突出，仿佛它们都单独存在，没有完全达成整体。谁都不欺负谁，也不妨碍谁；你能分辨出组成世界的一切，而且不只是外部世界，而且还有你肺里的空气，你血管流动的每一滴血，你的每块肌肉，你新鲜纯洁，像新生儿和无罪的人一样。

但很可惜，一切都需要付出代价，清醒过来、回到我们的世界是那么可怕、那么快，疼痛（你身体每个细胞、每块小骨头都在痛，似乎身上的一切都被彻底粉碎、折断）以及损失是那么巨大，因为什么都还没来得及消退，你还什么都没习惯和接受，什么都没有忘记；大概就像亚当堕落后的瞬间的感觉一样。有一点让人欣慰，那就是回到天堂并不难。

奥塞尔说："吸鸦片的人永远不会告诉你，一管鸦片给他带来的只有好梦（那样代价似乎太高了），或者真的把你带到上帝刚创造出的世界，我到目前也不知道这一点。有时候我确信我看见的东西是现实，可第二天又感觉只是在做梦。至少，当我吸鸦片，人们和我说话时，我听得到，听得明白，回答完全恰当，但是一切都那样被编入梦境，以至于醒来后什么都分不清楚。"

当时奥塞尔的讲述就是如此，之后她只见过男爵不几次面，很快他离开巴黎去了奥弗涅自己的庄园，据传几个月后在那里去世。如今随着施里西廷和他的药店，这一切又来到她的记忆中；起初她可怜奥塞尔，自己对他关注太少，后来她立即毫不迟疑地想到，可以不妨给费多罗夫少量的鸦片，他大概还没有和鸦片打过交道，就是说没上瘾，有一点安全剂量（她怎么都不想给费多罗夫造成伤害）就足够了，那他就会入睡，于是睡梦中就会成为她的情人。

她感到高兴和觉得好玩的是幻想她的费多罗夫会拥有她，也就是说他的理想会实现，但他永远也不会知道这一点。即使撇开她终于可以结束折磨他和自己不谈，这个想法本身就非常美妙，并且她想到自己早该高高兴兴，甚至兴趣盎然地写上这样一部浪漫小说。情节从他们第一次见面开始就严格而奇特，但其中有许多力量、活力，她感受到了，并且一切也都组织得合情合理，而最重要的一点，她知道这个故事里将来也很少有意外，相反故事一定能延续下去，会发展，会自己成长，很可能已无需她和费多罗夫参与。她可以监视情节走得相当远，她确信这一情节永远不会散落和破碎，也许甚至相反，变得越发稳定，越发站稳脚跟，但是结局（这事她头次遇到）她却看不到。

以前无论她做什么，内心总是一种正确感，不需要找任何理由，现在也如此，她突然被一个念头所诱惑，她要做一部俄罗斯神奇浪漫小说的女主人公，做一个像她自己以前小说中的人物那样情节的俘虏。从不久前开始（费多罗夫只是把这一点突出出来）她内心有许多宿命思想；控制世界甚至控制自己的权力从她手中滑落、溜走，但是她不伤心，她完全变成另一个人，突然发现多么应该不为任何目标而奋斗，不为任何事情负责，最终承认你的命运早已从头到尾排定，没必要愚蠢地企图将其拐向。她内心呈现出平和心态，她的步伐、神态，甚至言语都愈发平静，爱上了一种想法，既然一切都的确如此，无所可为，那就是说，她无辜无罪或者过错非常之少，而这便是对平和心态的慷慨补偿。

次日清晨，她派自己年老的女家庭教师去唐波夫，给了她马车好让她快些回来，但是药一到手，不知为什么她开始犹豫，第一天、第二天都没给费多罗夫。她心中有一种莫名的恐惧，她突然开始害怕费多罗夫，害怕自己和他的关系。一周里有两次她难受得不得了，她都没有吩咐奶娘不放他进来，这种事很久以来都没有出现过；如今当她手里有了鸦片，他的到来实在给她带来的欢乐要少之又少，她紧张，身上冰冷，怎么也睡不着，对他黎明离开时分的期待变成了刑讯。这明显合乎情理,现在,当他们的关系应当发生改变之时,她吓坏了,害怕牵连其中,她有时想,要是他们的情史自我终结了,她会很高兴。

但是第二天她又重新想要他,又重新没有他活不下去,期盼他的到来,告诉自己这只是她普普通通的娘们儿所特有的担忧,普普通通的神经发作,是她面临即将开始重要工作(因为你永远不会知道会不会成功)和面临建立长久关系(因为生活会改变,是好是坏谁说得清楚)时总要出现的情形。说到底,即使是在她一如既往爱着费多罗夫的日子里,恐惧也没有离开过;她头一次面临要走进一个不知道通向何方、不知道如何出来的轨道,她感觉到了这一点,她已经无能为力了。

她习惯了做自己生活的主人,由于这个原因她在俄国一直没有出嫁,而如今却面临着要放弃以往拥有的自由,反过来要牵扯进一个她毫无所知、无法掌控的事情。她近些年反复想到的就是疲倦,这一疲倦越来越严重,部分地是有思想准备的,可是接受、认可新情况对她来说并非易事。大约两个星期她都在犹豫、拖延,又一次甚至自己试了试鸦片,不过用的量很小,但是就只这一点点就足以让她确信奥塞尔没夸大多少事实。之后她虽然似乎已经下定了决心,但却想不出来如何给费多罗夫下药,既要让一切看起来自然而然,最重要的是又要让他丝毫产生不了怀疑。她本来头脑反应快,喜欢并善于有所发明,可此时她想到的一切都被她自己否决了,总是无法同时满足两点。最后斯塔尔夫人想出个主意,简简单单地把鸦片掺进她放在棺材顶上的蜡烛中就行,这样的话费多罗夫会慢慢沉醉入睡,几乎和平常一样,什么都无法察觉得到。

这大概的确是一个最好的办法。为了让蜡烛看起来是工厂产的，她命人在城里购买各种蜡烛模具，有什么样买什么样，但是当模具运来时，这些都不令她满意，最后她吩咐自己的私人木匠制作出新模具，她自己也解释不清为什么模具采用伊凡钟楼形式。她客厅挂着一幅版画，上面有这座著名的钟楼，所以木匠就有了范本。如今，她一整天一边等费多罗夫，一边在一个深盘子里将买来的蜡烛熔化，再把蜡与几滴鸦片掺和起来，将其灌入模具中，之后坐在旁边寸步不离，直到其完全凝固。她时常克制不住打开模具，蜡凝固得很慢，还有温度，她捏的时候还在随着她手指在变。她把蜡烛拿在手里，抚摸它，爱抚它；她买的蜡烛是很贵很香的品种，蜡烛的香味让她兴奋，她想要用嘴唇去触碰、去亲吻这一她刚刚浇注出来的钟楼，但是她害怕把它弄坏了，克制住自己，将蜡烛放回到模具中。

　　之后一天，她明白自己已无路可退，早在费多罗夫到来前几个小时，她就在水晶床床头床尾固定好含鸦片的蜡烛，之后像往常一样躺到沙发床上，告诉女仆先不要点燃蜡烛，她想一个人在黑暗中待一会儿，直到费多罗夫来到再点。她头一次在费多罗夫到来之前很久就躺到棺材里，她需要与这一天真纯洁的故事告别，故事里的东西一切都那么美好：有蜡烛，有水晶，有他们扮演的童话，所以尽管她从第一天起就在骗他，可是他的纯洁当然证明和漂白了他们二人。这两个月她没有丝毫感到愧疚，有的只是对他的感激之情。如今一切都应该改变了，她知道从今夜起她和她的罪孽将压过他，他会变成为她的玩具，仅仅只是玩具而已。她难过自己是一个那么坏的女人，难过他没能让她改邪归正，哪怕是变得好一点，难过她嫌他纯洁无辜得还不够，嫌他给予的爱情和忠诚还不够，难过自己淫心太重。这既不是自我抨击，也不是忏悔，这只是她暗中的心思，是她在与往昔告别。

那天晚上费多罗夫来的时候和往常一样,大约天黑后两个小时的时候,一切都和往常一样,因此她甚至为他、为自己感到不满意,不满意他没有任何不安,没有任何预感,也就是说他没听出来、没看出来她今天完全变了样。他坐着,讲起自己的童年,甚至似乎就是她以前听到过的东西,但她很难集中精神;他很快便睡着了,一下子就睡着了,话没说完就被鸦片打断了。为了保险,她有稍微等了一会,然后小心翼翼钻到外边,她突然非常开心,像孩子一样笑着跑向卫生间,女仆已经给她倒好了洗澡水。

之后,在她浑身柔软、散发清芬地躺在床上时,奶娘把费多罗夫领到了她的卧室。由于鸦片作用他的脚磕磕绊绊,他本人也紧紧抓住奶娘,完全一副孩子的模样,又可爱又笨拙。她迫不及待想把他抱到床上,但不是当作男人,而是当作孩子,温暖他,爱抚他,喂他奶。奶娘一只手扶着他不让他摔倒,一只手开始给他脱衣服,斯塔尔夫人想到了应该站起来帮一下,但还是躺着没动。费多罗夫个子不高,但身材相当美妙,因此她很高兴去看他如何从粗糙的、多半是乡间裁缝缝制的衣服中现身。最后奶娘把费多罗夫领到床前,自己离开了。

起初斯塔尔夫人与他并排躺着,用大腿去温暖他,没有用手动他,之后想起了什么,于是就真的像对儿子一样和他做起游戏来;她把手伸到他身子底下,开始轻声哼唱,摇晃着他,然后喂他奶。他真的开始吸吮起来,用了力气,啧啧作响,但乳房什么都没有，他扭过头，委屈地哭了。此时她明白了，他的童年和她的奶一样都结束了，她也再不应该做他的母亲，而只是他的妻子。她想要他，这两个月她在玻璃箱中躺在他身下，只能去捕捉他的体温，这耽搁的两个月、受拷打的两个月所积累的一切，都让她急不可耐，动作剧烈，她开始极度狂热地抚摸他的肉体，让其躁动。而他的肉体不太熟练，并不总能与她立刻合上拍点，斯塔尔夫人生了气，手变得很粗野、强硬；他总算进入了她的身体。

在他们的第一夜，费多罗夫如果离开她当然怎么都做不到，但很快斯塔尔夫人平静下来了，能够让自己去适应他；不管他怎么笨拙，他身上还是有很大的自然力量，所以最终她对他很满意，再也不惋惜什么了。无论心灵和还是肉体，她身上的一切如今都轻松了，她非常想吃东西，她决定早饭时要叫人给自己上一瓶香槟，之后再乘马车逛一逛。快天亮时奶娘来给费多罗夫穿衣服。斯塔尔夫人给她帮忙，用海绵擦净他的身体，她很看重不要在他身上留下任何她的痕迹，甚至是气味；白天不在她身边，他应该和从前一样，不能让他猜测到夜里和她在一起不是一场梦。她非常喜欢用这种方式抚摸他，不是用手，而是用海绵，她又起了兴，又想要他，但是已经晚了，他眼看着就可能醒过来，于是她很惋惜地让人把他带到楼下。在大厅里，奶娘把他放在棺材上，摆放得和他平常入睡时一个样，胳膊肘垫在头下，而她本人刚躺到沙发上，立刻便睡熟了，甚至没听到他如何起来离开的。

但终归在他身体里留下了点什么，即使不是他的大脑，那也是身体清楚记得她，因为随着一宿宿过去，费多罗夫越来越熟练；假如以前如我已经说过的，他在床上完全是个孩子，并且是她为他做的一切，每次都感觉是她在使其堕落，看他就像看一件玩具的话，那么如今他仿佛就像一个童话中的勇士，昨天还是个孩子，今天却变成了个男人。他学会了得到她、控制她、要她、享受她，而且一切发生得那么快，以至于有时她觉得他是在假装睡觉，假装什么都不记得。并且以前自己掌控舞会的她，最终感觉到了和他在一起自己是个女人，也学会了顺从他，在他怀中安息，成为他的女人。

以前他坐在棺材旁保卫守护他，他在站岗，直到困得不行才倒下。费多罗夫是她的骑士，是来解除恶毒魔咒、拯救她的未婚夫。她不是他的女人，他对她没有任何权力，他甚至不敢想到她是他的，更确切地说她归那个老巫婆所有，只有他的功勋，只有他战胜巫婆并且破除魔法，才会让他拥有对她的权力，他一直是这么看待她的。而如今斯塔尔夫人在他目光中越来越经常地捕捉到一点，那就是他早在很久以前的什么时候就已经拥有了她，但后来失去了，棺材隔开了他们，但是时候一到，他们又会重新在一起。

她看出他现在看她已经不是像看未婚妻，而是像看妻子。他的眼睛里完全剩下不多的那么让她开心的建立功勋的渴望、与一切黑暗势力搏斗的精神等等崇高的追求；从那一夜开始他只是想要她，他大概自己也发觉自己想她时有些不对劲儿，有些害羞，不断脸红，还有就是他一入睡，肉体就会勃起，就是说他总想要她；她甚至发觉如今他完全不是因为劳累而入睡，他在催促梦境到来，梦是他的快乐，因为梦中能和她结合。大脑一天天让位于身体，让位是为了他能拥有她，斯塔尔夫人。她很乐于观察到他身上展开的这一斗争，有时甚至清醒时他的肉体也会膨胀、勃起，并且当她看到他由于不好意思时而用胳膊肘、时而用外套衣襟试图去遮掩时，勉强克制住自己没有哈哈大笑起来。

在他没入睡的一两个小时，他们外表上看起来和以前一样，他们如今都不一样了，他们之间的事也都完全不一样了，但是他们尽可能地彼此相互欺骗。他一如既往坐在她旁边，给她讲点什么，而她躺着一动不动，闭起的眼睛只留下一条小缝可以看到他。在费多罗夫成为她的情人之后的最初几天她很幸福，她突然明白了在他之前她从来没有和任何人在一起真正感觉自己是个女人，她一直怀疑诱惑塔列朗、巴拉斯、贡斯当等等情人、丈夫的是她的多种才能，是她的智慧，是由于她是人们谈论最多的斯塔尔夫人，所以拥有她当然是个礼物，一个古老的怀疑愈发强烈令她感到可怕，那就是在她腹内，在那个结胎怀孕的地方有着权力的源泉，所以渴望权力、盼望权力的人扑过来，实际上是扑向权力，而不是扑向她。这一切甚至涉及她与之那么相爱的罗克。

而费多罗夫却是纯洁的，他甚至不需要自我辩白，他在怀疑之外，并且他爱上了她这一点，他现在感到害羞并且隐藏自己勃起的肉体，看她如同看情妇，如同已经睡过的并且还想要的女人这一点，证明了她从里到外是个普普通通的女人，她正是作为最普通的女人而美好、为人所爱、为人所期待。

但是他带来的馈赠并非长盛不衰，大约三周以后她突然有所察觉，他连说话都已不似从前，虽然暂时他所讲的话里面还没什么新东西，但是讲话节奏有些变化，强调重点有些不同，但她知道这只是前奏。她没被吓坏或者情绪低落，除了发现的第一天，之前她感激鸦片让他和自己在一起时他大脑休眠，而如今她把这

当成是应当的了，他实际得到了她身上的一切，不只是肉体，她把这当成是奉献，也许她原本就做好了准备，因此也很快就接受了。

　　由于三周的幸福她内心情愿宽恕所有人，首先当然是他，她后来从未忘记这三周正是他给予的。他话里的新东西一天天增多，他好像预感到她很快要给他生儿子，自己也要当父亲，他说话非常成人化，有时她甚至觉得他是故意的。以前其中不清楚、不确定的思想、感觉，如今在她的影响下逐渐成形，具有了严谨性，他本来就有自身基础，没有疑惑，起初她只是给他帮了忙，从她这里他获得的只是打磨的工具，将各种思想汇聚成体系。

　　但是费多罗夫很快便确信他的世界不完满，有些空白他自己无法填充上，于是便很容易地、丝毫不怀疑自己正确地开始从她那里寻找、借用大段大段的生活。但是应当对他予以公正评价，他和她大多数的法国情人有所不同，那些人尊崇她的天份，从来不敢做丝毫改变，因此总是极其粗糙地把她和自己连成一条生命线，这让她总觉得自己委屈，而费多罗夫却是把一切染上自己的色彩。就是说他从来不肯当一个普通的复制者、听话的学生，恰恰相反，他不断从她那里取得建立硬性结构所需的东西，并且最终在他们共同生活结束时将其建立起来，这一结构的某些成分是嫉妒、是和她以及她的世界的斗争所产生出的，有的则反过来是在为她而战的斗争所产生的，放在信仰中，一滴自由都没给她留下。她通常知道东西的出处，而有的时候他拿去的东西被他折射得那么奇怪，连她都搞不清楚其背后是什么。总的说来和他在一起她总感到很有意思，有时她几乎是欣喜若狂地注视他和她所作所为。他的嫉妒特别让她震惊。

　　在得知她是个女人之后，他同时知道了她过去全部生活，并且对之报以仇恨。作为睡美人，她天生注定是他的，也只是他一个人的，应该由他来打破魔法，将她唤醒，她本该复活并且成为他的女人。他来到她身边，坐在她棺材旁，是因为她是他的，他相信是他，费多罗夫，不是有朝一日，而是很快，也许就是明天，会像基督对拉撒路那样对她说"起来走"，于是她便会像拉撒路跟随基督一样跟他走。如今他知道了，她从前曾属于别人，也就是曾对他不忠，所以他诅咒她所有不属于他的时代，所有勾引她的一切。她当年周边的、她曾赖以生存的、所知所赞所爱的一切，都是罪恶世界，也就无权存在下去。他有一个强劲而完整的头脑，看待世界几乎是数学化的，他不明白什么是妥协，也不愿自我欺骗，但是从前，在她之前，他还没有足够生活经验和对生活的了解，去找到清晰和准确的答案，这是为什么？

"为什么他感到我们的世界那么可怕，那么罪孽深重？他寻找答案的进程非常缓慢，花去了许多年时间，"伊夫拉伊莫夫说，"因此我要在此对一切进行人为压缩，但是还是有东西被他一眼看穿。他在她身上发现的罪恶景象让他震惊，罪恶渗透进一切，一切都为之传染，于是费多罗夫明白了，生活无法做任何修正，这只是幻象、虚妄；恶理当被切掉、清除，就像癌症肿瘤。这实质上是对她的宽恕，他明白了、头次明白了恶势力的强大，如今知道了她不可能与之对抗。一步步一切都被他详细思考，并被他认为是错的，他不只不接受她曾钟爱的那些舞会、盛大晚会、沙龙、剧院、餐厅，这些只是链条的终结，而且他还不接受那些时装女设计师、女裁缝们，所有那些生产绫罗绸缎的无数手工工场，不接受挂毯、瓷器、雕花家具、油画，厨房里一本正经做事的厨师，还有香醇美酒，所有让她和世界相联系的方面；她与斯塔尔男爵的第一次婚姻和她嫁给罗克的第二次婚姻也是有罪的，他们婚后生的孩子也是罪孽中生、为罪孽而生，他还反对家庭，反对生孩子；他首先认为生孩子是罪恶生长蔓延的根源，这一罪恶、这一罪恶洪流如今无论如何都该予以制止，让其终结，人繁殖的不是自己，而是恶，人繁育的不是己类，而是恶。"

上帝的形象在依其所创造出的人的身上早已经被磨灭，他，费多罗夫，无论如何努力都无法看到他，看到的只是魔鬼的嘴脸。听他讲话，她时常以为这是对基督的"凭信得救"话语的出色图示，他的信仰和他的生活同样都那么纯洁真诚，以至于她时不时会想到他似乎认为自己强于上帝，至少他不害怕、也情愿他的学说与上帝相对立。也就是说，对人来说，如果他们公正，那么上帝创造出的世界上有罪恶和死亡、并且恶越来越多的话，这个上帝就该被觉得是不完善的，这里不是狂傲自大，这种人不可能也不该有可能接受任何不正义，但是不正义存在，于是他们因此离开上帝，开始不理解上帝。

世界为什么创造成这个样子，为什么，为何目的给恶留下位置，所有这些他们觉得是一场非常奇怪、非常可疑的交易的结果，对人来说真是不诚实，人当然成了其牺牲品。即使上帝只是摆出经验——善与恶谁更强，那么即使那样，人也是牺牲品；上帝所创造的世界恶明显更强大，而其所创造的人却无力与恶对抗。费多罗夫很确信地对斯塔尔夫人说，这个世界应该一下子彻底改变；没有任何正当理由让苦难继续延续，世界明天就该，而这也只是开始，彻底被简化，变成清晰而明确；人的大多数灾难都正是与世界的复杂相关，人总是因此纠结、迷失，丝毫无法明白，无法搞清楚，他作恶经常是由于无知，并非有预谋。

有两样东西被费多罗夫认为是上帝的特殊阴谋，那就是上帝按照自己形象创造了人，似乎是以此强调其与自己等量齐观，又灌输给人，说每个人、每个活的心灵对他来说都和整个世界、整个宇宙同等重要。他灌输给人，说在拯救事业中，人不需要寻求自己同类的相助，何必呢，既然有他——上帝——在人的身边；只有其自身道德完善，只有他自己走完由恶向善、通向上帝之路，才能使其复活。上帝把如此重担压在人弱小的肩头，让人整个一生拼尽全力，满脸流汗，按上帝的指派，获取糊口之粮，在痛苦中进行；人当然不情愿、不可能忍受这种与上帝的平等对话，他太累了，他的生活了无希望，没有光明，他还按习惯拖着纤绳；至于上帝，人是肮脏的，无知的，一有什么事就自我迷失，所以对注定给他这一生活的上帝，他只能是害怕。因为即使是摩西为了不被亮瞎眼，和上帝交谈时只能是背转过自己的脸，摩西可是最最虔诚公正的人，他那么经常与上帝交谈，那么为上帝所爱。

　　上帝告诉人，说人可以也应该时刻求他，说他总是会听到请求并且来施以援手，只要人之所求正当，但是难道他来得很经常吗？有多少痛苦，有多少死亡，有多少无辜受害者；人害怕去求上帝。上帝的愤怒过于严厉，过于强大可怕，他宁肯并且已经有一次毁灭了他建造的一切：难道一个父亲会只因为自己的孩子长大后不是他想要的样子就把洪水导向自己的家园？不，他不是他们的父亲，而是主人，因此他们每时每刻望着他，不是望着生他养他的父亲，而是望着自己的主人，主人有权放逐他们，驱散他们，甚至盛怒之下就将其从地球上彻底抹去。他们全都是亚当的后代，一条血脉，是兄弟，但是上帝在他们齐心合力开始建造巴比伦塔时放心不下，直到将他们分离开来，直到让他们彼此变成异己，而异己（这也是上帝本来造就的）总叫人害怕，总叫人将之当作敌人，总叫人想要将之打倒在地，撕成碎片。从此他们中任何一个人永远无法理解另一个人，每个人都只顾自己，自私自利，只想着自己；难道一个父亲应该对自己亲生孩子做出这种行为吗？

当费多罗夫对她说这些话时，她的思想溜了号，她想到总的看起来至今为止他都狂热地信仰上帝，同时也已经开始仇恨上帝，他已经超越了自己受苦受难的限度，再也不打算做出宽恕，于是她立刻有了个念头，那就是无神论便是一次为上帝辩护和宽恕上帝的痛苦尝试，上帝对人的任何苦难没有过错，因为上帝并不存在，人们拒绝上帝是为了解除他的罪责。

"啊，"费多罗夫继续说，"让语言混乱，这远不是他第一个，甚至不是他最可怕的诡计。上帝准备做任何事，只要能不让人找到重回天堂之路。所为何事，"他问她，"世界要早就如此难以想象地混乱，干吗要有数不清的花草树木、飞禽走兽、蛇蝎虫豸？这和寻找善有何关系？不，想出这一切都只是为了让人糊涂，让人像在迷宫里一样迷路，无法走到外边。而该隐呢？毕竟他杀死亚伯也是因为他不知道哪种供物上帝喜欢，是上帝本人训诫人们要耕种土地，而却不接受该隐的供物，他最初的劳动成果。但是人，"费多罗夫说，"没有糊涂多久，没有做多久无知小儿，竟然吃到了辨识善恶树上的果实，于是上帝便明白了，人总归是会回到其被驱离之所，就在这之后他开始缩短人在世上的寿命；如果说先祖们能活几百岁，这也是人的正常寿命，那么我们现在很少有机会活到50岁：童年还没来得及结束，人还来不及明白、搞清楚什么是善，什么是恶，就踏上了义人之路，而死亡已经就在身边。"

费多罗夫幻想有一个简单易懂的生活，他想要人们无论从事什么,是铺铁路,是生产机器,还是下地种田,都变成士兵;士兵的生活,军队体制本身,所有这一切都让他觉得是正确的,几乎是完美的,至少这是一个得救的机会,他幻想的是普通军队,即使是叫作劳动大军,那么其整个机制也都一样。

斯塔尔夫人知道,这一思想绝对不是简单的抽象,费多罗夫有范本,直到当时俄国还存在战胜拿破仑后建立起来的军屯,在军屯农民就是那么生活的。这样一个村庄,或者确切地说是军屯,她本人几年前在诺夫哥罗德城下见过,是斯特罗甘诺夫伯爵带她去的,他既是她的、也是这些军屯的一个狂热崇拜者。那个村子也叫她喜欢上了,到处整洁干净,甚至还开辟了花坛;俄国其他任何地方的孩子衣着破烂,浑身埋汰,蓬头乱发,而这里的孩子穿着齐整合身的军装,尽管只有七八岁,却已经像真正的近卫军战士一样挺胸抬头、气势豪迈地列队行进。这里也没有烟熏火燎、东倒西歪的农村木房:斯特罗甘诺夫解释说,一个村庄只要变成军屯,旧房子立刻就被拆除,原地上围绕一个巨大的四方形练兵场建造起联排简易住房,将其包围,这些房子划分为同样大小的单元,每一个农户有自己的单元。

农忙空闲时,农民士兵们在这个练兵场上练兵,学习各种条令,一句话,掌握军事学问。村子里没有酗酒现象,没有俄国人惯常的懒散松懈,人人整齐庄重,一切有条不紊。团部制定了一年中每一天的训练和农活计划,这样一来每个人都知道什么时候该做什么事。早晨听军官口令号兵吹起床号,大家起床,生炉子,然后列队,然后排队伴着音乐去田间地头。农活一结束,又排着队回到村里,然后吃饭,整理内务,听号兵信号解散。农业劳动和军事训练合二为一,注入他们的生活,结果在军屯农民中产生出几乎是俄国军队最优秀的士兵,此外,这是自己养活自己的军队。

斯特罗甘诺夫对军屯的酷爱,当时在斯塔尔夫人看来是很自然的,况且我已经说过,这个村庄很招她喜欢,此前她就早已学会用俄国人的眼光看待与军队相关的一切。她记得,她第一次来彼得堡是1809年夏天。当时她被当地居民观看阅兵时的兴奋和关注程度所震惊,她在日记中写道,在这个广阔无边的国度,每个人都各行其是,磨磨蹭蹭地生活,经常没有目标,毫无意义,所以只有害怕走失迷路的恐慌,只有深渊才能将他们所有人结合在一起,几百人、几千人协调准确、容易听从任何命令的行动应该被看作完美的顶峰。

"军队,"费多罗夫伏身在她的棺材上方说,"是让人拒绝不亲近、不和睦、不平等的最后机会,是拒绝大家是他的异己、他是别人的异己观念的最后机会;在军队中,"他说,"一切公正诚实,军队中没有私生子。军队的强大在于它不会纵容人的自私自利,他的衣食住行都和其他人完全一样。"

她真该看到那些新兵感到自己多么幸福,在许许多多岁月的训练学习之后,从他们身上伴随汗水一起出落掉了上帝用之将其分离的一切,他们突然意识到他们仿佛成为了一个人,不是一大堆不同的、彼此不相像的人,而是一个生命体,他们结合得那么紧密,他们之间亲密无缝,甚至你无法说出在何地一个人被另一个人所代替,就在那时他们整齐列队,步伐坚定,最后按要求走过训练场。他们每一个人如今是一个排、一个连、一个营、一个团、一个旅、一个师、一个军,他们每个人都在欢呼,因为他们再也不会与上帝一对一交谈,他和上帝交谈只能是以一个排、一个连、一个营、一个团、一个旅、一个师、一个军的方式进行。如今他们彻底明白了,他们在世界并不孤独,任何人再也不用为任何事负责，你只不过是应当和大家一样，也只有在那时你才会永远正确，并且无论你做了什么，你都没有罪。

甚至是在战场上，在那里条令允许他们能够按阅兵队列行进，而是可以分散行进，他们仍然记得，他们的生命只是一个共同生命的一部分，单个生命，无论上帝怎么说，它都分文不值；即使子弹要了你的命，只要你的军队胜利了，你就还活着，你就是正当的。正是为了这重新获得的兄弟情谊他们情愿去死。

费多罗夫认为，这些彼此间被简化和等化的人组成的军队，自己就会明白，它不需要世界像上帝建造的那么复杂，即使世界也真的很美妙，这个世界妨碍它，因此我们要共同努力，总共用不了几年一定能挖掉高山峻岭，填平沼泽低洼，把河流变成笔直、平整的运河，让河流流向人需要的地方，而不是上帝安排的方向。我们定能建造无数大坝和人工池塘，于是任何人再也不用向上帝祈求及时雨，水永远够用，而不是冬天和早春季节大地沉睡时河水泛滥，而夏天大地干渴时，河水却变浅，毁掉收成。人一定能砍掉森林，把森林变成耕地，灌溉荒漠，也将荒漠变成耕地，到那时，当所有大地变成一块巨大平整的农田之时，就再不会有人挨饿，再没有人整天只想着如何糊口，人就有可能做一件最重要的事——复活自己的种族，这是将尘世按世界自身属性改造成没有死亡的世界——天国的崇高事业。

费多罗夫不是一个只开花不结果的幻想家，他的头脑实用而精准，他明白这一切不会一下子达到，所以斯塔尔夫人相当早就开始猜测，他正是指定她作为其改造的第一阶段工具。他决定通过她像通过滤网一样过滤生活，清除掉她能感到的共鸣，她会惋惜、想要制止的一切。他的新世界中能够保留下的，只有她感到无所谓的东西，只有她不知道、从未关注过的东西：简朴的、农民的、最好是家织的服装，同样简朴的、不讲究的饮食，生产这些东西的必要劳动工具，这大概就是一切。费多罗夫暂时情愿留下乡村，因为乡村生活简朴，在这里不难区分善恶，但不保留城市。正是由于她，他恨上了城市，他向她喊叫，说城市就是令人厌恶的奇形怪状的蜘蛛网，到处是街道、院落、楼房，全都充满了罪恶，就像索多玛和蛾摩拉一样理当被消灭掉。

拯救和复活人类，拯救和复活曾经在地球上生活过的每一个人，是他世界观中最重要的思想，他如此高程度地将她和自己融入其中，就斯塔尔夫人听他讲时甚至都没有尝试过与之分享。在他们共同生活的头三个月，他借助她经历和思考了上述的思想，在指责和几乎是诅咒了上帝、切断了所有与之和解之路之后，他突然开始像一个忘了路的人一样放慢了脚步，他原地踏步，之后完全停了下来。他意外地发现他不懂如何拯救人，他对人们也无话可说。

尽管斯塔尔夫人有足够的直觉提前察觉危机的临近，但她却什么忙也帮不了。只能看着他一夜又一夜，好像把她完全掏空了似的重复着同样的文本；而更早些时候，床笫生活对他们两人来说就已经渐渐变成老生常谈，习以为常，他和她就像和妻子一样睡在一起，早就别指望有什么新东西，今天和昨天一样，明天也不过如此，不过，她当时觉得这只不过是对他们浪漫史发展过于迅猛的反应，他那么狂热地开发她，其程度达到几个月期间就能够找到和攫取的东西，比她以前所有情人都要多；她甚至在他面前感到恐惧，她害怕他是那么需要她的全部，害怕她是那么地什么都剩不下；就像在一口井里舀水，他舀干到了底，甚至舀干了淤泥。

不过在此之前斯塔尔夫人就已经怀上他的孩子，并且只是感到高兴，高兴他们的关系愈发平稳宁静，高兴他由于知道她引发的难以比拟的兴奋平静下来。像他所理解的她应该全身心毫无保留地交付于他的想法，早就超出了理智范围，所以她没准备好进一步迎合他。当然，她过于轻松地对待一切，同时她受孕于他的孩子现在正在长大，从她身上将费多罗夫排挤，这也丝毫无法做出任何改变。

她安慰自己，在经历了费多罗夫习惯适应了、可以马马虎虎过的有节奏的外省生活之后，他们这三个月，从他第一次爱女人、爱她，欧也妮·法兰西耶夫娜·斯塔尔，到造上帝的反，这一切多得过分，所以当他失去线索后，突然明白了他帮不上人任何忙，他永远无法拯救任何人，也就是说，他，费多罗夫，是个骗子，这个打击当然非常巨大。但是她想都没有想到过，他正处在精神病发作的前夜，并且实际上她对所发生的事无动于衷。当然，她可怜他，甚至在他特别不好时落泪，但是总的来说，她操心的、想的主要是孩子，对于费多罗夫她认为是他自己的错，所发生的事是上帝对其狂妄自大的惩罚。

怀孕的第五个月，在她感到很难再掩饰自己的肚子后，她用一天时间收拾好东西，然后除了奶娘没通知任何人，也没带任何人，动身去了彼得堡。在这里一边休息，一边读书，直到产前都住在市郊一家小芬兰旅馆里。就在那里她生下了儿子，自己喂了一个月，后来把孩子留给一个不错的、非常规矩、爱干净的丹麦奶娘照看，然后开始收拾东西，准备回家，回到自己在唐波夫的庄园。

回来的路上，离家还有半里地，直冲着她从树林里走出费多罗夫。当时是7月，很热，她坐在敞篷马车上，在想心事，看到他直接出现在面前，吃惊地叫住车夫，本已经张开嘴，想要告诉费多罗夫说他如今有儿子了；她忘记了他甚至不知道是和她一起住过，但是费多罗夫死活没有注意到她，明显完全没有看见她，从旁边走过，此时她重又明白了，明白了在棺材之外对于他来说她并不存在，并且哪怕无论他见到她多少次，即使她和他说上话，结果都是一样。后来又过了一天，女仆如往常一样，天刚一黑，就把费多罗夫放进屋，于是他们的恋情恢复了她离开前的常态。

他没认出来她这一点彻底让她极其不快：她原以为他有更多的爱和直觉，至少应该感觉到她在身边。还有，他们一切照旧，似乎这半年她哪儿都没去过，没有生下孩子，这一点也令她失望；而他还是那么专注于自己的思想，专注得实际上毫不费力就联结和填补了裂缝，似乎甚至就是从最后一夜鸦片打断他的那句话开始的。但是后来她认定一切都很好，这样当然简单得多。

在道上遇见他时，她已经注意到他变老了，但当时是一闪而过。如今在烛光照亮下，感觉他完全是个老头了：眼光黯淡，说话又慢又难懂，嘟嘟囔囔，絮叨自己受了哪些委屈，并且一个腔调，无聊，毫无兴致。他向她抱怨上帝，说上帝搞乱了他，搞晕了他，他如今什么想法都无法想周全，说上帝专门搞得他几乎每天都头疼，特别是在耳朵里施放轰鸣，是那种海里贝壳中的轰鸣，至于钟声随便怎么响，可旋律是好的，但可惜因为她他全都忘掉了。

他也的确时常糊涂，时而才说一句就自相矛盾，时而像坏了的玩具一遍遍重复同样的东西。偶尔他突然开始亵渎神灵，喊叫着，说上帝是个贼，偷走了他的一切；不是上帝，而是他，费多罗夫，想到的没有死亡，人们能复活，无论义人还是罪人，统统一定能复活，而上帝将其占为己有。但这种迸发很少能持久便自行熄灭。他重新又在鸦片生效前令人厌烦地数叨自己的委屈，他觉得所有人都是骗子无赖，他抱怨着，哭泣着，于是她感到幸运他最终睡着了。和他过夜比她躺在沙发床上还少乐趣。他们的约会依惯性还在继续，于是她知道了，要是他彻底不再来了她会多高兴。她突然暗中明白了，她那么习惯了他，以至于自己下不了决心决裂。

不过，尽管没任何乐趣，和他见面时不时让她感到好玩。比方说，有时候他突然想起来因为什么一切走了偏差，并且重又发现自己不知道如何不靠上帝让人复活，就开始乱窜，从一个极端跑向另一个极端，某些完全次要的东西在他那里成了几乎决定性的东西，于是他又带着几乎一如既往的狂热开始干掉它们。

他记得他首先要战胜各民族人民的不相亲和不和睦，把他们连接为一个整体，只有到那时才能忘掉内讧和战争，人类才可以着手复活事业，而此时他发现，恶的根源和始因在于贪婪讨厌的英格兰（本来是她，斯塔尔夫人，仇恨英格兰），英格兰自古以来就毒害各国人民，靠吸血发财。而英格兰的强大就在于它拥有印度领地，也就是说，俄罗斯要想为大家负责，就应当向印度海岸派出舰队。作为和平国家，俄罗斯甚至似乎不能首先向英格兰开火。但是费多罗夫马上找到了一个文雅的方法。他说，俄国舰队要与英国舰队肩并肩航行，一个月一个月地等待，直到不列颠人最终忍不住开火。于是入侵者是英格兰，法律在俄国人一边，他们就能轻易占领英国舰船,因为俄国士兵是世界上最优秀的,并且他们的事业是正义的,之后商品被卖掉,由世界人民诚实地分掉,而印度就一定能加入共同事业。

说完了英格兰,他开始长篇大论地凶狠谩骂其他妨碍人民结合的东西:他按顺序,一个接着一个,嘲笑各种宗教,它们也让人们分离,是正教这一真正信仰的敌人;他说得不得心应手,许多东西生拉硬拽,但是有时候会几乎像对英格兰一样很来劲。实际上,她已经习惯了他的胡说八道,怜悯而无望地听他说。

所有一切持续的时间相当久,如果算上她去彼得堡的时间有几乎一年,忍受他让她一天天感到困难,她加了一倍,后来加了两倍的蜡烛数量,好让他早点入睡,但又无法与之彻底分手。后来有一天晚上,她游离开对孩子的思念——从她回到庄园后唯一的快乐源泉和解闷的出路,于是她突然又觉得和费多罗夫在一起很好。她已经忘记了最后一次要他是什么时候,而如今她又感觉到她又重新是他的,她身上不该有什么可对他隐瞒的,他们又像以前一样拥有的不仅仅是肉体,一切都变成了一个整体,她明白了,今天他就会醒过来继续往前走。

起初费多罗夫想起来他为什么起来造上帝的反。他想起来他造反是怪她,斯塔尔夫人;上帝用权力诱惑她活了两世,权力的根源在她自身当中,但她从来没拥有过,所以这一切,如同她和他一样,都集中在具有俄国人信念的费多罗夫身上,俄国人坚信上帝同样诱惑然后欺骗了俄罗斯一辈子。上帝让俄罗斯大地成为新的圣地,而让俄罗斯人民替代犹太人成为上帝新的选民,嘱托其捍卫真正的信仰,期待基督的第二次到来和义人们的胜利。俄罗斯接受了十字架。九个世纪有难以想象的苦难和难以想象的忍耐,九个世纪拥有信念,愿意接受基督,愿意为了世上的人拯救做出任何牺牲，而这一切无人领取，没人需要；其结果是，他不是真正的上帝，不是万能的上帝，而是一个普普通通的诱惑者。

费多罗夫刚一想起十字架，就立刻又看见了那条他应该引领人类去走的复活之路；实际上一切都是瞬间发生：一年的精神病、发疯、无助、胡言乱语，而突然从中产生了奇迹，他看见了自己的拯救之路，完全不同于教会的拯救之路。

"我真诚地告诉你，"她隔着玻璃听到，他站在她上方，他的声音几乎如雷吼，"所有人都值得被拯救；甚至是最大的恶人，当他看见自己的罪行，会感到恐惧，会经历痛苦、经历磨难之后赎清罪恶，得到净化。"

此时在费多罗夫身上有非常多的慈爱、高尚，所以他要当着她、当着自己为上帝辩护。他说："所有人都是上帝的孩子，他们是按照他的形象和相貌所造就的，也就是说他们不能白白死去而无法复活。人，整个人类都将得救，每个部分都将得救，任何人都不会被忘记，都不会成为废物。"他虽然离上帝越来越远，却完全愈发坚持试图原谅上帝，为他辩护；比如，他又一次想让她坚信，世纪末的毁灭、人类的灭亡以及结束毁灭的末日审判，按上帝的意思，完全不一定要早于义人的复活，这只是对人的警告。只要人改过自新，拒绝作恶，上帝就会满怀喜悦和爱解除他的苦难，饶恕他，就像从前的尼尼微。

他甚至为了不让她以为他饶恕上帝时不时狂妄自大在讲话，有一次对她说，这一切在福音书中早已有之，拯救人的事业是上帝本人嘱托给人的；基督给我们的只是初步学识，只是种子，所以我们如果是好土壤、水分足、翻松好的土壤，它就能在我们中间生长、成熟，结出果实。他时常回想起基督的话："我所作的事（指复活死者），信我的人也要作，并且要作比这更大的事……"还有其他的："去使万民作我的门徒……"这样一来费多罗夫已经决定搞一场最疯狂的革命，彻底与整个旧日世界决裂，和生出这个世界以及他本人的上帝断绝关系，他不想在任何人面前当一个冒名顶替者，开始反向在他离开的上帝那里寻找对自己所作所为的许可和根源。

斯塔尔夫人有时间、有爱、有耐心去理解和欣赏费多罗夫。黑夜将他们连为一体，在那时他身上的一切都对她敞开，就像她对他一样，所以他们由于二人结合为一个生命体，甚至无法分清谁是谁，并且彼此从对方那里像从自身一样得到想要的东西。当黎明时，他们分开了，她和他分离，就又能旁观费多罗夫；傍晚时候也是如此：他来了，坐在棺材旁，他们彼此相爱，彼此挨着对方，但他们之间隔着她的死亡，他们也无法突破这一间隔。躺在棺材里，她听到他的话仿佛来自遥远的地方，所以他本人、他说的话自然让她感到是异己的，所以她经常重复还是从父亲那里听到的话：死亡让一切各就各位。她和费多罗夫之间的距离，让她有可能完全理智地、心平气和地对他加以评判，并且她早就已经明白了他为什么不能原谅上帝，为什么要造他的反。

首先是死亡：费多罗夫觉得，上帝把人变成必死之物，是没明白也没估量足他的造物。人天性善良，当生命短暂，乐少苦多，欢乐只够非常少的人所有，而等待，人在世时间极其少，他无法等待，总试图抢夺、揪扯自己的同胞，哪怕只抢来一点点，向对方大喊大叫：你有了那么多，而我完全一无所有。死亡产生了嫉妒、凶恶、仇恨，由于死亡人们彼此为敌。

要是换了稍微多一些或者人的尘世寿命长一些的话，人就来得及搞清楚、看明白，来得及区分主次，来得及选择善、理解并且爱上善了。人们离真理一点都不远，"瞧，"他们说，"这是善,这是恶,我再也不想作恶,我想要为善,因为善美好,而恶可恶。"于是他们走向善,却常常来不及到达目标。而他们的孩子们,倘若他们能够把所明白的传授给孩子们,那么他们就不会知道恶了,就完全不会去碰恶了。但是上帝的安排就是让孩子们一切重新开始。尽管真理属于所有人、属于全人类,但是上帝把它从人、从他孩子那里剥夺走,于是他的孩子们也同样即使能找到善,也会在走向善的半路上死去。

也许费多罗夫能像其他人一样活到老才想起死亡,与一切和解,接受和原谅一切,但即使是爱也是通过死亡来到他身上的。他爱斯塔尔夫人,就像一个人爱另一个人所能做的那样,但是棺材和死亡将他们分隔开来。他每晚来,每晚都看见她的美和死亡,因此他不能不恐惧死亡,不能不惊叹于死亡的强大。正因如此,他害怕生命脆弱随时可能中断,这孩子气的恐惧一直留在身边。

其次是人们的不平等。起初她以为费多罗夫对不平等的仇恨是由于法国大革命所产生的,完全来自她,斯塔尔夫人,但是后来明白自己犯了错误:社会、阶级的不平等,财富的不平等,所有这一切很少让他激动;让他震撼并且将他摧毁的最初的童年印象是奶娘的一席话,说他的父亲,他血肉之亲的父亲,他深爱并且应该继承和延续的父亲,从法律上说是个外人,他,费多罗夫,是个私生子,无权拥有他的名字、他的爱。在费多罗夫那里,好像根本没有父亲,从亚当那里来的受孕和出生的链条被中断,所有根基被砍掉,他被驱逐出人类,与上帝切割开来。那个父辈们允许、也许正是他们本人制定了那样的秩序、公认为是上帝喜欢的公正秩序的世界,无权存在下去,因此他还向自己发誓要消灭这个世界。

费多罗夫所设想的革命，应该摧毁这一世界秩序，让其荡然无存。第一步是否认所有父辈配做父亲，配生孩子和延续种族。他以无法抑制的狂傲想要带领自己整整一代人，孩子一代人，走向墓地，以便在坟墓之间，他们在彻底拒绝暂时的短暂之后，开始一件伟大的共同事业——复活生了他们的人。父亲们由于犯下滔天大罪而失去了生育孩子的权力，这一权力转由孩子们继承，如今正是孩子要去生养、恢复和复活父亲们。在那些父亲之中再不会有任何一个非法私生子。接下来，父亲们如同孩子们一样，接受自己做父亲的孩子们的祝福，再去复活自己的父亲们，于是这个漫长的复活之路、人类回归上帝之路就将开始。

费多罗夫不想以任何方式延长生命，相反，他想将其锁住，向后翻转。不过，他有一次告诉斯塔尔夫人，这里任何东西都不会是简单的重复：孩子们一边从自身中恢复父亲，一边会以另外的方式度过一生；父亲们曾经匆匆忙忙，没头没脑地匆忙生活，而孩子们则会细心而关注，在这一生中不会有任何东西不被注意到，得不到应有的评价。按照费多罗夫所说的人类应该往回走的路，既不是个圆圈，也不是个绳套（即亚当及其后代离开上帝，他们由善滑向恶，再回到善），这甚至不是一个转弯：人们一代又一代越走越远，越来越远离上帝，于是又回来了，不，那就好像是你背身走路，脚需要按一个一个脚印放在原来位置上。他说的是最后一代人的牺牲精神，说的是这一代人尽管神圣却拒绝生育孩子，如今要让父亲们复活，说的是对父辈的可怕责难：你们是怎么对我们的，我们是怎么对你们的，说的是这一代人的童贞和纯洁无瑕，说的是他们孕育、生养被去掉原罪的父辈的纯洁无瑕。但是费多罗夫不想复活女人，他恨女人，他对斯塔尔夫人说，正是她们的淫荡、她们的顺从才导致私生子的出生；他似乎

142

认为女人比父亲们罪过更大。

费多罗夫身上有着令人惊奇的信念，他的路通向也将把整个人类带入天堂，这条路又直又短。他是怎么突发这一奇想的，斯塔尔夫人只能去用心猜测。很可能问题的关键就出在她本人身上。由于她恢复和延续了自己的母亲，所以很多东西是她提示给他的，或者她只是证明了他选择的路是正确的。毕竟他本人从在乡村大道见到她的最初一刻起就跟上了她，因为他知道、相信他一定能让她复活。

费多罗夫说，上帝提供给义人们的天堂复活是不充分的，有缺陷的，但是在大地上肉体复活人也非常不容易，大地根本不是人的家园，大地是他们被放逐之地，是苦难和死亡之地。人是从天上落到地上，被从自己的巢穴、从天堂抛弃到这里，并且死了之后再次下落。要想恢复人，就要让他回去，回到宇宙中去。天空才是人的真正家园，是他受孕、怀胎和出生之地；只有在那里，在没有压迫众生、逼迫其落向地面的重力的宇宙中，才能寻找得到组成人的所有原子。这些原子，费多罗夫说，既然曾是人的一部分，就会永远有生命，它们有灵魂并且有记忆，它们记得曾是谁的一部分。费多罗夫完全坚信，人可以重新组合起来，一块积木、一块积木地组合起来，并且组合完成后，他会站起来迈开脚步，他的心灵也可以像积木一样组合起来，就是心灵也能分裂成碎片，之后组合起来又成为整体；他是一个卓越的设计师；这是一个泥土人组成的世界，但是费多罗夫的信念如此坚定，就连斯塔尔夫人完全相信他一定能拯救和复活所有人。

我已经说过，费多罗夫非常害怕被当作假冒者，他知道那样的话就没人会跟他走。还有一点，尽管他坚信自己负有使命，但是还是一直都对自己、对自己的狂妄、对他去反对的上帝心怀恐惧。他也许是因此而总是那么高兴有学生和同路者，总在寻找愿意走同一条路或者甚至早于他走上这条路的人。他顺便讲到了义人挪亚的儿子含的故事；从拉希所作的注释以及他所援引的其他几个人的注释可以得出，含的罪过不在于看见父亲赤身裸体而没有给他盖上东西，反而去叫兄弟们来看，这只是一个平缓的、温和的说法，只是暗示了当时的情形。而生活中含似乎阉割了父亲。他在阉割父亲之前，知道了上帝许诺挪亚让他做新亚当，许诺挪亚将会用他已经是在大洪水之后生育的儿子们开始新人类。上帝想重新开启人类生活，想要让亚当至大洪水之间的一切，所有这一漫长的人远离上帝、堕落为恶的历史被删除，被彻底忘记。他说，人类生活与恶相交融，生长出的恶大到让其复活就意味着复活恶。上帝对挪亚说，对于亚当及其子孙的记忆应当死去，其生活中的任何东西都不可以被恢复。他给大地发下洪水，就是要洗刷掉一切，一点痕迹不剩。当知道上帝注定要让挪亚的祖先彻底地（不可复活地）死去之后，含便起来反对上帝。

　　按照另一种注释，含好像在看到挪亚赤身裸体后，躺到父亲身旁和他发生了关系。含并不像挪亚那么纯洁，他熟知罪孽，尽管在洪水之前就尽可能去躲避，但他还是被带上了方舟，只怪挪亚逃脱了大毁灭。他，含的性命，儿子的性命是上帝予以挪亚奖赏其正直，含也知道这一点。含还知道该轮到他来复活父亲了。但是他很幼稚，害怕不能胜任，因为挪亚身上最重要的一点是他的纯洁神圣，恢复这一点他力所不及，因为他自身没有。于是，为了认知挪亚，认知他的一切，他和他结合了。

如果从认识那天开始算，斯塔尔夫人与费多罗夫一起生活了五年半时间，从1849到1854年。这一期间她给他生了三个儿子，后两个都和第一个一样，她刚一显怀就离开庄园去彼得堡，在那里生下孩子，自己喂1个月，然后将其交给奶娘，还是那个丹麦奶娘，之后返回到松树坡庄园。

费多罗夫三个儿子都强壮、漂亮，都和她喜欢的一样，蓝眼睛、浅色头发，但是心灵没能让他们的身心、大脑成熟，他们一直都是不懂事的婴童，她经常想费多罗夫和她怎么会有这样的孩子。她也知道有时候有人生下来就完美终结，不能发育成长，不过并不总是个孩子，或者人的发育停止过早：她认为这些人的命运可能会帮助她明白费多罗夫的孩子们会有怎样的未来。

第一个人亚当造出来时就是个成年人，就是说上帝不希望他发育成长，一下子就把他造成人，能够完全成熟那么成熟。也就是说第一个人并非第一个婴儿，童年完全不是上帝创造出来的，因此从出生到人达到设想的程度这一旅程本是给予人的惩罚。但是亚当的心灵是孩子的心灵，这无疑就是上帝不理解人、人们长久彼此远离的根源所在。雅各的兄长、以撒的爱子红毛以扫，就是那个按所有人类法则应该获得长子权的人，他的权利被上帝剥夺了：上帝暗中把福分给了失明的以撒的二儿子雅各，因为以扫的心灵和智慧已经终结，他也就无法在进一步去认识上帝。

就是说，上帝承认人要走上通向上帝之路、走上从恶向善之路是一种幸福，人应该自己走完这一全过程。上帝对人的认识总归是不充分的,所以基督,那个承担起认识罪恶的基督,那个人类生命仿佛从他那里重新开始的基督(之前上帝与人的距离越来越远),此时才迈出了面向他的第一步,并且这一步不是布道,不是奇迹和复活,甚至也不是蒙难,而是圣母玛利亚怀上了基督。

斯塔尔夫人告诉自己,费多罗夫的孩子们的心灵和大脑未必会一直苏醒不了,因为费多罗夫种下他们的种时被鸦片催了眠,他们也好像继承了他的梦;确切说上帝只是害怕,一个反抗他的人,他的孩子会重走老路。费多罗夫狂妄自大罪孽深重,惩罚也就非常残酷。费多罗夫不能原谅父辈有任何一个私生子,但是他的三个儿子都是私生子。他彻底反对生孩子,因为他知道人类生育之苦伴随人类自身还将持续不止一代人,他相信回归之路正是将会从他开始,可他的孩子们依旧活着。

儿子们的事业、使命是复活父亲,但是费多罗夫的孩子们一生从未与其谋面,对其一无所知,也就永远不可能让他复活,所以斯塔尔夫人明白,这就是说他,费多罗夫,反过来也不可能让父亲复活,而这条链条还将一直延伸下去。不管怎么说,在与费多罗夫分手后又经过了许多年,她才明白,上帝完全不是在诅咒费多罗夫的儿子们,反而这是一种祝福,毕竟是他让他们摆脱了恶,让他们终其一生没犯过罪孽。

在她中断与费多罗夫的关系后,她的生活相当快就回到旧轨,她重又操持产业,盖了两座大玻璃暖房,但是有时候她会突然没心思做事,于是她会扔下庄园几个月,去彼得堡看望儿子,或者去莫斯科,或者就近去唐波夫。最初一段时间更换环境对她很管用,在新地方她立刻会回归自我,睡得时间长,睡得踏实,吃得津津有味,完全过得快活,但后来这样做不管用了。她突然明白了她已经没活下去的力气了,费多罗夫好像榨干了、掏走了她的一切,她变空了。

不照镜子她就看出来再过一两年她就会变成一个老太婆,并且知道早该是时候考虑,是利用风茹续命,还是停下来,平静地在松树坡寿终正寝。她拖延着,拖延着,一天天越来越害怕重新开始;她这一生和前一生一样很少幸福,所以让一切终止的诱惑力非常强。但她还是续了命。1862年1月13日她生下了受洗名为叶卡捷琳娜的女儿,也就是她自己。孩子出生整整两年后斯塔尔夫人死去,在她死后奶娘将小姑娘送到松树坡。

在农村待腻了,16岁的叶卡捷琳娜·法兰西耶夫娜·斯塔尔1878年冬天住在唐波夫一座几年前以她的名义买下的小住宅,住宅的窗户朝向城市花园。她喜欢这个可笑的、完全像个玩具的宅第,并且从其属于她开始也爱上了唐波夫。这个冬天以她家为中心甚至形成了她自己的一个类似沙龙的小团体,全都是爱法兰西的人,于是她从离开巴黎后首次又开始办沙龙。

一切的确是巴黎的小翻版,甚至见面的日子也相同,在星期二和星期五。她自己也经常外出,几乎不错过任何一场在省贵族会议厅举办的舞会。在这种舞会上,已经到了冬末时,她认识了一个不知怎么落到唐波夫的年轻有魅力的格鲁吉亚人。一整晚他们实实在在彼此寸步不离,跳舞,喝香槟,再跳舞,他跳得令人称奇。她明显被他迷住了,破坏所有规矩让她感觉很好,无所谓。舞会结束后，斯塔尔夫人非但没有回自己住所，反而没事先告诉任何人什么，直接把他带到了松树坡。

他在她家住了7天，这7天他们完全没有下过床，之后不知怎么她立刻厌烦了。她告诉他（他叫维萨里昂·伊戈纳塔什维里）说他该走了，他们的关系不能再继续了：她不这样名声都已经被毁得不行了。她还对伊戈纳塔什维里说，她知道他虽是个王爷，但不富裕，所以想给他好处，以感谢这难忘的一周时光。但王爷表现很傲气，坚决拒绝拿钱，只是请求允许给她讲一桩奇事。她同意了。

故事很简单：维萨里昂·伊戈纳塔什维里的父亲乔治出身斯万人一个富有的名族，但是三岁时成了孤儿。到了他能骑上马、手里拿上武器时，邻居们已经夺走了他们几乎所有的家族土地，更糟的是把他的手下也都招走了。乔治无以为生，他从斯万涅季亚跑到了车臣，在那儿用最后一点钱召集了几十个亡命徒，重返格鲁吉亚后很快变成一个著名强盗。无论政府还是为数众多的地方武装都没能擒住他。

大多时候凭借武力，有时也用金钱，到他40岁时，他已经恢复了自己的家族领地，之后，他慷慨地发出奖赏，解散了自己的武装。这里，他犯下了致命错误。整整一个月后，在他举办与伊梅列吉亚著名美女萨罗美亚的婚礼当天，邻居们闯进了他的城堡；新人刚入洞房，王爷的手下人（如今人数很少）全都酩酊大醉，没做出抵抗。乔治·伊戈纳塔什维里刚脱了衣裳，还没来得及上床，就被套上衬衫，带到院子里，立刻吊了起来。

一切发生得难以置信地迅速。父亲很灵活，有力气，做强盗的20年间有各种险情，并且每次遇险他都完好无损，而此时，他，一个罕见骁勇的人，表现得好像自己想的就是要去死一样。

可这毕竟是他的家,在自己家里连可怜的胆小鬼都会像狮子一样拼命,可他竟然手都没有伸,就像僧人一样接受了一切。

他们的卧室在城堡的瞭望塔上,也就是最高处,以前那里是露天的开阔地,有两门炮,但是刚一订婚,萨罗美亚就下令用墙把地儿围起来变成一间房,她非常喜欢外面的高山和因古里河谷的风景。从卧室向下是十分窄的螺旋楼梯,所以父亲在被带下去时,抓住他的只能是一个人,很少能是两个人,但是他熟悉这里的每扇门,每个狭小通道;此外也和格鲁吉亚各地一样,城堡中有暗道,其中一个进口就在瞭望塔里,很显然他有机会脱逃,有很好的机会。要是他努力做出点什么,人们也未必能反应过来,但是他就像后来人们说的那样,像绵羊一样赴死。

似乎,他被耻辱所震撼,被新婚之夜匪徒们闯入他和萨罗美亚的卧室,看到半裸的萨罗美亚,而他却不能保护住她所震撼,以至于实在不想活下去。此外,城堡里的人说,他不敢逃走是因为匪徒们说他要逃走他们就会侮辱萨罗美亚,说他们要的就是他的命,如果一切平静,他们不会再去碰任何人,但要是见了血或者他逃跑了,那就只能自己怪自己:这一夜这里有多少人,萨罗美亚就会有多少丈夫。他们知道父亲非常爱她,所以把他逼入死角。

父亲尽管一生在山里当强盗,与山民实际上很少相似:他喜欢读书,收集书画,他在城堡里养着三个来自梯弗里斯的画家,在格鲁吉亚他被认为是艺术的行家和庇护者,所以我想,光着身子当着半裸的妻子的面与穿戴整齐的武装匪徒厮杀让他觉得是那么可怜和可笑,以至于做出决定最好不做抵抗去受死。还有一点。他和萨罗美亚认识时,她还很小,事情发生在伊梅列吉亚,他当时寄居在堂爷爷家里。萨罗美亚家很富有,所以尽管他们彼此称得上是一见钟情（乔治和她美貌出奇），甚至彼此山盟海誓，但要萨罗美亚父母有朝一日同意把女儿嫁给一个穷跑路的，这话讲都不要讲。但当乔治要离开时，萨罗美亚的母亲在告别时好像是开玩笑似的说，一旦他的土地和牲畜能和他父亲一样多，那就派媒人来好了。

说实在的，他正因为萨罗美亚而才当的强盗，否则，我想，他会接受自己的命运，毫无怨言。靠着小股武装（有时对抗他们的几乎是整个斯万涅季亚）他得以夺回祖产，他认为这是上天赐福。培养教育他的主要是他母亲，所以乔治宗教观念很深，他遵守斋戒，小时候参加过教堂合唱队，十分喜欢去教堂，这在山民中很少见。他自己也非常惊奇自己遇到任何险境都没受过重伤，尽管总是冲在前面，他也把这当作天意。

我已经说过了，他在斯万涅季亚一承认他对家族土地的所有权，就立刻解散了车臣手下；他认为抢劫是罪孽，知道他双手沾满了鲜血，其中就有无辜的人；有十年他进行的是真正的战争，很少有时间去分辨谁对谁错。萨罗美亚终于等到了他，嫁他为妻，他把这看作上帝的宽恕，所以剩余的岁月他打算用来做慈善，比方说，他打算在库塔伊西出资建一所残疾人医院，其余的时间就完全安安静静，在祈祷和忏悔中度过。可如今，既然上帝连一夜时间都不给他们就从他身边夺走萨罗美亚，他就明白了，他得到她的方式不对，上帝丝毫没有也不情愿饶恕他。但那他干吗还活着？于是他便没做抵抗。

尽管人们企图在卧室、在楼梯上制住萨罗美亚，但她还是在乔治脚下被撤走凳子那一时刻挣脱到了院子里。在院子里的人也想阻止住她，但她的神情那般疯狂，让大家在最后一刻都退缩了，所有人连碰她都没有碰到。她跑到变成绞架的悬铃木树下，向上一跳，抱住了丈夫的脖子，挂到了他身上。不知是她想最后一次拥抱他，记住他的身体，还是她想用自己的体重快点抻紧绞索缩减他的痛苦。场面看起来就像他们俩都被吊了起来。这一情景那么可怕，叫院子里的人全都目瞪口呆，谁都没有想到走过去松开她的双手，把她带回房里。萨罗美亚刚一抱紧丈夫，就感到他下身挺起，力量那么大，让萨罗美亚突然觉得，她再也撑不住抱住他的脖子，只有他的下身才能撑住。她用牙齿微微把上衣向上抻起，她当时就穿着原来那件亚麻衬衫，稍稍把两腿分开，这也就足够了：她立刻感到他进来了。维萨里昂告诉斯塔尔夫人，话说回来，类似情况没什么可奇怪的，被吊起的人出现勃起并不稀奇，甚至医书中都有记载，说绳子勒紧脖子上的血管，但是心脏还在继续供血，于是血往下冲，使下身充血。后来萨罗美亚明白了，在她身中不仅有丈夫的肉体，还有他的精子；她脑袋开始发飘，于是她双手双腿依旧缠住丈夫，自己失去了意识。他们的性高潮与他临死前的抽搐、喘息汇合在一起，所以尽管有十个人几乎紧挨着树站着，但大家丝毫没有察觉。当乔治完全没了动静，她被取下来，送进屋里。

　　袭击结束了，匪徒们真的什么都没拿就跑了。萨罗美亚好像彻底清醒过来了，变得镇定坚决。她吩咐人把自己送回卧室，在那里当天夜里监视着让人精心用石头把一个门和三个窗户全部堵住。她只允许留下两个洞，大小如一块砖，一个在窗户上，好知道晨昏阴阳，另一个在门上，通过它给她送食物。

　　过了半年，对伊戈纳塔什维里这场可怕的婚礼的谈论开始自然平息，家里人按相互约定努力过得好像什么都没有发生过一样，甚至做了一系列努力想劝说萨罗美亚结束禁闭，从囚室内出来。为此萨罗美亚的父母两次来到札里，但特别坚定的是乔治的姑婶们。家里没了男人，她们害怕又会像他小时候那样，她们的一切又要被夺走，她们自己也被从家园赶走。

但是还有不少格鲁吉亚望族的人想向萨罗美亚求婚，所以两个家庭都操心要让她再嫁。起初亲人们认为，让萨罗美亚相信这是必须的一步会很简单。她和乔治的共同生活本来就还没有开始，她对丈夫的依恋未必很强；那一夜走得越远，她，一个年轻漂亮女人，越该清楚明白，不管是她，甚至是乔治，都不需要让她给自己生命画上休止符。说实在话，母亲和乔治的姑婶们别的也不想再和她说什么。但是她不想和她们任何人说话，最终她们退下去了，让她随便。她们认为，大家都知道，时间能治病，也许有朝一日她自己就会想回到世界上，而现在用不着催促她。

他们的故事在斯万涅季亚当然未被全然忘却，恰恰相反，萨罗美亚是个圣女的美名很快传播开来；由于这个原因没有任何人有过念头想从乔治身后剩下的财产中捞取点什么，于是他的姑婶们放下心来。总之，不管多令人奇怪，山里人记起萨罗美亚比她家里人还要多；每昼夜女仆给她送两次最普通的食物，有面包、奶酪，还有一点蔬菜，此外就当她不存在。对她封闭起来、看不见也听不到这一点，家里人都习以为常，一直习惯到了12月中旬，在4月5号那场婚礼之后家里第一次突然又一次响起她令人恐惧的叫喊，姑婶们都认定是萨罗美亚疯了，于是她们犹豫了许久，才终于下令把墙壁凿开。活干了很长时间，因此当墙上终于凿出一个足够让人进去的大洞时，萨罗美亚早就不出声了。大家以为她死了，万分吃惊地发现萨罗美亚身边出现一个刚出生、还没有割断脐带的婴儿。对如此大的转折，无论乔治的亲戚还是萨罗美亚自己家亲戚，当然都没太多准备，尽管对是否承认孩子是乔治的儿子不存在分歧，因为他们简直是一模一样。最终家里人认定，一定是匪徒闯进城堡前她和丈夫已经亲热过了。

生完孩子，萨罗美亚在家里占据了合法位置，也就是完全成了主人，并且开始抚养教育孩子。7岁那年，她毫无隐瞒地把自己和乔治婚礼那天的事全讲给他听了，之前孩子知道他父亲当时就死了，但是为什么、死于何人之手他不知道（城堡里对此话题严格禁止），她甚至讲了她是如何受的孕。之后她要求儿子起誓，发誓要从成年那天起向杀害父亲的凶手复仇，直到他们最后一个人躺进坟墓才能罢休。他答应了。从7岁开始她便千方百计想让他成长为一个真正的男人。

格鲁吉亚最好的强盗教他骑马、打手枪和火枪，他也从他们那里学会了舞刀弄剑的本领；赶大集时她强迫儿子参加拳斗，并且要是他获胜、带回家什么奖品时，她感到很幸福。城堡里给他制定了严格的作息制度：他睡的房间甚至冬天都不取暖，吃的食物和普通山民一样，穿的衣服也和他们一样。她一天也没有忘记养儿子只为复仇，只承认能有助于复仇的做法。她想要他强壮、有耐性，所以他每年夏天都要和牧人们一起赶着羊群去山里牧区，花几个月时间去打猎；有一次她定下这样一条规矩，家里给他的食物只有面包和葡萄酒，其余的靠他猎取。当儿子年满14岁时，她觉得就连这还不够，于是为了锻炼他的性格（以前格鲁吉亚大户人家通常都这样做）把儿子打发到奥塞梯人村上一个沙米尔的护兵家里待了两年。但是萨罗美亚想要的并没有得到。相反，快到17岁时他恨上了任何死亡和流血，甚至打猎对他都成了折磨。可能是他怀胎和出生在禁闭室里，他只是很胆小，尽管，假如你还记得，伊夫拉伊莫夫说，他父亲也一样，虽然当了十年强盗，可小时候是另外一个样，喜欢去教堂，喜欢祈祷、读圣徒传，连自己命运他都打算平静接受，只是由于萨罗美亚才上的山。并且后来一恢复祖产也打算过平静的生活：祈祷，帮助残疾人、孤儿、穷人。是她，萨罗美亚，渴望流血，她对此无法饶恕，可儿子没和她一道。

要是维萨里昂不是家里唯一一个孩子的话，那他准会高高兴兴去做僧人；暴力让他厌恶到他是家族里第一个连职场的选择都不是武职、而是文职的程度。到他成年时，他和母亲完全形同陌路，她几乎恨上了儿子。知道他们无法一起生活，他离开斯万涅季亚去了梯弗里斯，在那里任职，但是她过了一个月跟上了他，住到了他对面的房子里，每天晚上都来要求他遵守誓言，开始复仇。他用各种借口回避了三年，当他年满22岁时，她明白自己的希望落空了，他不会去为父亲复仇。她返回札里，在她和乔治的卧室里自杀了。

当维萨里昂得知此事后，他绝望得也想自杀，后来决定出走。他没有勇气去见棺材里的母亲，甚至是待在格鲁吉亚，但是半路上回心转意，逼迫自己去参加葬礼。在札里，亲友们关了他的禁闭，有一个多月，实际上是40天忌辰之后才放他出来。他尽量不出家门，因为只要一去村里，农民们就朝他身后吐口水，就连城堡里的所有人都毫不隐瞒地认为他是萨罗美亚之死的罪人。后来他去了俄罗斯，先是在敖德萨、彼得堡，但是到处都有知道他、了解他身世的人，于是他又重新搬走。只有在外省，在一些不大的省城、最好是县城里才没人打扰他，因为这些地方外人很少。

"实际上，"维萨里昂结束自己的讲述时说，"傻子才会隐瞒这个人就是我，您自己大概已经全明白了，我就是这么活着，明明总是记得我在那里、是如何被怀上的，记得我母亲为何自杀。我倒是早就打算随她而去，但是那样的话父亲、母亲的仇就报不了了。如今我讲讲我为什么下定决心向您坦白。您非常像萨罗美亚,像她一样美丽,也像她一样坚定有力。像您这样的女人,我以前没见过,所以我想向您提出一个非常奇特的请求。奇特的故事,还有一个结束它的奇特请求,"他重复了一句,"可以吗?"

"我听着呢。"斯塔尔夫人说。

"我有个这样请求,"他跪在她的面前,"我恳求您给我生个能洗刷我父亲和我耻辱的儿子。"

她有所预料,可还是听完之后忍不住哈哈大笑起来。他哭着,她笑着,后来平静下来,吻了他,意外地轻松答应了。她总的来说喜欢生孩子,这是她一生中所遇到的最大和最容易见到的奇迹。以前她就经常想过,要是她为记住自己的每个情人,给他们每人都生个孩子该有多好。她和维萨里昂又住了一个半月,直到确信自己怀了孕。到此时她对他彻底厌倦,分手时彼此极其冷漠。

分娩前最后几个月她照常是在彼得堡度过的,12月21日就在这里生下一个健壮的结结实实的男孩子,过了一周,都没有施洗,就打发他和奶娘一起去了格鲁吉亚。在火车站上,除了钱还给了维萨里昂留给她在梯弗里斯的地址,就再也从未想过这个孩子,从未记起过他。后来,在命运出乎意料让他们重新相遇后,她对此非常遗憾,责怪自己让孩子过得那么不容易。

"男孩的父亲维萨里昂一年后有桩合算的婚姻,借岳父的光在梯弗里斯的总督府得到一个大职位,并且没敢带上约瑟夫(他给起的教名)。不过,维萨里昂没有隐瞒自己是孩子的父亲,没有隐瞒孩子母亲的名字,但没有让儿子住到梯弗里斯,甚至没有住到札里婶子们那里,而是把约瑟夫带到了哥里,交给一个与伊戈纳塔什维里家族有世交的人家去养育。在哥里已经住着两个维萨里昂以前关系留下的私生子，所以当地人为了区分他们就用他们母亲的姓来叫他们，于是约瑟夫·伊戈纳塔什维里就成了斯塔尔的儿子约瑟夫，或者简称为约瑟夫·斯大林。看到了吧，阿廖沙，"伊夫拉伊莫夫最后说，"可惜啊，斯大林完全不是像普罗齐奇所想的是个神话。这样的人的确有过，不过，官方关于他生平的说法，即我们从书里和课本里得知的说法，隐瞒了许多事实。"

27

1879年，斯塔尔夫人年满17岁，不久前她还是个骨骼分明笨拙的少女，但是生完孩子后她突然好像变柔顺了，嗓音、动作、皮肤，一切都变得非常有女人味，她年轻、清新、美妙，似乎从来没有这么好看过。漫长岁月中她第一次感到幸福，充满生命力，生命力多到她自己就能产生的程度，就像庄稼一样越长越多。她产生一种以前从未知晓的感觉，并且现在明白她太缺乏这种感觉了，那就是上帝可算是终于转向她了，这回是永久的了，上帝想起了她，如今她的一切都会和她小时候所幻想的一个样。

她看到，俄罗斯即将到来的时代是她的时代，似乎是为她所造，就是说她并不是白白地一次次延长自己的生命。她本已经不再有信念了，绝望了，但是突然间在这里，在俄罗斯，一切都复活了，苏醒了。好像上帝又让她回到了一百年前，回到了她在法国的童年，又给了她一次努力的机会。所有方面的确有了无尽的生命力，人们醒过神来了；无论朝何处看，她都什么也认不出来了：是另一种文学，是另一种音乐，是另一种戏剧。她一边嬉戏，一边挨个数着她能想起的、她在街上碰到的事物，过去没剩下任何东西，甚至连时装如今也变换得比以往快得多得多。每家每户的人们彼此争论、叫骂，全都提高了声调，人们明白了某些重要东西，这些东西对俄罗斯、对世界可能是决定性的，所以他们再也忍不住沉默，一心要说出来，喊出来，随便什么都行，只要能让人听得到。

律师们死磕检察官，报纸杂志彼此想要咬断对方的喉咙，出现了五花八门的团体、党派、小组，还有某些真正是地下的、纪律严明的、直接为恐怖和革命而成立的组织。光这些也就罢了，就连官员们也和政府说不到一起，自己之间也是，军人们也是，出家人和在家人也是如此。以往俄罗斯做事都正正经经，礼貌得体受到肯定，还有就是听从，听从是所有美德之母；一个想要仕途有发展的人，想要有好婚姻的人，本该就要听话，知道自己的位置，知道有规矩，规矩不可动摇，牢记别说是一个动摇的人，就是一个疑心重重的人都会遭到反对。以前这里的人们都很安分，活得长久，因为他们知道他们该怎样生活，

道理很简单，活着，就要像你父亲、你爷爷那样生活；实际上这种生活完全不差。在临死前的病榻上每个人都在比较，他得到了妻子的什么陪嫁，他父亲得到了妻子的什么陪嫁，父亲是在什么官职上退休的，他是什么官职上退休的，并且总的来说去见上帝时都心满意足。当然他们也会犯下罪孽，但是是隐蔽的，罪孽很胆小，都藏起来了，并且公开场合谁都不敢触犯道德。

可突然间俄罗斯一下子失去了对习惯生活的兴趣。一切都让它觉得是乏味的、空虚的、不值得的，任何方面都看不出彪悍、

气魄,也不见上帝,不见仁慈,不见受难。也的确如此,难道或者就是为了得到妻子的几千嫁妆,为了死前当官当到七品,为了生孩子,就像和你同样的人一模一样吗?那他们干嘛要走完你的路,干嘛要去走,既然你已经走过了,一切到了最后一步你才能讲述给他们,告诉他们所有手段:如何写公文,如何讨好上司,如何收贿赂。

  他们突然发现周围有那么多痛苦和不幸,有残疾人、饥饿者、患病者,于是开始朝另一方面看,起初很简单,看看能不能帮点什么忙,多少减轻一些痛苦,而后来,非常快就意识到这难道是公正、正当的吗?这种现象怎么能一再延续?毕竟不能这样生活,这些不能再忍受,需要做点什么,立刻做点什么;既然这可以做到,就是说一切都烂透了,什么用都没有,这就是生活意义,一切都应当改变,正是应当由他们来改变,他们抽中了一个幸运签。当然他们会感到沉重,但是他们已经准备好做出牺牲,去服苦役,甚至去死,因为他们不会白死,恶终将会离开世界,他们一定能让人们摆脱恶。他们一定要做到让人在此生、在人世就能吃饱喝足,得到幸福,而不是在死后。明天将生活的人当然会比他们过得好,但是他们不可能知道最重要的一点,那就是牺牲自己,为他人、也许甚至是为全人类献身是一种幸福。于是他们羡慕自己,羡慕上帝选中的正是他们。

  法国大革命是什么,斯塔尔夫人从头到尾都知道,从最初序曲到最终结尾——王朝复辟,这一切就是一场持续了几乎三十年的疯狂。不只是现在,而且以前就很少有人能像她一样记得那个时代;她总是有令人吃惊的好奇心,令人吃惊的生活渴望,她善于观察,也善于发现,因为她没有那些知道所有事件动机的人的虚伪,也没有任何事件绕她而过。许多东西,即使不是所有东西,她都从里到外知晓,但是她从来没有过高评价自己的参与程度;恰恰相反,她非常早就惊讶地发现,那些似乎最高超的计划有后备,有保险,而对手很弱小,或者甚至完全没有,而其成果却那么小,这些成果那么少地符合期望。

实际上她早就倾向一点,那就是革命总归的确是人民实施权力的时代,革命时代的人民突然变成一块奇怪难解的透镜,在这一如流水一样迅疾多变的透镜中,许许多多完全不清楚但非常善良的、对欢乐、慈善、爱人的憧憬,与在一个躁狂症患者那里才看得到的那种仇恨和嗜血混杂在一起。适应这一透镜是不可能的,任何人都无法得知穿过这一透镜的是什么。

斯塔尔夫人看到了,那些最有头脑的谋士,起初是路易政府的,后来是之后一个接着一个政府的,他们是如何撒手不管的,并且他们都醒悟到有另外一个人,但绝对不是他们,才能掌握事态发展。于是她也为自己总结出一个最重要的革命法则,革命是昏暗不可知的,谁都不注定知道谁是其选中的人,谁、什么时候、为什么会被它推上表面,会在哪里找到他,在每晚聚集在前圣雅各教堂的人当中,还是在她斯塔尔夫人的沙龙中,也许它到了选出那个小个子科西嘉中尉就会停止。更可能的是它会既从这里也从那里选人,每个人还有别人都会注定成为胜利者、凯旋者,但是可惜只有少数人能长久。人民,这些执政者的造物主,会重新进行选举,会像打牌一样来洗牌,所以他们什么时候会腻歪了,什么时候会安定下来认可谁,没有人知道。这就是为什么说革命的难点不是夺取政权,而是掌握政权。

由于经历了巴黎的整场革命,斯塔尔夫人在这些年代的俄罗斯感觉自己是个向最高势力者展示未来的神的祭司,是女预言家。她时常悲痛,害怕所看到的事物,可不管怎样还是疯狂地、接近发情地去爱，爱自己新生活的每一天，祈祷并感谢上帝又赋予了这件宝贝。也就是她的青春。当然，为了不错过一切，她需要住到彼得堡去，这毫无疑问。彼得堡对于俄罗斯，如同巴黎对于法国一样。其他部分的俄罗斯包括古都莫斯科可能会抗议她这样去想，但这什么都改变不了。俄罗斯会出什么事，会向哪里去，会成为什么样，理所当然会在这里决定。

有许多东西把她和彼得堡联系起来，亚历山大皇帝曾经在冬宫非常隆重地接见过她，当然不是现在这个，而是战胜了拿破仑的亚历山大一世。她甚至得到了几次单独的觐见机会，见面时间很长，他们当时得以反复谈论了一大堆事，彼此了解很深并且相互有好感。她生命中见过大大小小不下二十位君主，但是没有任何一个君主能像这位俄国沙皇给她留下如此良好的印象，她也不对他隐瞒这一点。彼得堡上流社会对她也很好，她甚至和几个家庭走得很近，尽管她到国内时间不长。于是俄国首都给她留下的回忆很愉快，所以当她坐在松树坡自己家客厅里时，喜欢像看宝物一样翻检那个夏天的各个片段。她知道她当时的熟人早就都不在人世了，这自然什么都无可挽回，但是她时常温柔而伤感地悼念他们，追忆当时的生活。

她和费多罗夫生下的孩子依然和那个丹麦女家庭教师住在彼得堡。那个丹麦女人来俄国是为了攒钱，然后回哥本哈根嫁人，但在这里居住已经将近十五年，斯塔尔夫人给她报酬优厚，她一贯规矩省钱，就是说她早攒足了嫁妆，但她哪都没去，最近几年甚至连丹麦都不再忆起。斯塔尔夫人看出来她依恋上了孩子们，把他们当作自己的孩子。和她一样，这个丹麦人也喜欢他们一直都还是婴孩；他们长大了，很漂亮，照顾得很好，穿着华丽，可还是真正的婴儿。也许正因如此，斯塔尔夫人一来，进到家里，坐在他们床旁，她内心的一切都平静下来，她不再不安，总有所盼望，有所求。他们的心灵犹如天使般纯洁，他们生活得也和天使一样，或者像是天上的鸟儿，不耕不种，丰衣足食。上帝用自己的手喂养他们。斯塔尔夫人时常想，要是有奇迹发生，他们变成普通孩子，那她会伤心。但斯塔尔夫人住在唐波夫时，看孩子是一件大事，并且她明白，只要她搬到彼得堡，她就能每周看见他们，这样一来也就没有特别犹豫。

斯塔尔夫人租的房子在一个非常漂亮的地方，在瓦西里岛上，三面环水，水对岸左手边是尖顶的彼得保罗要塞，右手边则是她早就喜欢上了的冬宫。房子很大很舒适，她当年挑了好久，以便再不会从这里搬走。可她还是没有留在彼得堡。她所知道的完全是另外一个城市，对她而言那里住着完全是另外一些人，她时不时把那个彼得堡和这个彼得堡搞混，同样的姓氏，同样的名字，同样的宫殿。过去那个城市对她来说比今天这个更有活力，因此她像个老太婆一样一次次陷入窘境，那个帝王不叫亚历山大·尼古拉耶维奇，而是叫亚历山大·巴甫洛维奇，还有更可笑的，她把人家孙女当成奶奶，为不来看她而生气。当然这也没什么可怕的，她很快习惯了新彼得堡，犯糊涂一天比一天少，但是有一天她开始忍不住可怜逝去的东西，过去留下来完整的东西很少，她的回忆遭到破坏，死掉了，于是她突然吃惊于她干嘛要这样。

她在彼得堡的健康情况也不太好，时常感冒，生病；她习惯了俄罗斯中部那干燥得多的气候，她在这里冻坏了，怎么也暖不过来，穿着皮袍满屋走，还点上了壁炉；给她看病的医生劝她离开，说彼得堡对她的肺不利，她是个南方人。但她在犹豫，而即使最后还是决定了转去莫斯科，这样做既不是怪回忆，也不是怪气候，不是因为她想摆脱芬兰湾吹来的刺骨寒风；而是还有一个情况召唤她去莫斯科，但是她自己不愿意承认。

近几个月她开始听到一些传闻，说莫斯科鲁缅采夫图书馆有个保管员，叫什么费多罗夫，是个完全不同寻常的百科哲学家，而且这个人过着圣徒一样的生活，所有薪水一文不剩都给了钱不够用的大学生，总之，是个真正的上帝仆人。当然了，费多罗夫是俄罗斯非常普遍的姓氏，保管员也随便什么人都能当，但不知为何她坚定地认为这就是她的费多罗夫，于是她突然明白了，她依旧还挂念他，又想要见到他。她知道要是他就是那个费多罗夫，寻求和他见面太残酷，极有可能他根本不会承认她，就像以前如果不在棺材里就认不出来她一样；可要是他最后明白了，她，斯塔尔夫人，就是睡美人，那对他来说会是一个可怕的打击，这就会意味着复活她这个美丽少女的不是他，而是别人。可是他，费多罗夫，缺的正是爱，正是打破恶魔法的信念。

这种风险存在，并且光是为了他，她也本不该去莫斯科，但是她知道自己对自己再无他法，知道反正都要去莫斯科并且第一天就找到费多罗夫才会心安，只要没有搞错人的话。只是后来过了许久，已经是在莫斯科时，她才彻底明白了她为何那么挂念费多罗夫：他们的过去，那水晶棺、蜡烛、卧室等一切都留在了过去，因此她丝毫不打算让其复活；但是她突然产生一种感觉，感到费多罗夫就是未来革命的源泉，是其真正的根源；从费多罗夫一方来说，无论彼得堡还是俄罗斯都是派生性的，一切都是派生出来的，都是他的学生，所以她为了被革命接受，首先就应该去找他。

28

"斯塔尔夫人在莫斯科的生活情况，"伊夫拉伊莫夫第二天继续说，"我知道得非常非常零碎。这也是有原因的。"

他这些话说得又慢又清楚，这样一来这回我再没有了疑问，不怀疑伊夫拉伊莫夫来找我不单单是和我聊一聊，而是口授给我文本，而且是以想要让其进入我的"名簿"的方式。实际上，伊夫拉伊莫夫的不礼貌（以前我在他身上无丝毫察觉），他的声调，最重要的是他强迫我去写别人，却写不是我生活中的人，我不知道也就当然不可能去爱的人，所有这些都给了我理由拒绝他。可我听话地写着，写着，不管是那一天，还是下一天，还是后来，只是因为无力和他争辩。

"其中最重要的原因，"伊夫拉伊莫夫不慌不忙地口述道，"不是秘密：在整个住在莫斯科期间，斯塔尔夫人很紧密，而且是逐年加强，与革命运动相联系。不是夸大，有时候她冒着掉头的危险，很自然也就竭力要让知道她在干什么的人越少越好。地下工作就是地下工作，此时多余的证人永远是敌人。不过，她从来没处于过非法状态，党需要她是另一个样子：一个富有的莫斯科贵族，拥有几座庄园和一个针织厂（她的母亲早在大约30年前给工厂产业投入了大笔资本，所以如今靠卖呢绒布得到的收入几乎是土地收入的10倍）；她不受怀疑，所以她任何方面都无瑕疵的名声对革命者来说，比她慷慨资助革命更重要。"

从彼得堡搬家后，她住到了奥尔登卡大街一个规模相当不起眼但非常优雅的商人住宅；它是一个叫杜布瓦的非常好的法国建筑师刚刚建成的。杜布瓦当时在莫斯科建造了许多房子，这座房子让她立刻喜欢上了，她还喜欢这一住所住人不多，房屋主人们认为房子对他们来说太小，正准备再盖或再买一座。她想都没想就付了钱，尽管价格就莫斯科来说高得出格，甚至还没来得及好好布置一下就从旅馆搬到了这里。她从来不喜欢住旅馆，并且一想到有多少人睡过她睡的同一张床，有多少人使过同一个浴盆、洗脸池等等就会让她发疯。

奥尔登卡大街上这座住宅在俄国革命史上起到了极其重要的作用，但是后来把它称作是革命司令部是不正确的；它不是例如斯莫尔尼学院那样的司令部。否则斯塔尔夫人就不会住在那里，并且相当平静，住了几乎40年。俄国秘密警察局极其专业，非法分子逮捕一个接着一个，有时候某些政党甚至都凑不够人组成自己的中央委员会，而她的家从来没有被真正曝过光。

奥尔登卡的住房有特殊使命：俄国的革命者在这里结识并且最初彼此接近，这通常是在星期二或者星期五，全莫斯科都知道这是她接待的日子。每次都有许多人到她这里来，来的人五花八门，但是那些有需要的人，靠斯塔尔夫人帮忙很容易彼此找到对方，所以可以大胆地断言，几乎有一半的反政府政党和团体正是在这里，在她的客厅里，萌芽的。由于她长时间不是其中任何一个组织的成员，对所有人都是自己人同时又不是自己人，这让斯塔尔夫人避免了受到冲击；甚至有什么能传到警察局那里，那里的人也不知道该把她和她的家归入哪类，如何把那里的人进行分类，所以关于她的情报都放入了偶然和没意义的类别中。

斯塔尔夫人的住房对革命来说不可替代有许多原因：我们不会忘记我已经说过的她曾慷慨出钱给革命，而且需要指出，这些钱给得很小心，通常通过二手，有时会通过三手。但是比钱更重要得多的是，在她到莫斯科两个月后，费多罗夫住到了她家。

费多罗夫在他们没见面的这些年间，仿佛已经变成了一个理想中的革命家，她也明白为什么每个幻想这样或那样除掉现存世界的人都会被他像磁石一样吸引。她对他的评价很中肯，很清醒，他早就不再是她的情人，这也让她如今感到轻松。他依旧能引起她的同情，有时甚至是柔情，但是总的来说他们彼此分离开来，他们只是地下工作的同志。她记得他在松树坡是如何强有力地从她那里吸取她对法国大革命所知道的一切，也记得他如何出色、轻易地将其折射，适用于俄国。但是那时候这都只是一种潜力，他还只是触摸到，经常不自信；许多未来社会制度的细节他已经清楚，但从整体上一切都还没有成形，没定形，最重要的还在犹疑，他还没做好准备，不知道该怎么做才能让人们听他的话，跟他走。而如今他没有了疑惑。

费多罗夫的一个特质让她特别吃惊：他幻想毁灭世界，让它没有一块石头留在一块石头上，与此同时，他和他所想要的又都那么地适应于俄罗斯，那么地与之血肉相连，以至于跟随他的人根本没想到过革命，相反，他们说他没有说出任何新东西，他们自己也知道这一点，他们的先辈很久以来就知道这一点，而他只是让人明白期限已经到了。也就是说他们只需要简单地、非常简单地跟着他走就是了，这要求他们有所有勇气，进行所有斗争，他们平静地走着，没有痛苦挣扎，没有慌乱。有许多东西表明他本人就是那样的一个人，一个完全是他们所期待的那样的人。大家都看出来他是个圣人，是个苦行僧，把他的廉洁甚至和法国人那么普遍欢迎的罗伯斯庇尔的廉洁相提并论都是可笑的。俄罗斯是一片圣土，是上帝选中来要引领所有其他种族和民族走上拯救之路，并带领它们沿着这条路走向上帝，这话他们从他那里听到，但是他们自己也同样知道；他们也明白，就像他们，俄罗斯被从其他民族中被选中一样，他也是从他们中间被选中的。没有任何人觉得他哪怕一句话是亵渎神灵，是异端邪说。他宣扬的也就是这些东西：应当由人来克服疏远和不睦，社会制度不是现在这样子，而是因爱聚合的存在。基督训诫我们（他的孩子们，他的学生们）要把基督教从祈祷转化为行动、付之于行动，这一行动应该是将所有曾经在世界上生活过的人拯救、复活；到那时罪孽能被赎清，牺牲能被归还，世界就将回到堕落前的幸福状态。他对他们说，要想让基督教化为行动，他们就应该走出庙堂，团结起来，同全人类开始举世圣餐仪式。墓地将成为圣餐桌，并且所有人类之子仿佛成为一人，成为实现上帝意志的工具；他们一定要把自己的力量和生育他们、灭亡他们的自然的力量，都投入到再造和改造亡者，那么将骨骸化为活的血肉的进程势必便会开启。

  不管怎么说，刚一见面，斯塔尔夫人就从内心知晓，注定不是他来领导未来的革命。他自己也知道选中的人不是他。不管具有怎样的预言家的能力（而她看出来了，任何人，哪怕只听过他一次讲话，就情愿毫不犹豫地抛弃尘世跟他走），费多罗夫都是个老头子，尽管他当时还不到40岁。他明白上帝没赐福与他。他一生只爱过一个女人，他曾日复一日、年复一年地来到她的棺材旁，他知道上帝还没有把她带走，她只是中了魔法，没有死，而是像个死人，并且他，一个教导人全面拯救和复活思想的人，反正注定不能破除魔法，连她一个人都复活不了。很可能他也猜到了，上帝不想让他守身如玉，猜到了自己有儿子在延续他，因此，这样一来，踏上他所宣扬的那条路的时候还没有到来。

  费多罗夫的崇拜者范围很广，这些人追随他也曾完全迁居到奥尔登卡。这些人由一些杰出的人组成。只要提到托尔斯泰和陀思妥耶夫斯基就足够了，那里还有其他一些名人，比方说弗拉基米尔·索洛维约夫；他们每个人反过来又有一群学生，就是说费多罗夫是师中之师，并且他们也都每逢星期二和星期五挤满她的家。

斯塔尔夫人早就喜欢一句名言，叫做暴力是历史的助产婆，所以她（不过是在稍晚时候）如果精神状态良好时会喜欢自称是俄国革命的助产婆。这没有多少夸大其辞。她经常铭记谁也注定不了预判出哪个党什么时候会夺取政权，因此如同一个善良的农夫，播种着这些小组、团体、组织、政党；总之，所有不满、不接受现存世界的人，都可以找到她的帮助和支持。随便说一句，她也出钱给过制定了扩大俄国天才人数最低纲领和最高纲领的爱弗洛小组。

但是，阿廖沙，没必要责怪斯塔尔夫人，说她在俄罗斯播撒了动乱，说她生育了俄国革命，随理成章要为其负责，为曾经的未来负责。这会不公正。绝对不是她孕育的革命；斯塔尔夫人非常准确地称自己是助产婆，因为她只是减轻了生产的痛苦。她在奥尔登卡接待的那些人如此敏锐地意识到周围生活的不完善，以至于对此无法忍受，没有她他们也能胜任。

当然，她希望革命，幻想着革命；这里还有一个原因，即她为什么那么热衷催促革命，那就是她过完自己的最后一生之后，只有和全人类一道才能继续延续，才能再生和复活；而她热爱生活，疯狂地热爱生活，不想去死。她已经习惯了不死，当然，她有私心，但是她伤心她所爱的人，成为她一部分的人会死，而她无力拯救他们，这也是真的。费多罗夫把她和人类重新结合起来，所以如今她感觉能和大家一样很好。

她帮助这些小组出生,但很少知道其后来的生活。某些组织自己死了或者被警察局害死了,但大多数活了下来,革命是一棵活树。它们开花结果,有的靠分裂,有的靠插苗,有的靠只有上帝才知道的什么方式进行繁殖,他们混合又分裂,风把它们的争执,请原谅,阿廖沙,我不自主用了双关语,散布到整个帝国,它们便到处生根。它们的生活也各不相同,有时它们的力量就在根部,那是一些最谨慎的,最有远见的;还有的相反,竭力朝向光,朝向太阳;在无人知晓的地方,在阴影中它们立刻便枯萎虚弱,这些会长成树干、枝杈;还有第三种,通常是很小、不为人知的团体,它们有朝一日会突然以某个前所未知的爆炸事件、最耀眼的恐怖活动方式绽放,但是它们的时限很短,它们就像雪中花那么快消失和死亡。随便说一句,阿廖沙,在西伯利亚,那些春天冰雪消融后,成百成百找到的死者尸体也被叫作"雪中花"。

所有人,敢于冒险的和沉着镇定的,放荡不羁的,斤斤计较的,只想显摆显摆的,所有人她都爱到两腿发抖、痉挛抽搐的程度。关键在于,很多人,非常多的人曾是她的情人,并且她所爱和爱她的人中任何人都没有被她忘记,被她从记忆中抹掉。经常是他们和她的一夜就是和女人的最后一夜,天一亮他们就该去扔炸弹或者向某个部长开枪;有时候恰恰相反,他们刚谋杀完立刻惊慌失措、受了伤、冒着冷汗,跑到她的家里,于是她掩护他们有时是一整天,有时只是几个小时,时间再长就危险了,但是反正都一样,既然已经心头有罪或者还不想了结性命,当他们来到时,他和她都知道没有回头路。他们注定要遭厄运,所以她作为他们的教母,仿佛是在他们即将走完的神圣之路上,用自己的爱为他们的死送上祝福。接下来他们在还被允许的时间里,想的不是结局,想的不是他们年纪轻轻就要死去,甚至想的不是党和革命,想的只有她,斯塔尔夫人,想到她在他们的生命之中,那就是说,一切都是正确的。

最初大约十年,斯塔尔夫人只局限于给革命提供钱,还有偶尔在极端时刻提供住处和避难所,也就是根据还是马尔托夫制定的社会民主工党党员章程的规定为党提供个人帮助。但是后来在认出他是革命团体和组织中的小市民后,她便坚定地投向社会民主派,后来又投向更认真和更坚定的布尔什维克一派。1904年她高兴地服从了如今是列宁制定的章程,以普通一兵的身份加入了党划分出来的五人小组中的一个。

一生中冒多大风险,冒生命危险她都总不觉得够,她完全对人、对爱不知满足,也许因此上帝最终也给予了她不是一次,而是三次长寿。于是作为五人小组成员,她义无反顾地承担党的任何任务(用不着对她讲纪律对地下组织的意义),并且正如1917年后对她做的党内秘密鉴定中所写的那样,她负责地、出色地完成党的嘱托,表现出自己是一名具有首创精神的、忘我的无产阶级事业的忠诚战士。她曾多次担任信使,从芬兰往瑞典运送传单;她轻松自如地扮演了一个俄国地主富婆的角色,因为她事实上就是。她年轻貌美,机智敏锐,衣着华贵,有纯巴黎的排场,所以在边境上当然没引起丝毫怀疑。列宁后来在二月革命后开玩笑说,假如当时斯塔尔夫人和他们在一起的话,布尔什维克们就根本用不着德国火车车厢了:她用自己行李就能成批把哪怕所有的革命者都运回来。

但是她最终在瑞典边境只闪现了几次,于是党便决定最好这里能暂时把斯塔尔夫人忘记。暂时该把她用于南方,在敖德萨和外高加索。她自己也早就准备去趟梯弗里斯,那里有几家在莫斯科熟悉的人招呼她去;她还记得格鲁吉亚有她的儿子,从出生就没有见过面,也就是说整整25年了。党认为这些熟人可能用得着,她甚至写了封信给伊戈纳塔什维里,说她有可能去,但未来得及得到回音;两天后她便需要乘第一班火车前往新罗西斯克。在梯弗里斯,一伙战士刚刚成功袭击了俄罗斯高加索银行的一个分部,抢了革命需要的几十万卢布,所以斯塔尔夫人的任务是将此次行动的领导者、布尔什维克中以党内代号科巴而闻名的人带出格鲁吉亚。

按照计划,她应当为自己和同伴定下高加索股份公司的厄尔布鲁士号轮船的头等舱,该轮船沿巴统—波季—苏呼米—新罗西斯克航线运行。预先计划,当轮船停在波季外港时,科巴沿悬梯通过舷窗直接从小船上爬进她的舱室。之后他们不受任何怀疑地安全抵达新罗西斯克。

万一出现不可预料的情形,她可以指望得到厄尔布鲁士号船长的帮助,他是一个同情者,尽管说明上说他显然会拒绝直接参与行动。不过船上有一名水手,是个工党的老党员,她可以完全信任他;那个水手应该自己去找她对上暗号。行动还有个预备方案:万一路上查明,警察预先得到消息,在新罗西斯克等着科巴,那么他们就将在苏呼米下船,雇当地向导,最好是阿布哈兹人,然后翻山去纳尔奇克。

在巴统没有什么问题,她及时到了城市,买到了直接为他们的目的而设的船舱,舷窗高出水线仅三米。但是事情往往是开始时过于平坦，之后就来了麻烦。在波季刮起了风暴，下起了瓢泼大雨，于是船长冒着引起乘客愤怒和公司不满的风险，已经把起航时间拖延了两个小时，科巴的小船依然没有出现。斯塔尔夫人白白站在甲板上，通过望远镜注视这两堵水墙之间的海岸，哪里都看不到船，即使有，她也不可能看得清楚。等到斯塔尔夫人发现小船时，轮船已经脱离锚位，转头朝向外海一方；大风瞬间撕开乌云，大雨暂时停歇，于是她同时看见两条小船，一条船上一个年轻的格鲁吉亚人拼尽全力朝轮船方向划，从全部情况判断，这正是科巴，而另一条船追上了它，上面有三个戴红色制式帽的人。

格鲁吉亚人显然来不及抵达轮船边了，很显然他也清楚这一点，因为她透过又哗哗下起来的雨水看清楚的最后场景是他跳下了船。不只是她，船长也看到了追逐的结局；他神色抑郁地下到斯塔尔夫人所站的那层甲板上，他说那个格鲁吉亚人游不出来了，在这3月份寒冷的大海里，他在水里撑不住五分钟就会被冻死。可她还是成功求得他把船停下，哪怕再等上半个小时，万一那个格鲁吉亚人能奇迹般游出来。他们站了不止半个钟头，而是一倍的时间，他们早就失去了任何希望，只不过拿不定主意结束，告诉自己他们的同志已不在人世。最后船长下令起锚，也就在此时，在他应该从水中出现的地方，他们看见一具慢慢漂浮的人体。甲板上由于下雨空无一人，只有她、船长还有那个本该帮助科巴转移去新罗西斯克的水手，就是他用竿子钩住那个人，把他拖到船舷边，和船长一起两个人把格鲁吉亚人拉了上来。

从各种迹象来看科巴已经死了。他们花了好长时间做心脏按压、人工呼吸，几乎折断了他的胸廓；他灌进去的水吐了出来，但是无论几次他们把小镜子放到他的嘴唇前，镜子都没有上哈气。还是当水手用竿子钩他的身体时,她突然想起来科巴好像还有另外一个化名,叫斯大林,彼得堡有个人甚至就是这么称呼他的。如今他死了,躺在她面前的甲板上,她明白了,这是她的儿子。

这是她的儿子,可她一次都没抱过他;泪水伴着雨水在她脸上流下,她望着他,望着自己只见过两次的儿子——出生和现在,当他刚刚死去。她对他的生活一无所知,不知道他的一生是怎么过的,只是由于她被派来掩护他,她才能猜测出是革命让他们结合起来,走到一起。革命把他还给了她,但换回来不是为了生,而是让她来合上他的双眼。她在想,他是否会想到,哪怕就一次,想到他参加革命正是为了回到母亲身边,是否认为过革命是唯一走向她之路;她想要告诉他事情不是那样的,她来找他不仅是来找党的同志,不,她早就在思念他,后悔没把他留在身边,没让他和费多罗夫的孩子在一起;她觉得这一切都该告诉他,不管他是否能够听见,她应该告诉他他们是一起的。她想让他最后一点温暖进到她身上,想让他告别尘世时感受她的温暖,那只有在她腹中才知道的母亲的温暖。

她平静地告诉船长,说挪威经常有妇女用自己的体温温暖活翻船后被抛上岸的水手,她也想试试。她吩咐把科巴抬进了她的舱室,用力铺好床铺开始暖和他。她哭着说,是上帝又重新让他们相遇,是上帝还有革命,她说她去找他可还没走到地方,没有到梯弗里斯,而是在这里相见。她说她一直都爱他,一直在受苦,她的生命由于他,她的儿子,不在身边而总是不完满,现如今他们在一起了;她说了所有这些就又哭了,她问为何要把他从自己身边夺走,然后又哭,后来终于睡着了。海上在刮风暴,厄尔布鲁士号在摇晃,他们是逆风而行,所以蒸汽机吃力地拖着船。她不知道睡了多久，几个小时或者几昼夜，醒来又睡着，睡着又醒来，她反复说："我的好儿子，你又回到我身边，你的命太短，你死得很年轻，但你是死在母亲的怀里，你可要知道，"她用费多罗夫的方式说，"每个人都一定能复活，所有、所有的人都能复活，这样一来你的死不是彻底死亡，不是永久死亡。"之后又哭，又对他抱歉，又来安慰他。

就在这半梦半醒之中她忽然明白了，他活过来了，他又重新成为一个生命体。

在苏呼米临开船前，船长敲了敲她的舱门，并且在她出来后告诉她，说他刚从电报中得知，新罗西斯克港被严密监视，所有船只从底舱到桅杆顶都要被搜查，所以她的这个格鲁吉亚人最好不要出现在城市里。她感谢他帮忙和报警，让他转交给帮了忙水手一个漂亮的银质烟盒，之后她和科巴把她的东西扔进大小箱子里，然后上了岸。我已经说过了，他们乘船只能到达苏呼米在彼得堡已经预料到了；所以按计划就该开始第二套预备方案，将斯大林疏散出格鲁吉亚，即沿山路翻越大高加索山脉，然后去往纳尔奇克。

经苏呼米港口广场上的服务中心介绍，他们雇了一辆考究的粉白色轻便马车，按车夫所说，这是城里唯一一辆软充气胎马车，于是他们装扮成是在高加索里维埃拉海岸度蜜月的小两口，去往阿布哈兹的雷赫内村。斯大林在那里有自己人，所以他认为不用费力就能够找到两三个可靠的熟悉山路的向导。但是抢劫梯弗里斯银行案件由于和政治相关，很快便被传扬开，传到了彼得堡，所以根据那里不放武装人员出格鲁吉亚的命令，一条接一条的山路都被封锁了；任务交给了当地的斯万人和阿布哈兹人的一些家族，并且为了鼓励他们尽心尽力，抓住每一个武装分子都制定了不菲的赏金。当地风俗妨碍斯大林的熟人与自己人作对,所以斯大林甚至没打算去求他们。费了巨大努力,花了好大一笔钱,他们才和一个15岁的放牧的半大小子谈妥,正是这个狡猾的小牧童先是拿了定金,之后又专门把他们带给了当地警察的骑兵侦察队。不管是不是这样,他们刚一被挡住,他立刻就消失了,她再也没有见过他。骑兵队是突然遇到的,他们当时正坐在一辆慢慢腾腾吱呀作响的四轮大车上,小孩赶着车,而她和斯大林按着新婚夫妇的样子进入了角色,正忘我地在接吻。

斯塔尔夫人对这些山里巡逻的人没太当真,她的钱以及同样还有她的举止、她的魅力甚至能让最优秀的职业警察迷昏了头脑;可能在其他情况下他们真的可以脱身,但是这一次牌亮开了,他们没有机会了。带队的人是维萨里昂·伊戈纳塔什维里。他比稍落后的队伍早了一点到马车边,立刻便认出了二人,于是朝着叶卡捷琳娜,带着奚落的口吻说,他如信中所说,他很高兴她来格鲁吉亚,并且从昨天晚上就开始在这里等她,以便见到她后带她去自己离这只有十几公里远的一座庄园。

他的声调立刻便让斯塔尔夫人不喜欢,他遇到他们时他们的姿势不会让人不明白她和斯大林是什么关系。维萨里昂装出无所谓的样子,好像不关心这个曾是他的情妇并且被他一直爱到现在的女人睡自己的儿子,而且还是从他,维萨里昂·伊戈纳塔什维里,那里怀上的;这一切都预示着没任何好结果。斯大林本来就比她更了解父亲,似乎同意她的看法。至少他一跳下马车便冷静地(这是他在党内闻名的一个品质)直接走向维萨里昂和马队;伊戈纳塔什维里害怕斯大林会突然开枪,立刻便躲到队伍的掩护下。斯大林走得那么坚定,让骑手身下的马匹甚至都开始退后,纷纷散开,给他让出一条通道。但是他在父亲面前停下了,甩了甩小细鞭子——这是他有的唯一的武器，他对马队说了如下的话：

"可能维萨里昂·伊戈纳塔什维里没隐瞒你们，我就是抢劫梯弗里斯银行的武装分子之一，如果没有，那我，斯大林，就来告诉你们，而现在我来告诉你们他大概没说的东西。我，斯大林，也叫约瑟夫·朱加什维利，是他的大儿子，这样一来他作为山里良民守住山路，不是为别的，只是为了把自己儿子的头出卖给政府。有这样的爱我不奇怪。他的父亲，我的爷爷就是著名的强盗乔治·伊戈纳塔什维里，就是那个在自己婚礼当日被敌人抓起来吊死的那个人。乔治的妻子是个真正的山里人，她知道丈夫的仇不报，他的心会不安，她在他已经吊在绳子上时从他那里怀了孕。但是乔治·伊戈纳塔什维里的儿子，维萨里昂·伊戈纳塔什维里，也就是你们的首领，生来就是个胆小鬼，他不敢去惩罚敌人，反而跑出了格鲁吉亚。当她母亲萨罗美亚·伊戈纳塔什维里明白乔治的仇报不了之后，她自杀了。当时这个人来找我的母亲叶卡捷琳娜·斯塔尔，她现在就坐在你们面前的马车上，他对她说：'我胆小怯懦，像个女人，全格鲁吉亚都嘲笑我，看不起我；我求你给我生个儿子，跟我父亲一样勇敢，好洗刷我们家族的耻辱。'

"叶卡捷琳娜·斯塔尔可怜他，给他生下了我，约瑟夫·斯大林，但是他连儿子都不认。而如今，当我开始复仇，当我发下誓言要让杀死乔治·伊戈纳塔什维里的人一个都逃脱不了复仇时，他想要借助你们把我出卖给沙皇。真没法说你们给自己找到了好差事。"

斯大林对山民表现得和站在巴库工人面前一样朴实自然，声音不高，很从容，没有其他党的演讲者惯常的声嘶力竭，但是顺利地对人起了作用。他的故事还没有讲完，伊戈纳塔什维里身边的队伍就已经自己散开了，大多数人调转马头沿着路上山了，还有两个人竟然转到了斯大林一边。维萨里昂·伊戈纳塔什维里一个人剩在路上。他的脸由于恐惧冒出了大汗，握着缰绳的手直发抖。斯大林平静地望着他，甚至带着可怜他的神情。之后，他再没有说一句话。在马鼻子前抖了一下鞭子，马退了一步，直立起来，抛下了骑手，穿越壕沟和榛子树丛向山下跑走了。那两个加入斯大林一边的骑手帮助他们翻越了山峰，直到到了纳尔奇克郊区，确信他和斯塔尔夫人完全安全了之后才掉头返回格鲁吉亚。他们后来加入了社会民主工党，从来没加入过反对派，直到生命终结都一直是他的忠诚战友和朋友。

费多罗夫是个预言家，但他不是救世主，上帝没赐福于他，所以注定无法拯救和复活人类。他的作用要小得多，他应该像施洗约翰一样备好土壤、翻耕和施肥，然后在祝福比他大的人之后躲到一边去。但是费多罗夫一直拖着。也许是他以为上帝的抉择还没有定下，上帝终究会选中他或者亲自证明他再也不要费多罗夫留在世上，证明派他来注定要做完的事情他已经做完，所以如今他该离开了，给别人腾地方。上帝早就可以带走费多罗夫了，但上帝并不着急，好像真的在犹豫，于是费多罗夫也在拖延，希望人类的救世主总归是他，这一希望还活在他身上，所以他尽可能地抓住自己的学生。

而费多罗夫的学生，只要他还在身边，就不情愿有任何独立思考，竞相比赛对导师的忠诚和崇拜。其结果是可悲的，生活停止了脚步，革命在俄国开始的时间比应该开始的时间晚了几乎20年。在来斯塔尔夫人这里的人们中间，有几个人具有远见，不亚于她，明白会有什么后果，他们中间讨论了好久，想为了革命利益牺牲掉费多罗夫的生命。他们认为，假如费多罗夫确实相信他宣扬的思想，他就应当接受和赞同这一点，明白现在复活人类事业的最大绊脚石就是他，费多罗夫。曾有一个人情愿承担解决费多罗夫的任务，他似乎是其最老的学生，从其唐波夫时期就是他的学生，实质上也就是第一个跟随他的人。

很难说是否是幸运，但是事情最终没有发展到要流血的程度：1903年底斯塔尔夫人成功说服了费多罗夫离开。按照和医生们的约定，他们采取了以下行动：12月28日费多罗夫住进了玛利亚贫民医院，诊断为双侧肺炎，此前五天斯塔尔夫人不允许任何人见他，说费多罗夫得了重病，不能见他。所有这一时间她和医生们一直在等医院停尸房能有一具能冒充费多罗夫的尸体。最后尸体出现了，于是玛利亚医院的医生谢尔盖·瓦列金诺维奇·阿列克谢耶夫，前外科医学院学生和扎伊翁奇科夫斯基民粹派小组（斯塔尔夫人早就与其关系密切）的活跃成员，立刻安排费多罗夫住进专门为临死者准备的病房。在同一天，快到天黑时，费多罗夫被带去作忏悔和接受圣餐，又过了两个小时，阿列克谢耶夫和另外一个有着斯克里波克怪姓的医生，也是个民粹派分子，一起鉴定费多罗夫死于窒息。

接下来阿列克谢耶夫和斯克里波克把费多罗夫的尸体放上推车，亲自送往离医院主楼有二百多米远的孤零零的停尸房。就在医院到停尸房的半路上，斯塔尔夫人的马车等在那里，为了保密起见赶车的不是她的车夫，而是上面提到的费多罗夫的那个学生。当推车和马车平行时,费多罗夫没有任何人帮忙就转移上了马车,之后他和斯塔尔夫人立刻便离开了。当天夜里她便打发他去了松树坡,在松树坡磨坊旁的水塘岸上,不久前刚刚专门建起一座小房。两天之后,在众生欣悦修道院的墓地上,冒着天寒地冻,当着大批人群的面(费多罗夫的名声极其大)举行了葬礼。他棺材里放的是街上冻死的绰号叫萨什卡的莫斯科著名的疯癫者,从外表和生平与他都很相像。

在费多罗夫的葬礼之后,听从的重负从他学生的心头卸下,他们之中开始发酵:每个人都认为自己是导师真正的继承者,而其他人则是持异端邪说者、离经叛道者或者最严重的,就是背叛者。所有人身上有了无穷的能量和生命力,全都忙乱着、争吵着、斗争着,没有任何东西能持久,连斯塔尔夫人有时都很难搞清楚今天谁和谁一伙,谁赞成谁。出现无数的阴谋诡计,有一次(似乎他们全都完全失去理智)还出现了一系列决斗,这些对革命者来说当然是很野蛮的事情。斯塔尔夫人经常猜测谁会成为其中的领袖,因为他们分歧越来越大,清楚表明会产生出不是一个而是几个学生派别,但每次都没有猜对。

起初她以为费多罗夫离开后他事业的领导者会是托尔斯泰,他有大量自己的崇拜者,国内的威信极高,他是现成的领袖,所以实际上正是为了给他腾出地方,斯塔尔夫人才那么坚持让费多罗夫靠边站。但是令她吃惊的是,费多罗夫葬礼刚过后,托尔斯泰立刻便不再光顾她的沙龙;这件事做得没做任何解释,几乎令人感到屈辱,只是后来她才得知吸引他的是费多罗夫的个性,他对费多罗来的思想不太感兴趣。她当时就想到,仅对托尔斯泰而言,让疯子萨什卡替费多罗夫躺进棺材大概算不上是偷换。

托尔斯泰的拥护者也随他而去,费多罗夫分子的人数开始稀少，但这并不是危机，而只是清除那些偶然的、不坚定和不守信的分子。也确实如此，很快大多数学生被诗人和哲学家弗拉基米尔·索洛维约夫集中在自己身边，他也是最早跟随费多罗夫的人之一。他也特别受到费多罗夫的喜爱。总的来说他是一个古怪、孤独的人，所以连斯塔尔夫人都不是很快学会理解他。索洛维约夫教导说：

（1）大灾变已经迫近世界，完全不远了，启示录时代到来了，敌基督时代到来了；

（2）应该立刻开始行动去全面实现真理和公正；

（3）人类历史的起点是原罪，终点是末日审判和战胜世界之恶；

（4）（追随费多罗夫）上帝创造的世界并不完善。生命不是馈赠，创世纪是尘世是从绝对的某种脱落，所以原罪也就是这一脱落的自然后果。但是创世纪正当的理由是，世界在向完美运动，或早或晚又会回到、汇入绝对之中，返回到"新土地"和"新天空"；

（5）（与费多罗夫有别）不与上帝合作就不可能有人的个体和社会的得救，不可能重返天堂；

（6）世界上每个粒子都是活的，独特而有生命，没有哪个粒子没有记忆，顺理成章，也就能够复原、复活曾经在世上生活过的所有生命；

（7）实现这一切为期不远了，世界已经走完了大半路程；以前它处于反常的、混沌的状态，而如今：（A）混沌被万有引力集合为初步的整体，（B）这一总体被和谐分割，以使得将宇宙体隐秘重组成为可能（电磁力作用），（C）出现了生命——这一再造出来的物质和光的有机统一体，（D）创造出了人；

（8）人的弥赛亚使命是改造、拯救、解放大自然，并且在历史终结时，将其归回给绝对；

（9）堕落是人想要不用与上帝合作、依靠自身力量来完成这一使命的尝试，其结果是混沌、毁灭、恶的猖獗，但是所有这一切只不过是让人实现使命的拖延，而不是取消；

（10）世界历史的目的是达到上帝和人所率领的非上帝的自然界的统一；

（11）达到这一统一就非要有宇宙教会的神人机体，这是人们自愿团结的基础和体现；

（12）俄罗斯的历史使命在于它是东西方之间的宗教媒介，要使其相互接近并最终合成一个世界国家。领导这一国家的将是俄罗斯沙皇（世俗政权）和罗马教皇（宗教政权）；

（13）正是这个国家才是即将形成的神人统一体中人的因素的代表者，而不是个人（个人应当意识到他的真正自由便是放弃个人私利），甚至也不是村社。

在上述纲领宣布后，又有一伙人脱离开去，并且这一伙人严重破坏党的纪律，事先就公开宣布索洛维约夫是异端邪说，歪曲和背叛了费多罗夫学说。应该说，这样说有道理。这伙人大多数是年轻的平民分子，他们是在费多罗夫生命的最后一年入党的；大家，包括斯塔尔夫人，对他们不太了解，也难怪他们的足迹一下子消失了。斯塔尔夫人再找到他们时已经在两年之后，而且是完全出自偶然。当时他们以"费多罗夫小组"的名称加入了一个叫格奥尔基·普列汉诺夫的人领导的社会民主党。

斯塔尔夫人早就知道普列汉诺夫，对他抱有好感，给过他钱，在所描述的事件发生的前几年，他所在的民粹派小组"黑土重分社"正是在她的唐波夫庄园开过会议。普列汉诺夫起初对费多罗夫的学生们热烈欢迎，他们之中的许多人有才华、有力量，工人运动能从他们身上得到很多东西，但是很快费多罗夫的弟子们便与普列汉诺夫产生了分歧。分裂的缘由是就某个并不十分重要的策略问题产生的争论，但这只是表面上的，实际上他们相通的地方本来就非常少。不过，费多罗夫的弟子们形式上没有脱党，而是在其中与列宁组成了一个布尔什维克独立派别。

无论当时还是后来，他们都不是马克思主义者，他们也都没有隐瞒他们对马克思的讥讽之情，不相信马克思描绘的社会主义和共产主义的图景、工人阶级在历史中的作用，他所说的革命不是在俄罗斯、而是在某个西方先进国家开始，最重要的是马克思所讲的人自身的意义和使命，这一切让他们觉得惊人的幼稚。但是他们都乐于服从列宁，于是也就原谅了他对马克思主义的迷恋。他们敬仰列宁坚定果敢，是个干事业的人；他们不怀疑他最终会摆脱马克思，走向费多罗夫。而暂时时机还未到，所以列宁在这方面没有过错，只不过是世界各民族都还没准备好听费多罗夫的话，还没到向他们宣示的时候。如今它只能以一种秘密的、隐秘的学说的方式活下去，保存下去，只能为信徒所知晓。马克思主义对它来说就会是一个保护壳。

费多罗夫的弟子们对布尔什维克的影响是多种多样的，特别是正是用这点才能解释，为什么列宁死后人们违反他明确表达出的个人意志，没有将其葬入土地，而是放入玻璃棺内，拿去供观看。费多罗夫不止一次向学生们讲他几年前他曾试图去拯救和复活一个睡美人，他认为这是复活曾经在世界上生活过的所有人这一共同事业的开端。看来他的失败没太让他难过：他叹息，要是在没有地心引力、只有天体引力的宇宙中，那他无疑就能成功拯救公主。

1924年，费多罗夫的弟子们也坚持要让列宁一直保持肉身不朽，好像是睡在玻璃棺中，直到俄罗斯能为他造出火箭。费多罗夫分子齐奥尔科夫斯基从事火箭设计将近30年。人们应该用火箭将列宁运进太空，那里在摆脱了地球引力之后，他就会从尸骸中重新站起来，就能够重新领导世界革命。费多罗夫的弟子们还有一个可能是对革命命运来说具有决定性意义的思想。他们说，考虑到死亡并非是终极性的，所以现在应该、甚至是有必要消灭妨碍共同事业（复活曾经在世界上生活过的所有人）的每一个人，并且这对这些人个人也是一种幸福。

不过我们还是回到索洛维约夫身上。从许多资料可以判断出，他并非对分裂心安理得，对"费多罗夫小组"的离去无动于衷。在几个星期内，索洛维约夫用剩下的忠实于他的费多罗夫弟子们组建了一个地下党（他们已经对自由非常疲倦了，向往丢弃自由、牺牲自由，愿意消融在组织中），这个党让斯塔尔夫人觉得非常有发展前景，所以她心甘情愿承担起党的财政。而当开支超出她的能力时，她吸引了几个卢卡维什尼科夫和西兰基耶夫家族的大黄金业主加入进来。

这个党自下而上理所应当地服从严格的纪律：基层分为三人小组，普通成员只了解自己的组长，此外再不知道任何人。三人小组组长又组成下一级的三人小组，一直到索洛维约夫本人。但是这一任何地下组织都必须要遵守的原则，在最高层次上，由于索洛维约夫个人任性而没有被遵守。党的组织者、公认的领导者是索洛维约夫：是他制定了党的哲学、党的纲领，但是索洛维约夫认为党应该集体领导，所以他强制把领导权在尼古拉二世前御前侍从、当时任圣彼得堡军区司令的德拉格米罗夫，著名的宗教活动家和传教士、将来一定会被封圣的喀琅施塔得的约翰以及自己之间分享。

"可能他也和费多罗夫一样在犹疑自己是否被赐福选中。或者问题在于他很少来莫斯科,他很长时间住在外省朋友家,最经常是住在特鲁别茨科伊的庄园里。只有在特鲁别茨科伊家他才能真正好好工作,在那里放松散步,睡觉不用药剂,很好地思考和写作,甚至有时从那里带来诗作。当然了,索洛维约夫没有错,因为他认为党不能几个月没有最高领导,但是为什么他明明知道这一点,还不肯改变生活方式,哪怕少跑几次,这我就不明白了。"伊夫拉伊莫夫说,"如此之多的命运取决于他的决定,那么多的赌注压在上面;他这样选择我说不清楚。"

也要对索洛维约夫说句公道话,他选的团队力量很强。其中的人,特别是几个著名人物,代表着俄国社会最具影响的势力,他们拥有实际权力——在军队、在教会、在知识界。不难预见这样的领袖所领导的党会普遍受到欢迎,但即使不普遍受到欢迎,由于掌控国家主要势力,它必要时也能很快掌握政权。喀琅施塔得的约翰、德拉格米罗夫都是索洛维约夫动员入党的,两人,我已经说过,都承认他的最高地位,愿意服从他。但是就这样索洛维约夫还坚持领导权分三领域,甚至宣布每个人都将独立领导自己领域,只有涉及整个世界的决定,才由他们共同一致做出。

这样的组织形式除了愚蠢,什么好结果都不会有:非但不是一个纪律严明、渴望战斗的地下党,反而成了类似波兰议会式的东西;很早德拉格米罗夫以及喀琅施塔得的约翰就感觉到自己是真正的小沙皇,甚至连大多数人所做出的决定,只有他们喜欢的,他们才会在自己的管辖区域贯彻。类似的方式做地下工作当然是不可以的,这一点他们三人很快就明白了,但是谁也不想做出任何改变。党开足马力走向垮台,并且在我看来,当垮台终于出现时，他们每个人都感到自己轻松了。

　　分裂的直接原因是索洛维约夫要求广泛吸收犹太人入党。与通行的看法相反，索洛维约夫主张，上帝与犹太人之约绝对没被撕毁，没有被新约替代，相反，通过犹太人为自己忠于亚伯拉罕信仰所付出的几百万人的牺牲反而变牢固，被更新。战胜恶和拯救人类只能在上帝选定的两大民族联合起来、共同行动的条件下才能实现：旧约民族是犹太人，新约民族是俄罗斯人。

　　德拉格米罗夫原则上认可索洛维约夫，但是喀琅施塔得的约翰截然反对。他认为俄罗斯教会和俄罗斯人民对世界的所有理解都建立在俄罗斯人是上帝唯一选中的民族基础之上；上帝特别赐福于它，唯一给了它，从世界各民族中将其选出，它是弥赛亚民族。即使索洛维约夫说的是真理，但这一真理也应该隐瞒起来，俄罗斯人民绝不会接受。万一接受了，那会毁灭掉俄罗斯人对上帝、对自身的信念。那样的话革命就会永远失去俄罗斯人的参与。

　　"实际上，"伊夫拉伊莫夫第二天继续说，"这全都是一件悲伤的故事，悲伤的，而要是从旁观看，也是一模一样的故事。长长的一连串民族都觉得上帝赋予了他们特殊使命，他们相信也愿意承当使命，愿意做出任何牺牲，愿意接受任何苦难，而到了生命尽头，当一切都不可能重新开始时，明白无论他们还是他们的功勋都无人需要，什么都不需要，一切都白费。末日经受痛苦折磨，身上还没被上帝毁掉的一切被他们自己接着毁掉，他们确信没有罪孽比他们的大，他们是冒名者，不是上帝而是他们自己选中了自己。俄罗斯是这样，斯塔尔夫人是这样，费多罗夫是这样，索洛维约夫是这样，其他许多许多人都是这样，特别是下面要讲的人也是这样。他们任何人都无此使命。"

"不管怎么说,"伊夫拉伊莫夫说,"都不该急着去指责。毕竟他们的信仰是那么纯洁无私,对上帝的忠诚是那么明显,即使他们从行为上走上一条错误道路,没听懂他的话,上帝也应该、也必须要让他们明白这一点,必须同他们讲清楚和帮助他们。比方说俄罗斯,上帝一连五个世纪,一年又一年,用俄罗斯武器取得的胜利来证明,是的,一切都没错:俄罗斯人的确是上帝选定的民族,俄罗斯的确是一片圣土,是圣灵安息之所。它怎么会怀疑自己被上帝选中。"

"总之,"伊夫拉伊莫夫说,"我倾向于认为上帝的确选中了他们大家,也许还不太坚定彻底,好像只是预选,但是对他们承诺了这一点,顺理成章,他们也就没有罪,没有任何过错。而之后,以前也发生过,上帝对人类的计划发生了改变。斯塔尔夫人曾气愤地责怪上帝,责怪他像当年荒野里魔鬼对基督一样,用牺牲、功勋、神圣、权力诱惑追随他的人;我更倾向于认为,这未必正确。他过多地考虑整个亚当种族的命运,所以对个别人只是考虑不过来。只是口头上说,单个人、单个人类心灵对他而言重于整个世界。他积下了太多的冷漠无情和无动于衷,我们和我们的生活实际上很少被他注意。这样一来他似乎都没察觉我们在作恶。"

关于犹太人的争论,向索洛维约夫、喀琅施塔得的约翰以及德拉格米罗夫清楚证明了,他们所建的那个形式的党再也无法存在。要做的或者是全部加以改变,或者认可并非是他们注定要来率领俄罗斯人民、随之还有其他民族沿着拯救之路前行。他们必须要复活党、提高党,但是他们已经无力为之。

斯塔尔夫人看出来,他们全都累了,所有费多罗夫的弟子们都累了,20年的希望和信仰让他们筋疲力尽,所以他们再没有任何用处。大多数费多罗夫的弟子们脱离了运动,另外一些人依然按惯性参加她的沙龙,秘密活动、党籍成了他们生活的一部分,他们放弃了,老了,只不过是在扮年轻和牺牲。他们如今像老朋友一样习惯性聚会;当然,在此期间他们之间积累了大量委屈和怀疑,但那些也都是些家常便饭。作为一个战斗党他们已经穷尽自我,但还是一事无成,这对俄罗斯来说很平常:有意愿翻天覆地,愿意建树任何功勋,而一切最终止于充满理想的空谈。她已经一年多没给他们钱了,尽管不知为何还没有拒绝他们来家里,依然接待他们。

当时俄罗斯上上下下正在进行第一次革命。令警察局吃惊的是费多罗夫–索洛维约夫的党丝毫没有以任何形式牵连其中。又是一切都仅限于各种讨论和发表各种宣言,要求不只是要参加,而且要领导起义,因为党肩负着那么多的经验,有那么强的实力,有那么出色的理论家,没有他们人们将会在黑暗中迷路。费多罗夫分子们搞不明白,为什么社会革命党人和社会民主党人不来向他们求助;而自己迎前哪怕一步,对他们来说都是屈辱性的。并且此时恰逢需要行动行动再行动,恰逢俄国皇位由于对日战争可以说是已经向革命摇尾乞怜,恰逢一切都已那么腐烂发臭。斯塔尔夫人一和俄国社会民主工党的同志们谈到费多罗夫分子们,她总爱重复说,一切都有岁数,索洛维约夫很快就会明白他的党达到的不是成年,甚至不是老年,而是老年衰弱。在那些年代她已经积极在为布尔什维克工作,她也很方便进行秘密活动,警察局还依旧把她当成费多罗夫分子。这成了不错的掩护。

不过,斯塔尔夫人经常惋惜1905年革命绕过了费多罗夫分子们:流血,大量的流血,有可能使他们更新,况且在某些理论问题上他们在当时以及后来对其他革命党派,特别是布尔什维克,具有巨大影响力。这种影响的产生既通过了从前的费多罗夫的学生,也通过了斯塔尔夫人本人。不说别的,能证明这一点的就有奇迹般保留下来的社会民主工党理论会议的速记稿片段,这次会议是1910年5月10日至13日在她的松树坡庄园举行的。参加者有列宁、普列汉诺夫、季诺维也夫、波格丹诺夫、托洛茨基、阿克雪里罗德和庄园管家德国人杜宾。

"列宁:俄罗斯人民的牺牲结果没有必要。上千年等待基督降临,上千年扩大真正信仰的疆域,几百万人为之献出生命;农奴制、饥饿、疫病流行、分裂教派自焚、农民暴动等等,全都没用。(继续)人很早以前就想要返回天堂,他们为此没向任何人求助,便自己开始建造巴比伦塔,但上帝吓坏了,在塔几乎建成时破坏了它。上帝总是遵循自己自私的目的,他渴望绝对,渴望自然中建立在平衡、善与恶平衡基础上的绝对,而这一绝对根本不可能存在。绝对违反人的天性,也完全违反自然,它的构成仿照的是天使而不是人,于是为了这个抽象的绝对的善,人类注定要经受难以想象的永恒苦难。

"人从出生、还没做任何坏事时开始受难,接下来终生由于神话中的原罪——亚当之罪而受难。顺便说一句,他犯下罪过是由于无知,由于年少不懂事,而且是在蛇的一再诱惑下。所有这一切无与伦比，很可笑，这没分寸也没意义，确切地说可以看出的是对人类的失望。这是报复人类辜负了期望，是对人具有能够自己回到天上才能的嫉妒。结论：我们应该拒绝把任何希望寄托于上帝，寄托于他的公正。很可能，我们是他不爱我们的牺牲品，很可能，我们只是被扔进上帝和魔鬼之间残酷争论赌局中的玩具，其实质就是要看看人的天性多大程度上能发生改变、被净化、接近天使，人的灵魂多大程度上能脱离其肉体。从以上可以得出结论，我们应当说服普通党员彻底放弃上帝。绝对不要再顾及俄罗斯的宗教性，这一任务并非看起来那么复杂：只要工人们知道上帝是怎样欺骗和出卖了他们，在怎样嘲笑挖苦他们，对他的幻想就不会剩下。

"季诺维也夫（从座位上）：我有一个妥协方案，我们要告诉无产者，说上帝不存在也从来没有过，只不过是人想出来的。这样一来我们就会让上帝摆脱打击。他一明白我们的意图就只会感激我们。我请求记录下来，说我完全不赞成列宁同志的极端观点，不赞成其培养敌人的努力。我认为上帝在革命的某个阶段会重新对我们有益。

"杜宾：革命之后，这已经说过了，将是苏维埃全面当政，所以我建议专门为苏维埃建一座大厦，形状像巴比伦塔，一圈圈向上螺旋缩小，紧顶上是一座上千米高的巨大革命领袖塑像，是普列汉诺夫同志的，或者是列宁同志的，也可以是其他哪一个被选举出来带领无产阶级前进的同志。这个塑像向山峰一样高耸，所有人都将看到塑像塑的那个人已经到达了天上，到达了天堂。我还想强调一个非常重要的方面，没有这一点我觉得我们还是无法建成巴比伦塔。上帝当年为了不让人结束工作，搞乱了他们的语言，他们变成了不同的民族，开始互相害怕和仇视；我们应当不仅仅是口头宣布我们的目标是国际主义,而且用国际主义教育劳动群众的确应当成为我们最重要的工作方向。无论如何我们都要把人类团结为一个整体。只有这样才能开始和成功结束建设工作。

"波格丹诺夫:格奥尔基·瓦列金诺维奇,有个问题困扰着我:假如上帝向人承诺的是永恒拯救,而我们可以承诺的只是非常短暂的天堂存在时段,即人的一生。这是个巨大缺陷,我担心这会让许多无产者脱离我们。人们情愿受任何苦难,只要得到的奖励确实值得,而这里尽管没费特别的力气,但是好处也就不会有太大。

"普列汉诺夫:永恒的天堂没有也不可能有,我们只要解释清楚这一点,群众就会跟我们走,波格丹诺夫同志是白操心。

"列宁:不,波格丹诺夫说得对,这是一个严重的问题,但是在费多罗夫看来,支持他的还有许多国内的大生理学家,没有任何障碍不让人永生,所以我们要把这一目标放在重中之重。我们应当就这样直接对工人们说:不管在地上还是在宇宙中,我们都一定能消灭疾病,也能消灭死亡;无愧的人就会永生,而且不是看起来好看的那种天使般的惨白,而是真正的,符合人性的,有女人,有酒,有美餐,一句话,有所有肉体欢愉。

"托洛茨基:革命和未来建造巴比伦塔的动力,应该是两个弥赛亚民族——犹太和俄罗斯民族的联合;二者潜力巨大,但是以前大部分潜力用在了犹太人和俄罗斯人自己之间的斗争上。上帝对前者和后者都发过誓,说他们正是上帝选定的民族,这是专门想要他们内斗。

"列宁:上帝自己早就变成了人,可他还想要求人变成天使,这太荒谬了。上帝想事情像个军事家或者政治家:假如我死了一千,敌人死了两千,这就好,我是正确的;也就是说他早就接受了善与恶相混淆的观点,早就明白了恶经常是通向善最短和唯一的路。世界如此,所以无论是他还是我们,在这里暂时什么都无力改变。"

32

无论是索洛维约夫、德拉格米罗夫,还是喀琅施塔得的约翰,表面上都非常平静地接受了他们不被祝福的事实;关于犹太人的作用的争论以及接下来的分裂没有产生任何权力争夺战,似乎他们完全很高兴能结束地下活动。至少在告别党时,他们表现得不像是革命者,而是教养良好的英国议员。在宣布集体退职时,他们微笑着相互握了握手;当有人问起产生分歧的原因时,他们回答说追究细节没有意义,这纯属个人问题,旁人过问不道德。最终索洛维约夫作为老大代表三人宣布,他们明白了自己未被选中,所以准备离开。而费多罗夫的学说是正确的,这一点他们直到今天都还坚信不疑,错只在他们身上,因此上他们还会留在党内,但如今只会当个普通党员。这当然只是口头表示。直到生命的最后时刻,他们都再也没有出现在斯塔尔夫人那里。

在索洛维约夫之后讲话的是喀琅施塔得的约翰。他证实索洛维约夫所说的是他们对已发生的事的共同观点,他补充说,他们三个人认为应该改变党的领导原则,重新实行一长制,并提议由年纪虽轻但当时已经赫赫有名的作曲家亚历山大·斯克里亚宾担任领导。他的这一提议让所有人、首先是斯塔尔夫人惊讶万分。

但是纪律还存在，所以提议一致通过，没有疑问和反对。于是，从1905年12月13日开始，斯克里亚宾就已经正式领导费多罗夫分子。后来斯塔尔夫人不止一次欣赏索洛维约夫和喀琅施塔得的约翰的直觉，他从入党到当上党的领导才一天，他们就能看出这个最年轻并且当时也许只会引起大家嘲笑的新手会成为杰出领袖，这很不容易。

引起嘲笑是有原因的。就在斯克里亚宾被提议担任党的领导的前天晚上，斯塔尔夫人家有一场音乐晚会，众多参加晚会的人中就有他，他不久前成为她的小组组员。斯克里亚宾演奏了据他说是取自他刚开始创作的一个宏大作品的一小截非常有趣的片段。晚会第一部分很好，尽管她叫斯克里亚宾来时还担心费多罗夫分子们既不会接受他本人，也不会接受他的音乐，因为从某个时候起他们封闭于自身，开始一致不喜欢外人。但是他明显合乎他们口味。他们甚至还说服他再演奏一首许多人都熟悉的早期创作的序曲。一曲终了大家对他大加鼓掌。斯克里亚宾一贯离开音乐很慢，所以他此时相当长时间背对听众而坐，之后最终合上钢琴盖，转过身，站了起来，挥挥手制止了人们的掌声，用自己高亢而又美妙嗓音平静地说道，他，斯克里亚宾，就是救世主，他是来给他们宣告未来的福音，告诉他们很快、完全用不了多久就会有人类的再生，这一再生将由他用艺术的魔力来实现，并且接下来一直处于同样的精神状态。

他的这番慷慨陈词自然大家听得不很用心，一部分客人在聊天，另一些人前去准备开饭的餐厅，于是感到受辱的他突然大声向整个大厅宣告："我是新世界的创造者。我是上帝。"站在旁边的言辞尖刻的乌兹金拍了拍他肩膀，立刻回答道："你算哪门子的上帝，你只是一只喔喔叫的大公鸡。"

斯克里亚宾生气了，整个人一下子有点蔫了，看得出都快哭了，于是她变得极其可怜他。当时她认识斯克里亚宾相当久了，斯塔尔夫人的老朋友别里亚耶夫是他狂热的崇拜者和庇护人，出版了斯克里亚宾最初的作品，早在大约四年前就一再邀请她听听这位天才音乐家，让她烦得不行。最后她去了一次别里亚耶夫的星期三聚会，想法没有落空。无论是斯克里亚宾的音乐，还是他的演奏都让她震惊，但也许更让她震惊的是他本人。

斯克里亚宾当时还非常年轻，但是他的整个容貌、全部举止都彻彻底底地性感：纤细的倦容，下巴上肉感的小坑，沉醉的目光，一举一动、触摸乐器之中都具有同样的疲倦和性欲；巴利蒙特一针见血地指出他是在用手指亲吻琴声。他的手指动起来的确平滑温柔，仿佛从容不迫，即使有停顿，也是为了享受。他爱抚每个琴键，但与之成鲜明对比的是钢琴中时常诞生出某种痉挛抽搐的节奏，琴音破碎扭曲，以至于你会开始明白，所有这一切不仅仅是温存，而是缓慢的、精妙的拷问，并且除了所有对自己、对乐器的折磨外，对他来说音乐就不存在。

也许她也吸引了他的注意力，因为第二天晚上他们再次相遇。当时正好是谢肉节前一周，正是在那时开始了他们急风暴雨般的、几近疯狂的情史。这段情史很短，出乎二人意料地很快便中断了，而且就像开始时那样急剧，在一天之中。斯克里亚宾的情绪非常不稳定，但出奇地直接；他是她漫长岁月生命途中遇到的唯一一个能像孩子一样快活的人。她在童年时曾经也是那样的，但早已失去和忘却了，正是他把一切还给了她。当时是谢肉节，所以他们几乎一整天一整天地逛各个集市，一家接一家地逛商棚，坐旋转木马和雪橇，看耍杂技的、逗笑的、驯兽的（斯克里亚宾特别喜欢驯猫节目）、变戏法的、走钢丝的。每天都安排有节日游行，他搞来一些千奇百怪的面具，通常是鬼怪类的，但是那么吓人，以至于有一次他们化装好走出家门后，站在街头的警察吓得抓起了哨子，后来几乎把他们拖进监狱。当警察最终搞清楚斯克里亚宾并非活的魔鬼，也并非与巫婆同行之后，便放了他们，斯克里亚宾笑得肚子疼，而且她也丝毫不逊色。

不过斯克里亚宾最爱的是跳舞。在他演绎下，任何舞蹈立刻变得类似狂欢；一进舞场，他就会神魂颠倒，忘却一切，几乎是用武力粗暴地强迫她和自己跳。只有当音乐中断，他才会回过神来；然后他把她带到官家店铺，每个人来上一大杯伏特加，于是他们喝完酒，吃下渍苹果，便又去寻找新的舞场。晚上，尽管神情憔悴，他身上还有很多天生力量，他们或者去饭店玩一整夜，或者由她把斯克里亚宾带回自己家。他极其热爱生活，而反过来，禁欲主义似乎像死牲畜一样让他愤怒万分；他喜欢让一切都富富有余，无论情感，无论喜怒哀乐，痛苦欢乐；他喜爱声音、色彩、气味，这些东西数也数不清楚；而且他也把她变成了这样的人。和他在一起，她不会倦于生活欢乐，不会倦于开心快活，感觉自己年轻而美好。

房屋、屋顶会让他变样：据她记忆，他在家里总是很女性、很温柔。她特别喜欢观察斯克里亚宾早晨起来如何精心梳洗打扮；他去音乐学院经常迟到，他经常一边对她说他非常非常着急，一边还是坐在镜子前花上好大功夫把胡须、头发弄得油光水滑。打理仪容明显能给他带来享受。他特别酷爱法国香水，他洁身自好到了发狂程度，总是害怕被感染上疾病，害怕任何感染、垃圾脏物，所以他不断搽手用的花露水成了他的救命稻草。

有一次她向他叨咕她有多少情史，得到的回答令她几乎哭出声来，后来她才明白，他绝对没有吃醋，尽管指定是爱她，他只不过不喜欢有那么多男人碰过她，并且她当然就不可能不被玷污。也就是说让他着急的只有卫生问题，所以斯塔尔夫人明白这一点后很气愤，而之后便平静下来，原谅了他：他跟她这样说话完全像是一个她的闺房密友，因此对他的生气感到既可笑又愚蠢。

她在他们交欢初期完全经常把自己搞糊涂了，有时候他也的确表现得像个女人，一个换了装的女人，因此她在他面前就像在自己女伴前一样敞开自己；这就像在澡堂里（大家都一样，都是自己人，没任何可不好意思的）一样，他立刻占有了她。他仿佛就是在期待这一时刻。尽管年轻，他让人吃惊地很有经验，手法精妙，他了解女人就像一个女人能了解的一样，即像自己只能了解自己一样，所以当她委身于他时，感觉到她全是他的，一切向他敞开，为他所理解；所有她想要的和能给他的都被肯定和接受，一切都不会落空，一切都不会白费。

和其他情人一起，她在床笫之后通常会忧郁，经常哭泣；他们对她做的至多只是暂时占有，她被他们需要的不是全部，他们不想了解她的全部，他们用力量替代经验，并且不明白她还期望什么，为什么不满意。也许她，她的天性，对他们来说过于微妙，所以他们只不过不善于、无能为力去认识她本来面目。她责骂自己不会适应伙伴，不会让其满意，所以她如何感觉不好，是她自己的过错，同时她认为这里问题关键在另外一点：她是一个宝杯，而他们不知道什么是艺术，并且认为它只能用于饮酒。某个时候她甚至认为只有女同之爱才能给出她所想要的东西，但这是一种含糊说法：她从来没爱过女人，从来没向往过，没被吸引过。实际上她已经心平气和，这方面早就对上帝无所求，恰在此时出现了斯克里亚宾。

他们第一次两人在一起时，他非常紧张，好像是不知道他会不会被她理解和接受，很长时间不敢靠近，一直磨磨蹭蹭，后来带着某种立刻把她也感染了可怕的坚定神态开口讲话。他告诉她说，她就像是夏娃始祖，所以她的女性消极因素在期待，也还只是在期待成形，这恰恰妨碍了他。她猛然醒悟他是对的，她的确封闭而冷漠。就在这时他抓起她的手，叫她放松下来，于是她明白了，感觉到她的身体听从他的话音变柔软了，再也不与他对抗。

他对她说，所有动物、昆虫、草木的形态，实质上是我们的精神运动。它们是被男人爱抚女人那种抚爱创造出来的，从亚当那时候开始就是如此。不是上帝，而是亚当，在爱抚夏娃时生育后代，用自己的抚爱给人周围世界上的一切命名。

只是和他一起，斯塔尔夫人才彻底知道了她是什么人，她全部东西有多少；明白了上帝用多么完美的工具创造了她。只有和他在一起，她的身体才真正发出声音，唱出曲调，她看见和听到这些，为自己惊讶而兴奋，看到他也明白这一点。他能够从她那里获取任何旋律、任何谐音；就像夏娃一样，她为他生育出、创造出这个世界的语言，他的音乐。

但是，该斯塔尔夫人倒霉，斯克里亚宾很少是这里描述的样子。我已经说过了，他情绪非常不稳定。经常并且是越来越经常，他是情绪低落、神情忧郁地来到她这里，一直坐着；自己不想去任何地方，也不放她去。斯塔尔夫人那里中断了来访，中断了事务，她是一个极其负责、精准的人，所以所发生的事实在让她发狂。他的忧郁很快也传给了她，她立刻完全更换了他的情绪，和他在一起她的确是如他表述的是"期待成形"的消极的女性因素。对他的这一依赖恰好也没少让她懊恼，她习惯了独立自主，为所欲为，习惯了只有她才是周围世界的主宰；在她记忆中，一切都一直是围着她转，所以他分派给她的角色以及拜他所赐那么自然而然扮演的角色，早早晚晚，必然让她厌烦。

他给了她很多，给了她非常多，她也意识到了这一点，她有足够的智慧和正义感让她承认这一点，但如今当他向她展示、揭示了她事实上是怎样的人之后，也就是上帝加诸其身的一切、给了她的一切被斯克里亚宾揭示和加工完成之后，她又重新想要自由。当然了，她尽所能企图将他带出黑暗，但是她的努力都是白费；他通常甚至对其不加关注，只是有一次，她特别长时间没完没了问他出了什么事，为什么昨天他还是那么快活，他们在一起感觉那么好，而今天他连活都不想活，他对她说："你真该知道感觉世界历史的全部重担压在自己身上是多么沉重！我多么羡慕那些简简单单走在街上的人……"

不管怎么说，公正地讲，她为他努力奋斗过于少，斯塔尔夫人自己也明白。他们之间的亲密关系很快几近侮辱性地中断了，当然了，她想要自由，对他厌倦了，可还是不该对斯克里亚宾解释说，要是他感觉不好，他就该待在家里，不要到她这里来，更何况她没权把他赶走。

他们分手以后，她相当经常地回想起他；有他在身边时，爱情、床笫压倒一切，其他都只是附属，如今，当他们分开后，彻底彼此分离后，她突然开始用异样眼光来看他，甚至自己都惊讶其异样程度。一天天地她越来越强烈地坚定认为，也许是命运用斯克里亚宾将她和她平生遇到的所有人中最天才的革命家结合到一起。这一想法是逐渐形成的，有一天她突然想起有一次不知为何她醒来比往常早，看见他正在祈祷。他跪在窗户旁大声叨念："我依然活着，活着，依然热爱生活，热爱人，更为他们也因为你，上帝，受难受苦而爱他们。我去向他们宣告胜利讯息，去对他们说，让他们不要寄希望于你，再不要对生活有任何期待，除了他们自己能做到的，能给予自己的。上帝啊，感谢你用自己的考验所带来的所有痛苦、所有恐惧。你让我认识到了我有无穷力量，我无比强大，我不可战胜。你给了我无限欢乐……"

还有一次，他对她讲，说小时候极其信教，喜欢教堂法事；他们家街上的升天教堂有一位非常聪明而博学的神甫，有美妙的合唱班，所以他几乎每天都要去那里。在家里他也经常长时间祷告。据他记忆，他一直想当一个能开音乐会的钢琴家，他知道要做到这一点要下非常大的功夫，尽管实际上他功课学得很轻松；与钢琴相关的一切对他来说都是享受，甚至是那些让他人深恶痛绝的音阶。他当时才20岁，就已经在进行演出合同和在南俄真正进行巡演的谈判；也就在他原定要走的整整一周前，他早晨坐在钢琴旁，他发现他再也无法演奏，因为练习时他左手弹过度了，所以动不了了。这是他生活中的大灾难，所以他不慌不急地把一切想了一遍，恨上了上帝，发出了诅咒。过了几个月手恢复了，但他和上帝的关系已经没有任何改变了。

如今回想起这个故事，斯塔尔夫人认为他反抗上帝而走上革命之路极其笔直而有机；如果是别人参加革命，她经常不理解，认为其是偶然的，自然而然不能彻底信任这些人，而斯克里亚宾的情形恰恰相反。她突然明白了他更可靠、更忠实，甚至比她更忠实于革命事业。这仿佛是一个转折，接下来对斯克里亚宾的回忆便连成了串，并且在她还只是在将这些回忆摊开、列队时就已经知道，最终一定能得到一个完整的、唯一正确的学说，是她、费多罗夫、索洛维约夫以及千千万万其他人一起在寻找的学说，而他找到了。

有两次斯克里亚宾一带而过跟她说过，说他是降临人世的神，也像基督一样注定要经历许许多多难以想象的痛苦，牺牲自己去拯救人类，他有一个使命，他要去建树一个美好而艰辛的功勋，拒绝这一功勋不在他控制范围内。他是出现在摩奴纪年末叶边缘几世纪出现的各民族的救世主，是为了完成神秘圣礼而来，把人类与神、与世界灵魂结合起来。他的前行者、先驱便是基督，其类似一个普通的小救世主。他坚定从容地对她解释，说世界末日、实现所有预言的时刻为期不远，但是开始的时刻取决于他，斯克里亚宾，并且这一日期还未确定。圣礼便是将万物之主与脱离于他而处于纷杂破碎的世界重新结合起来的行为。

他说："以前我以为我自己就能完成一切，即只需要牺牲我自己，但后来明白了并非如此或者可能是并非如此。问题关键在于我的'自我'反映在千百万个别人之中，就像太阳光芒四射；要想获得统一的聚合的个体，就要不要遗忘一切，不失去一切，把一切汇成一个整体，艺术的使命、音乐的使命也就在于此。我要用新福音书描绘这一切，就像新约曾替代旧约一样去替代旧福音书。宇宙的末日就像是规模宏大的交媾，像一个人性交过程中性高潮时刻会失去意识，他的机体的每一点都经历幸福满足一样，神人在经历迷狂时注定会用不可思议的幸福充满宇宙，点燃大火。神秘圣礼将是人类最后的节日。其核心将是一场类似世界癫狂的宏大庆典。无休止的舞蹈，迷狂而极端的舞蹈……"

斯克里亚宾说,"圣礼"会把诗、音乐结合起来;音乐是最主要的,因为它掌握永恒,能够施展魔法,甚至中止永恒,节奏便是时间的咒语。为了记录"圣礼"他需要创造一种全新语言。要发明一些手段,来记录舞蹈、气味、味觉、动作、手势,也包括眼神。因为有一点点不准确,就达不到和谐。"圣礼"结束时将再现宇宙灭亡、世界大火,而这一形式的确会引发世界灾变。接下去是人类死于再度现身的上帝之中,但是这一死亡将会如何发生,他眼下无法说清楚。是先有众兄弟重合身于圣父行为还是后有,他不知道。斯克里亚宾不止一次对她说,人类没有罪责,从来也没有过,它是无罪的,无论做过什么都没有罪。世界上根本没有真理,没有幸福,没有罪孽。真理是我们所创,所以无论是什么样的真理,都排斥了实际上唯一存在的幸福,那就是自由。整个世界、整个宇宙都在我们之中,是我们而不是上帝才是其唯一的创造者,所以一旦我们停下了,不再进行创造,它立刻就会死去。他对她说,物理世界只是我们精神的反光。

有一次她问他如何看待社会主义。斯克里亚宾回答说他曾经非常沉迷于此,普列汉诺夫曾向他讲过社会主义,对他产生过良好印象,达到他甚至想到过要加入社会民主党的程度。

"但是现在,"他补充说,"社会主义以及其他一些社会改革方案很少让我关注,一切都通向圣礼,通向终结,只有终结才有意义。"

他们还有一次短暂的谈话说到战争。事情发生在大都会饭店,他们当时几乎每天都到那里吃午餐。当时报纸上充斥着有关中国骚乱的各种消息,于是他在读完《莫斯科新闻报》上一篇来自北京非常鲜活的报导后兴奋激动地说:"那里动起来了,这是觉醒,真正的觉醒!中国可是一支强大的力量,主要还不是政治上的（政治上还很弱），而是神秘的力量。在神秘圣礼之前应该要有全面的觉醒，一切都要被揭开来，翻到表面上来，将会有新的民族迁移，一些个大战争，一场真正的全面世界大战。我认为，战争首先会开始于欧洲，然后扩展到亚洲、非洲……

"不要害怕战争，害怕死亡；有一些时代杀戮是最高善行，被杀者在那时体验到最大的享受，体验到也许甚至大过杀人者所体验到的享受。战争应该能提供许多异乎寻常的强劲感受。有一种可能性便是杀人，这可是某种完全特殊的、完全罕见的鲜活感受。有时从身上抖掉所谓道德的枷锁很有益处。道德要比我们所理解的宽泛多得多，更确切地说就不存在道德。某一行为在一种状态下是罪孽，而在另一种状态下则是最高道德行为。现在刚好临近杀人符合道德的时代。此外还要记住，我们面临的战争和社会动荡只是星际事件的反映，因此此时责备自己、害怕恶的产生、表示忏悔简直就是愚蠢。"

斯塔尔夫人当时问他，如果亚洲、非洲崛起，他是否会害怕欧洲文化没多少东西剩的下，他当时平静地回答，这当然是可能的，甚至非常可能，但是这没任何坏处，因为这一文化已经穷其所有。此外，欧洲人总是在消灭神秘文化，而在东方则一切恰恰相反，因此野蛮人从那里来临将会是神秘主义的解放。真正的神秘主义者完全应当欢迎战争，因为它是通向变革之路，通向迷狂之路。不能忘记神秘圣礼正是脱胎于一系列剧烈震荡，脱胎于世界大火、杀戮，这是它的浸礼盆。

他们的恋情持续了一个多月，他是一个极其坦率的人，不愿意也明显不善于掩饰什么，于是斯塔尔夫人心中形成了他很孤独的印象，他在谈话中只提到过几乎从他襁褓时起就开始培育他的叔叔婶婶们的名字。她曾确信他周围的世界一片空虚，所以当她搞清楚事实并非如此后,她极其惊讶。

分手前一周斯克里亚宾邀请她到自己家里(这是她第一次到他家里)出席音乐晚会。后来她才知道,类似的家庭音乐会他定期举行,每个月两次,而且业已数年都是为同一伙人举办。那天晚上他演奏了他预定给圣礼使用的音乐中的一个大片段,叫做钟声主题;这个片段似乎从来未被记录过。在观察客人们倾听音乐的过程中,她明白了,她出席的是类似斯克里亚宾教派的聚会。一切都非常像是鞭身派的宗教狂欢,人们都痴醉于他的音乐,他完全是在迷狂状态下在演奏,人们也都处于同样的迷狂状态。青铜般瘆人、有些不祥的和声如警钟般流淌;人类已经准备好迎接最后一次重新统一这一可怕而又欢乐的时刻,而斯克里亚宾也在与之告别。

他从钢琴里获取的声音把这些人控制得像群木偶。他任意一个音符都让他们动容,痛苦、难以想象的磨难、恐惧瞬间被幸福满足替代,被纯粹婴孩般的快乐所取代,然后又重新变作仿佛他们面前突然展现出整个世界毁灭的图景。毫无疑问,对于他们他就是上帝,他们信仰他,信奉他是救世主,任何一个人,只要他一声召唤,就会高呼"你真正是上帝之子",并且跟随他走。演奏结束后,他身躯向后仰去,但是双手依旧悬在琴键上;他叨念着什么,注视着自己空中跳动的手指,也许是在劝说着它们,他显然没有气力中止和强迫它们停止。

斯塔尔夫人和其他人像中了魔法似的一起期待着他能否控制住手指，而此时斯克里亚宾突然大声说："哈，为什么就不能做到让这些钟声从天空响起！是的，钟声应该从天空响起！这会是召唤之声。人类将迎着钟声，跟随钟声去到有神庙的地方，去到印度。正是去印度，因为那里是人类的摇篮，人类从那里走出，也定会在那里结束自己的轮回。"

晚些时候，当客人们散去，只剩他们两人后，他在喝晚茶时对她说："我是时候该做好准备了。我不知道圣礼时我会在哪里，也许我应该去印度。"他还无助地补充说："毕竟该准备好谁将在等级阶梯上站在正中心，谁最接近彻悟。"此时她立刻明白了叫她来的原因。斯克里亚宾继续说道："我应该挑选出自己的使徒，自己的门徒，我是觉得他们应该走出这里的人群，这个圈子，但我还不确信，想和你商量商量。依我看，你善于知人。"斯塔尔夫人于是问他，人类要怎么准备迎接圣礼，门徒们要做什么。

"你理解，"他说，"圣礼便是回忆。任何人到那时都该记起他从创世纪那时以来所经历的一切。这在我们每个人心中都存在，都保存着，只需学会、能够召唤出这一感受。我已经尝试过了，你仿佛最初的未分离的状态，与所有人联合、融汇在一起，就像洪荒之水一样。接下来起初一无所有，这就简直和大洪水一样，成年累月大地处处被水覆盖，没有山峰，没有森林，没有生命，只有水，你也说不出水从何处起，到何处终。犹太人说，上帝当初向挪亚保证将来不会再往大地施放洪水，为纪念此事他将洪水之年从创世纪以来的纪年中抹去，毕竟当时除了在方舟上别处没有生命。不错，现在是同样的情形，一切仿佛回到了过去，世界上又重新一无所有，除了物质、女性因素、它的惯性和阻抗。但是一切又正是由它所建，它的上面留有创造精神的印迹，我们又面临着经历这一印迹，也就是仿佛第二次经历创世纪，之后人类的全部历史，也就是一切的一切都要重新经历。聚合精神也就应该诞生于这种共同经历之中。"

斯克里亚宾接着说："我已经把一切标注在了今年。我觉得你还有阿列克谢·利沃维奇已对圣礼做好了准备，你大概注意到了他，他坐在你右边，那个高高的胖子，再就是那个博士，戴单片眼镜的那个，指头上还有个大指环，是不是很出色？他比所有人都更了解我，我很爱他，还有就是他也很想这样；第四个是伊万·谢苗诺维奇，就是那个有乌黑卷发的人，他像个老妈子一样依恋我，我要不带上他，他会失望；而我对谢尔盖·利沃维奇有疑虑，想要问问你的主意。你也许察觉出了他的眼睛总是游移不定。他也是个不错的人，早就与我亲近，曾经有一段时间对我来说就像基督喜爱的约翰一样，但是我担心他无法参加圣礼，圣礼需要的精神绝对健康的人，否则可能会有大麻烦。而医生们说他病情严重，而且他自己也经常抱怨病情。"

送她走时，斯克里亚宾说："我不催你，我明白你应该斟酌好一切，但是当然你越快做出决定越好。"

谈话没了下文，我已经说过了，一星期后他们分了手。随着斯塔尔夫人越来越坚信斯克里亚宾是个天才的、即上帝安排的革命家，她越来越经常考虑恢复他们的关系。他重新成为她的情人的前景越发让她惶恐，她知道她对他有罪过，但还是认为这一关系结束了。她对斯克里亚宾有别样的预期。在接近布尔什维克之后，她逐渐一天天地被拖入列宁领导的工作，因此她实际上已经抛弃了费多罗夫党人，只是旁观这个党派日益衰弱，眼看就要完全存在不下去了。在此之前她尝试了大量办法帮助他们，特别是不止一次和列宁谈过费多罗夫党人的命运，建议或者两党合并，或者让费多罗夫党人以自立组织加入到布尔什维克党中，并且答应自己承担未来联盟的费用。在他们最后一次谈话中，列宁以前曾犹豫过，而此次断然表示拒绝，尽管他当时身无分文。他援引的理由有依据，她也无法不承认。他说，他已经查明白了，并且认为费多罗夫党人病得不可救药，谁也医治不好他们，相反任何想和他们结盟的人，自己也要冒着患病的危险。

斯塔尔夫人总还是摆脱不了一个信念，即费多罗夫–索洛维约夫党还会复兴；其他方式都尝试过了，剩下唯一一个希望，那就是斯克里亚宾和他的教派；总的说来，她能够让自己坚信这是能让这个党重生的新鲜血液。对斯克里亚宾的工作，设想一年多都没有具体，这种情形有可能时间拖得更长，她很难与他通次信或通次电话，并且如通常情形，是一个偶然事件将一切解决了。

斯塔尔夫人的老朋友格吕瑙男爵带她去了一场音乐会，音乐会的第一部分要演奏斯克里亚宾的《第九交响曲》，她已经听过一次了，而且是斯克里亚宾本人指挥的，而这一次兴奋度不减。中间休息时，她用望远镜扫视观众（格吕瑙在这所剧院租了包厢），在池座里她看到了斯克里亚宾的脸，于是没怎么特别去想就派人送去了一张很亲切又不施加任何要求的字条，感谢他带来的满足，请他来看望自己。

斯克里亚宾第二天做出回应，他明显对邀请很高兴，甚至不想隐瞒高兴之情，他说他会在最近一个星期五去，并且如果她愿意，他准备为她的客人们演奏哪怕直到吃晚饭时候。他当时在俄罗斯知名度极其高，斯塔尔夫人从中估量出这份好意，也许因此而震惊于在她家中费多罗夫党人听了两个小时的斯克里亚宾音乐，之后却突然大加嘲讽。但更让她震惊的是，第二天弗拉基米尔·索洛维约夫、喀琅施塔得的约翰和德拉格米罗夫丝毫不理会昨天的场景，一致提议由斯克里亚宾领导费多罗夫党人，成为他们的领袖。

他们三人之中她只和德拉格米罗夫有交往，而且也不太经常。有一次，这已经是许多年以后，并且是如现在常说的，只能引起历史兴趣的一次，她问过他，为何他们当初恰恰会选中斯克里亚宾。德拉格米罗夫对她的问题很惊讶，好像这是自然而然似的，他说他们经常去听他的音乐会，总会被斯克里亚宾强大的交响乐才能所震惊，他能够写下几十种不同乐器分谱的全部音符和全部细节，因此最后这些乐器的声音汇成一个完全统一的整体，而且一切都那么完整、精细，甚至让人无法明白用什么方法才能拆散和毁掉这个志愿结合。拿他，德拉格米罗夫来说，在听完斯克里亚宾的《第一交响曲》之后，无法去听音乐会第二部分中的小提琴独奏，他觉得其他乐器都死掉了，就剩下小提琴是完好的，它在大声哭嚎，祈求得救。因此他们早就把斯克里亚宾当作候选人，认为他有很好的才赋成为党的领导者。后来有一次去听斯克里亚宾《第三交响曲》的首演，并且是他本人做指挥，他们更加为那种激昂、甚至是极度兴奋所震惊，用这种激情在他指挥下长笛或者双簧管什么的能够演奏自己完全不起眼的声部；他是他们真正的领袖，是他们的神，无论他召唤他们去哪里，命令他们干什么，他们都会毫不犹豫完成一切任务。

不过，斯塔尔夫人以及党的前任领导对斯克里亚宾的希望只有部分没有被辜负。表面上，随着他的到来费多罗夫党人的生活没多少改变。还是像以前一样，斯克里亚宾对神秘圣礼的全部实际准备工作还是在他的教派内部进行。而费多罗夫党人则停留在外围，单只说他们没有任何人被列入斯克里亚宾最亲近弟子的小圈子这一点就足够说明问题了。同时党的分化中止了，早就不再有让斯塔尔夫人气恼的那些关于斗争白费力气以及生命白白过去的怨言；相反，每个人心中如今都有了对某件事情，也许是对世界命运具有决定意义的事情的参与感。他们任何人都不怀疑斯克里亚宾选择的道路是正确的。

  以前他们把党的失败归罪于任何人，除了自己，而如今他们明白了为何他们依旧是次要角色，原因只有一个，那就是他们对斯克里亚宾的音乐的理解还很差，无比逊色于他的老学生。他们试图追赶时间，比方说，对他们来说不错过任何一场有斯克里亚宾演出的音乐会成为常规，并且不仅仅涉及莫斯科，他们全员出动，陪伴他的巡演旅程。以至于尽管有他时党的名下没有了恐怖活动、罢工、集会和游行，但费多罗夫党人对斯克里亚宾的崇拜越发增长，他们实际上是和斯克里亚宾最亲近的弟子们竞争对导师的爱和忠诚。

  但是斯塔尔夫人旁观到，大战前的岁月让她的生活有很大改变，在完成布尔什维克党的各种任务时，她即使去莫斯科，也是次数很少，停留时间相当短暂。与斯克里亚宾的关系依旧很温暖，他们根据需要相互通信，但是但多数信件都和党的利益相关，没有情感因素。不过有时候也会有活跃的音符滑过。比如说，在1914年，一些传言从俄国（她当时在斯德哥尔摩）传到她耳边，说斯克里亚宾不顾健康恶化准备要去前线，她给他写了一封杂乱无章的长信，反复恳求、央告他不要这样做。

  他飞快作答，情绪极其亢奋，他写道，战争开始了，通向神秘圣礼的道路也就敞开了，他以及全人类几千年期待的那一天到来了。他不懂她的忧虑，不懂她怎么能看不到这是欢乐而辉煌的时刻，是欢呼和快活的时刻。接下去他详细向她讲述了自己的新朋友尼古拉耶夫（斯塔尔夫人是头次听说这个人），尼古拉耶夫两个月前参了军，现在写信说他简直陶醉于战争、流血，他头一次过上了真正的、鲜亮的、充满色彩的生活，身上的一切都打开了，解放了，所有感官都敏锐了，他也彻底明白了他是人。在信的附言中斯克里亚宾说，他本来也乐于奔赴前线，但是在这里，在后方他能做的事更多，因此她的担心没有理由。在信的末尾他说："我储备了不少自己的四十英寸粗的炮弹，只不过完全是另外一种。"

过了三个月，先后间隔时间不长又有两封他的信寄到她在斯德哥尔摩的同一个地址（第二封寄自瑞士，这封信她直到1916年才读到，当时斯克里亚宾去世已经一年了）。第一封信中说他很快要去瑞士了，这是两大决斗阵营挤压剩下的最后一片和平之地。接下来他说道，人类已经准备好接受他给他们带来的福音，因此他决定就在瑞士开始自己的布道，自己的十字军征程。他的声音将从这里为所有人听到。第二封信是他到日内瓦的第十天寄出的，信的内容很古怪。斯克里亚宾在信中对斯塔尔夫人说："我向你发誓，要是我现在确信还有个人比我更强，更能创造出我无法给予的那种尘世上的欢乐，我愿意立刻就离开，把位置让给他，但我本人就不会再活着了。"

"就从这里开始，阿廖沙，"伊夫拉伊莫夫在我们晚上得到酸奶并且喝完后继续说，"我要讲新东西，讲特罗高教授做了什么事，因何罪而死，天才学院因何被解散。音乐史学家知道，斯克里亚宾总是被人们所包围，总是对他们相当坦诚，所以他度过的一生被其传记作者比较好地用文献佐证和了解，但是他在日内瓦的那一个月却完全是个谜。他当时出了什么事，经历了什么危机，明白了什么，一切无从知晓。日内瓦的来信初次读起来可以得出结论，那就是他怀疑起了自己的使命，怀疑其是否是救世主，后来的事似乎证明了这一点。但是他因为什么原因、因为何事失去了对自己使命的信念？特罗高通过努力重建了事情的外部发展脉络，搞清楚了斯克里亚宾在日内瓦什么地方生活和怎样生活，但是我想，最重要的是斯克里亚宾内心发生了什么事，这永远也不可能被了解。这也许更好，有些东西沉重到了应该和人一起走进坟墓的地步。"

大家知道，1914年在日内瓦和斯克里亚宾一道生活的还有许多俄国政治侨民，大多数是社会民主党人，但也有别的一些人。最初几年，他们几乎散布在所有欧洲国家，战争一开始逐渐集中在中立而和平的瑞士。在这里，俄国社会主义者们试图达成共同的立场，无休止地与其他欧洲大国的社会主义者们展开争论、召开会议、进行谈判，讨论如何对待战争，该做什么和怎么做，最重要的是战争会有什么后果。还有成百上千的警察特务来到瑞士监视自己的跟踪对象。各交战国政府同样对社会主义者们的全面活跃忧心忡忡，经常进行跟踪侦查，所以似乎是列宁和季诺维也夫最先开始采用一种做法（后来他们的想法也为其他人借用），当他们需要讨论什么特别秘密的事时，他们在船站租一艘小艇，开到离岸边100米、感觉到自己绝对安全的地方。有时候像是要挑逗特务们，他们也会在水中垂下钓竿，但是要是根据民间段子的说法，他们在战争四年期间没钓到一条小鱼。

私人雇船当然费钱，但是从秘密活动的角度看这么做完全正确。在这样一次湖上会议期间，他们忙于交谈，竟没有察觉到水流把船带到离岸很近的地方，一个衣冠楚楚的先生不知为何站在齐膝深的11月冰冷的水中向他们喊叫什么的声音才让他们反应过来。季诺维也夫总是很胆小，他以为是有意挑起事端好把他们驱逐出境，但是列宁不知什么原因对这个人感了兴趣。

这个陌生人说话极其狂热，尽管大多数话语没连贯性。此外，很明显，他把列宁和季诺维也夫当成了德国人，他在试图用当地德语和他们说事，但是他语言不好，很难听懂。可能列宁很好奇，想要知道那个陌生人所喊的话是些什么，诸如世界大战、屠杀、旧世界毁灭、革命、社会主义、世界末日等等，这些恰好是他们一分钟前他和季诺维也夫交谈的内容，但是这些内容这么突然又回来了，这不能不让他很开心。

更难明白的是，斯克里亚宾，也就是那个陌生人，会选择这么个不同寻常的地方和方式向人们公示自己。我认为，是其个人命运与基督命运之间的相仿影响了他，这早就被他本人和他弟子们所强调，而且非常坚定地强调，特别是他生于圣诞节一事。斯克里亚宾是这些相仿之处造就出的，而接下来一切就自然而然了，他在湖畔散步，看见船中的列宁和季诺维也夫，认定他们是瑞士渔夫，所以开始向他们宣传，就像基督对待加利利湖的渔夫们一样。

不过，也许另一点更为重要，这一点对斯克里亚宾——新世界的使徒和预言家来说从一开始就比普通人更了然。整个一生，从降临人世的第一天开始他就为至高伟力所知晓。也是这一伟力唤醒他离开战火中的恶果来到这里，来到平静而中立的瑞士，在这里，在神奇美丽的日内瓦湖畔，他要像施洗约翰对基督一样，

209

找到并祝福列宁。

在确信列宁在听他讲话之后,斯克里亚宾一面继续说,一面一直蹚水走向船站,于是划桨的季诺维也夫只能划船跟随着他。但是到了码头他立刻告别而去;而列宁则恰恰相反,主动提出送斯克里亚宾到他普莱西大街的居所。他在这里得到了斯克里亚宾的名片以及明天午后来访的建议。

列宁接受了邀请,接下来他和斯克里亚宾每天见面,整整持续了四周,两人一起从午后呆到深夜。这一点有许多史料证实,特别是保存在革命博物馆斯克里亚宾租房子的女房东特罗瓦夫人的回忆。她写道,在斯克里亚宾先生的房间里,根据他的请求摆放了从施托瑟公司租来的钢琴,于是用这架钢琴斯克里亚宾先生一直到半夜都在为另一位先生演奏极其古怪的音乐,这位先生她根据瑞士报纸上的相片如今可以断定就是俄国共产主义国家的领导人。特罗瓦夫人继续写道,也许她本来注意不到这位住户和他的客人,因为她生性就不掺和别人私事,但是斯克里亚宾先生的邻居们一直抱怨,说他弹琴让他们睡不着。由于这个原因,尽管斯克里亚宾先生慷慨而准时地付房租,她最后不得不将他拒绝。

女房东的证言初看起来没什么特殊之处,但是要是我们记得列宁总是多么病态地对待想让他脱离工作的任何企图,记得他多么地节省时间用来写文章和大部头理论著作,另一方面,他身边人证实,列宁从不听而且不理解同时代音乐,他毕生最喜欢的作曲家是贝多芬,而斯克里亚宾恰好忍受不了贝多芬,根本不把他当作作曲家,要是想到这些,那么结论自然会产生,那就是列宁有充分重要的理由去如此剧烈地改变生活方式。

从这些事实出发,特罗高推测斯克里亚宾整整那一个月都在给列宁演奏自己神秘圣礼的音乐,而且还对如何、何时何地演出给出了极其详尽的说明。斯克里亚宾的"神秘曲"命运是个谜，人们知道他写了许多年，另一方面研究其创作的专家们并不知道有任何一段的记录。斯克里亚宾的朋友们异口同声认定他在临死前十年只演奏过其中一段一次，就是"钟声"那部分，不过，即使是这一部分也没有记录下来。而其他部分的乐谱都失踪了，完全没有踪影。

到底是什么让斯克里亚宾挑选列宁来首听《神秘曲》，为什么他拒绝自己的老弟子拥有这一权力。特罗高认为，解释只有一个，斯克里亚宾知道他注定得不到祝福成为救世主，至高伟力的意图发生了改变，其选择如今落到列宁身上。正是列宁要引领人们走向全面死亡，以便之后他们经过火与死亡的净化后能够复活和重生。斯克里亚宾被告知，给了他可能窥见存在的最深处和写作《神秘曲》的神启并非为假，一切都和那里写的一样发生了，但是现在他的角色到头了，他要把《神秘曲》转交给列宁，列宁才是其执行导演。

特罗高进一步推测，在从1914年底开始的列宁手稿中，也可能是在未发表的手稿中，应该有斯克里亚宾的《神秘曲》的痕迹留下，但是他很长时间都没得以找到。只是在1927年，完全是由于别的事由，在和娜杰日达·康斯坦丁诺夫娜·克鲁普斯卡娅的谈话中，他得知，列宁有自己聪明的速记体系，这让他有可能快速记录，但同时把听到的编成密码。解码方式列宁连她都没告诉，很明显是担心她万一受刑讯，受不了时会泄露机密。应该去寻找。很可能，要是特罗高但凡有一点点对列宁记录了《神秘曲》的怀疑的话，那么他就会住手了，不会着手这一任务了。

"有一次，他一边笑一边说，"伊夫拉伊莫夫继续说，"有两件事消除了他对此事的最后一些担忧，那就是列宁说革命是门艺术,列宁的敌人也说他好像是按乐谱一样演出革命。解码占了特罗高四年的紧张工作时间,而后来清楚了,比如说列宁著名的著作《国家与革命》全都不是别的,恰恰是对《神秘曲》中一个最主要主题的精心记录。选择性地对列宁其他著作解码呈现出复杂图景。总的来说,特罗高认为,列宁的晚年著作,直到病榻上写成的文章《论合作化》和《给领袖们的信》这一政治遗嘱,实际上也是《神秘曲》编成密码的总谱的几个部分。"

伊夫拉伊莫夫继续说:"特罗高的工作,如我所说过的,一开始就被中断了,然而他翻译的两个片段,一篇是讲话,一篇是核心主题,搜查时没被发现,奇迹般地保存完整。"

"气味是斯克里亚宾音乐总谱的平等组成部分,有时在个别部分甚至提到了第一位,排斥了光影效果和音乐本身。音响慢慢凝固,变冷。《神秘曲》全部是由死亡编织成的,并且斯克里亚宾描写的濒死状态几乎具有医学方面的精准;常常这是假的结局,主题在延伸、延伸,其中的一切已经被折磨垮,被扭曲,一切都招致它痛苦,但这还不是濒死状态,而是与死亡的长久斗争,天平在摇摆,而之后主题又重新上升;他演奏得越来越强劲,并且这就好像和人斗争一样。人可以忍受住许多东西,似乎他完全可以忍受一切,也就在这其中,在人能忍受住一切之中,不管是在泥泞里,在丑恶里,在卑鄙里,在苦难里,在屈辱里,在恶里,照斯克里亚宾的想法,才有生的颂歌和辉煌。

"但是一些通常孱弱和具有旋律的穿越主题，在他那里总是逐渐死去，它们经受不住，并且平静地，像老太婆一样，收拾停当哭完自己之后离开，并且总是随主题死亡，斯克里亚宾好像在埋葬它一样送其走上最后一程，几乎将音响压至无声状态，之后便出现了气味，这是它们的时刻。此时气味确实凶猛狂暴。不过，在涉及彼得堡最初的和弦中，气味很弱，快要死去。斯克里亚宾组合气味特别挑剔，这里不是在说和声，他钟爱的手法是将上流社会沙龙的气味、香水味、具有血腥屠杀或污水味道的花味混合起来。

"如果说音乐中和声法则对于他依然重要，时而中断、时而出现的旋律几乎延续到《神秘曲》的结尾的话，那么气味就是噪音，是对和声的直接否定、杀戮、诅咒；他像哮喘病人一样仇视气味；即使他什么时候疯狂，那也是在他与气味打交道时候。

应该强调一点，尽管气味混杂，他的气味组合非常剧烈，的确具有打击力，在任何混合体中气味极其夸张地纯正，与其他无关，没有浑浊不清。它们永远组不成哪怕是最难闻的花束，它们只是不让彼此生存，只是互相压制。因此，当重新总是很轻，仿佛来自一无所有，在这胡言谵语中产生出音乐时，无论主题如何悲惨，音乐总是柔和发声，刻意旋律化，带来宁静和平和。

"在音乐中，尽管有创新，斯克里亚宾五音仍然是在传统框架之中，尽管是非常广义的、自由的；他用气味不止否定传统，而且否定文化整体。这是对一切，首先是有人组织起来的、创造出来的花束的破坏和否定，不管是奶酪还是香水。与此同时，在贯穿斯克里亚宾音乐总谱的气味噪音中，两种相互交织的主题区分得足够好：一是彼得堡代表的城市，一是俄罗斯南方——圣礼向印度运动的基础。两个主题都有明显长度；根据它们，根据气味去明白斯克里亚宾所说的圣礼进程，不管怎样令人奇怪，要比根据音乐更容易。

"彼得堡：战争和正常的、舒适的生活，糖果厂，餐馆，面包店，这些谁、怎样和哪里该发出气味早就固定不变和习以为常的地方的气味逐渐减弱，消亡；替代它们的是从事自己自古以来军事活动的男人们的气味，他们出发去前线，后来伤病住院后短期回到家里，又重返前线；这些又被军医院里的人为气味，包括碘酒、酒精、苯酚、各种药膏气味与活着腐烂躯体、屎尿、伤员和垂死者大量浓重的汗液味道混合起来；为求生而垂死无望挣扎的气味，你那像被分割成牛肉块的躯体的气味，对你进行切割的台子，你的器官（手或者脚）已经是死尸了，而你还抓住生命不放。致命劳累和致命工作产生的汗水。还有在这个世界上替代新洗衬衣的新洗绷带的气味，腐烂伤口和刚刚上药敷在伤口上的白色绷带的气味。无论如何，最厉害的是死尸的气味，它愈发强烈；也就在这无法逃避之中，在这是人的最后气味之中存在着生命的终结。

"战地医院这一主题几乎故意绵延很长，并且突然间在谁都没预料之时，弗拉基米尔·伊里奇，你瞧，就在这里有了新的主题，就从最初的几拍开始便是一片欢腾，烟花怒放，万众喜悦，载歌载舞，沙皇被推翻了，未来一片美好，万里无云，人们彼此相亲，全都兴奋异常，迷失头脑，大家彼此相爱，再也没有疑虑。痛苦和忧虑一扫而空，就在此时仿佛有忧伤主题滑过，但立刻消失而被遗忘，只是一闪而过，大家重又无忧无虑，全都兴高采烈；这便是革命，革命的最初时日，他们本来害怕、惶恐，而结果是轻而易举，甚至是没有人或完全很少的人牺牲，就像法国人曾在巴士底监狱现场手舞足蹈一样。就在这里有一段舞曲旋律，接着是焰火爆炸，有点像滑稽模仿，快乐地模仿战场爆炸，因为当时还在打仗，所以人们纷纷颤抖，以为是开仗了，但立刻明白过来不是打仗，而是爆竹，于是也就更加欢乐。因此爆竹声一过，就立刻是欢乐的迸发，音乐也越发洪亮，尽管乐队似乎已经到了极限，音量没法再大。于是又有了仿佛来自过去生活的气味，弥漫着上好厨房和丰盛市场的气味，街边小吃和餐厅酒店的气味，香水味和香槟酒味，精美调料味，就像生命在死亡之前的迸发。桂皮香，豆蔻香，香炉香，庙堂里做法事的气味格外浓厚甜腻，又一下子仿佛你走出房门，来到严寒之中。似乎明天战争就会结束，大家都相信这一点，对此充满信心。

"城市渐渐苏醒，大小工厂开始工作，此时一切都非常具有节奏，都像机器一样运行，清晰，平稳，几乎没有庞杂的声音，就在这些节奏之中有一股巨大的力量，这力量似乎无所不能；唯物主义胜利辉煌，这里几乎没有精神存在，也不需要精神，它只会捣乱，也就在这里它偶然出现几次，总是发出杂音，它在这里是多余的，自己就会走开，因为这不是它该来的时间。但是就会是它该来的时间了。

"接下去节日到了尾声，出现了饥饿、寒冷，看到了吗，音乐完全宁静而缓慢，就像是人们在饥饿寒冷时人们走过，他们保护好自己的热量，也保护好自己的气力。但是谁都不对谁动气，大家都是自愿的。重又是生命的缓慢消减和旧气味的缓慢死亡；起初是那些罕见的、精美的气味，可这些气味在从前还是和你格格不入的，所以你高兴它们再也没有了，随后消失的是完全平常的气味，但也是缓慢而逐步消失的，以至于你几乎没有察觉，仿佛不是消失，而是减弱。

"女人们开始散发出异味，没有劈材，没有热水，洗漱越来越难，但香水、脂粉还充足；她们竭力想掩盖自身肉体的气味、不洁的感觉，如今她们用的比从前多得多，但是香水味和汗味就会彼此强化，彼此强调，于是女人们开始散发像婆娘身上的气味。这些气味强烈而庸俗地结成一体，导致女人们越来越像从前散发这种气味的妓女，并且男人们喜欢这一点，他们感觉得到这种气味，这气味让他们兴奋；这又传递给女人们，于是她们已经愿意散发婆娘身上一样的气味，愿意感觉自己是婆娘，愿意当婆娘，愿意被当作婆娘去爱、去占有，这里放弃了文明，放弃了所有客套、规矩、礼节，回到了自然，在自身寻找命运、意义，这一主题一直保持到底，有的只是不断被强化和发展。

"房屋内温暖越来越少，完全是在不久之前还到处是温暖的气息，散发暖意的不仅仅是炉灶、壁炉或者灯火，不，它来自墙壁，来自家具，人们身上也散发出温暖，有某些气味让温暖得到加强，但这在哪儿都一样，以至于大家对此习以为常，已经不会将其区分开来，只会说温暖融融。而如今，当温暖剩下不多了，但房内暂时总归还比外面暖和，房内的一切开始不是很强但又很明显地散发异样味道。特别是木头，而更靠近地面的正是用木头做成的因潮湿而吱呀作响的地板。如果说从前气味是被温暖所激发的话，那么此时则是潮湿所为。由此带来霉烂、陈朽、污水的气味，腐烂和腥臭的气味。从前温暖把和自己所有不亲的一切排挤到地板下、壁纸后、窗户外和墙壁外，而如今它们回到了房里，也只有小炉子周围还一切照旧；房间被这些新旧气味所分割，因此你一天内有好几回从一个世界转入另一个世界，你好像一直在离家回家，你想待在家里，哪儿都不去，但是你已经是流浪汉，是风滚草，这全都是你命里该着。

"温暖的界限飘忽脆弱，这不是能挡住你的墙壁。男人还刚刚从前线回来，感觉还轻松，他们也很少察觉变化。之后气味变得越来越少，连最强烈的腐烂气味也在渐渐消失，变稀薄，渐渐消融，于是你开始闻出一股微弱的暮年的衰朽。垃圾残渣几乎没有，一两个月前，当市政服务部门一天天罢工，垃圾得不到清扫时，到处都是腐烂的味道，如今城市自己清洁了，一切正常了，一切非常干净而寒冷。

"活物渐渐没了，几乎没有了冬天雪地上气味特别刺鼻的马粪。门厅里没有了街上的气味，房门紧闭，人们很少出门，出门也走得很慢，而大多数则为了保暖躺在床上。你还活着，还没冻僵，城市里崇拜活的气味，崇拜厚重热乎的服装，能保护他们和温暖在一起。

"如今后院和前院的气味区别很小，女人们已经公开散发自然气味，不再试图将其掩饰，只是偶尔有一块瑞士奶酪像给人奇怪的提醒一样，或是一瓶上等好酒闯入这个世界，人们会喝好久，边喝边哭。在此之前，当捣毁皇家酒窖之时，有爆炸，有酒香四溢，满城流淌粉红色的溪流，融化积雪，清洗陈年垃圾，来自全欧洲的葡萄酒疯狂地混杂在一起，流经城市街巷，流进门下缝隙、院落和地下室；寒冬里有了夏天、港口、大海和葡萄酒，大家全都醉醺醺的。如今不知从何处搞到的一瓶酒就是对此事的纪念。

"此后连自然的气味也越发衰弱，为了延长生命，人们将其保护在自身当中，几乎不出汗，不散发气味，临死前他们像木乃伊一样干枯。城市如今全都比从前变小了，市中心寒冷、清新，散发出森林的气味，大小工厂的烟囱不再冒烟，以前城市把异己的气味赶到城关哨卡之外的那一温暖化为乌有，如同人类温暖一个样，周围世界连同大海、那一森林、流动和静止的水一步步把城市归还给自己。

"家家户户那些贵重的衣服早就拿去换了面包和土豆，挂这些衣服的地方放上了从柜橱中掏出来的散发着卫生球味的旧衣服，于是一切都长久散发着这一气味，强烈而刺激，甚至是食物，但就是这一气味也随物件渐渐离去。接下来城市将只有潮湿和破败的味道，只有被水分泡涨起来并因此吱呀作响的地板味道，并且这种建在石头上的木头的气味将是最长久的。

"俄罗斯南方。同样排挤了炽热而肮脏的工厂气味回到城市里的，是草原的气味，艾草的气味；这一气味越来越重，因为许多天地不再播种，土地空置，这里也放弃了文明，农耕文明，回到了以前人们到来前的状态。由于忙于彼此施加暴力，人们渐渐忘记了大自然，大自然也就站起来了。甚至是在激战之时，当森林或者成熟的麦田燃起大火之时，它也将其当作自己的一部分，当作自然元素来接受；炮弹爆炸像闪电一样猛烈而迅疾，这里不成体系，没有按计划有方法论指导地进行毁灭，并且树木也把火灾当作命运而不去抱怨。应该说，斯克里亚宾时常会将两个序列——音乐的和气味的处理成首尾呼应（平静的死亡和临死前的迸发）。但就是在这其中他也强调，尽管表现得不是很明确，生命在其中一个之中服从于和声，在另一个之中则相反，服从于噪音。

"又是南方；这已经似乎是国内战争。进攻方和撤退方时常交换位置。进攻方从容坚定，有着追逐捕猎的狂热。撤退方散发着被跟踪追捕的飞禽走兽的汗水味。他们筋疲力尽，犹如用于宰杀的祭品一样把死亡当作善意和对极度疲倦的解脱。原始生活回来了：罪恶堕落还完全是不久前发生的，还没有被忘记。是宁录（《五卷书》《圣经》《古兰经》以及中东许多古代典籍中的

218

人物,圣经中说他是含的孙子,称他是上帝面前的"英勇的猎户"——译者注)的时代,或者可能还要早一些,露营、停泊和间歇,狩猎功绩、力量、智慧、狡猾和侥幸;他们做爱不知疲倦,不讲客套和服从,不管任何旧规矩;如今瞬间就有人来掌权,那些人有的真正般配,有的身上散发力量,能自己、能亲手证明他般配。

"这是自由和美妙的生活,有野外露宿,河边浴马,有篝火,有习以为常的死亡和食物,这食物全是打猎的战利品,全是猎物。你又是本来的自己,也就是为了这一生活,为了这一幸福,为了这一自由自在,一部分人把另一部分人像羔羊一样献给上帝做祭品,他们相信这就是上帝属意的亚伯和他的祭品。那所有的土地、全部的草原便是祭坛,那草原苦艾的气味便是调味香料;一部分人把另一部分人变作祭品,于是祭品的气味成为带着对正义和真理的信念、带着时刻准备升天的情愿所奉上祭品散发出的芳香。这是向异教的回归,因为把敌人化作祭品奉上,上帝就能闻到胜利辉煌的气味。"

第二个片段是对《国家与革命》第三章中的一节,即"巴黎公社是无产阶级专政的第一次尝试"的解码。

"你听着,列宁,注意听。这就是最初几拍,这里有许多不确定性,节奏总是乱了拍子,人们时而这里、时而那里乱窜,东奔西走,四处寻找,时常听得到欢呼声,找到了,但结果又不是要找的,弱者们很快屈服了,非常快屈服了,他们什么都不懂,他们绝望了,放弃了斗争;就在此时,你听,声音好像混乱了,他们的冷漠越来越多,但是强者们……强者们(不,这里重又完全是大调调式),强者们可没有那么容易被阻挠。他们到底想要什么,列宁?他们无法找到什么?神秘圣礼是规模宏大的性交,是规模宏大的交媾；不定形的、从来没被任何东西定型的女性身体，应当被强有力的、完整的男性授精，这一受精行为也就是神秘圣礼；圣礼是宇宙的新生。人类在经历了死亡之后，不再什么都不是，融化于这无边的女性之中，也像全世界一样再度复生，而这一次是为了永恒而美好的生活。这就是这一生活的音乐。你看，列宁，这是多么光辉、多么灿烂的和音！这一女性就是俄罗斯，一个广阔无边的国度，一片毫无意义的平原，那里什么都没有，除了惯性和阻力；但是让她受精的男性在哪里，在她身上打上印记而使其受孕的那一创造精神，它在哪里？

"强者们在寻找强者，我也找了他很久。列宁，你大概以为这就是革命，以为俄罗斯会因革命而受孕，但不是，列宁，不是这样，不是这样。是的，你说得对，俄罗斯已经怀了革命的孕，已经受了孕，革命是它心爱的、最心爱的孩子，就是说创造精神已经开始留下印记，但是他是谁？革命就是个孩子，它自己能做的非常少，不过它很快，完全很快就会成为成年妇女，美丽、坚定、极度兴奋、性感，但却是成年女性；这个妇女时常表现得像个男人，但这总归是个妇女，也和她的女伴一样，很快会筋疲力尽，身心疲倦，已经再也不能有、不想要任何新东西。政权也是个女人……

"列宁，我一直反复挑来挑去这些话，一直在为自己弹奏，在这其中属男性因素的只有暴动，但是暴动很短暂，流动得很快，忙忙碌碌，它无力降服女人，它从来都来不及在俄罗斯身上打上印记，只会沉没，消失在其中而了无痕迹。我找了很久，找了这个男性很久，很久，非常久，可还是找到了，听见了吗，列宁，我找到了！那就是恐怖，它就是我要找的能折磨人、要人命的因素，不知疲倦，无处不在，性感。

"刽子手和牺牲品,他们的结合,他们的关系纯粹是情色关系,你来看恐怖是如何构成的:时而是疯狂的残忍,时而更加柔和,刽子手也今天是性虐者,而明天又很宽容,充满同情和理解,没人打你,让你得到喘息,就是幸福;无论希望,还是爱情,还是对一切正确的女性执着,刽子手有权做一切事,首先是拷问权,再没有比对此怀疑更大的罪孽了。总是想要证明是正确的,并且越残忍信念越强大,就是说残忍是为了幸福;要坚信恐怖无所不能,坚信恐怖是建设所有光明和崇高的主要手段和主要工具,坚信没有它便会一无所有,坚信恐怖真正就是那个创造精神,并且最重要的一点是恐怖具有的最深层次的神秘主义色情、性欲,因为即使它带着女人(革命)的面具,穿着女人的服装,到了性交时才从女人变为男人,这也是一种特殊的色情。刽子手和牺牲品之间的那种神秘的无法分割的关系也是如此,一个离开另一个无法存在,感到不完满,他们之间的无法分离、相互融合,便如同基督身上的那种人和神的融合。

"只有恐怖,只有它,才配有纯洁而忠诚的爱情,只有它才能屏蔽、让你忘记你生活中其他的一切,俄罗斯也一定会是它的女人,一定会义无反顾地委身于它。恐怖会占有人,完全压在他身上,叫人无法想任何东西,除了想它,只有它才可怕:可能有人进门抓走你,你每天白天夜里想的也只有这个,所有时间都在等待,会不时因每一声窸窣、吱呀,因每一个不小心说出的字眼或者暗示而颤抖,而一旦恐怖突然变弱,它会让你感觉它那么温柔,那么善良和大度!你对它想法不好,而它会更好、更温柔,如今你不是坏蛋、败类,你又能是谁?

"然后,当恐怖温柔的面具重新被残忍替代,你会在自身而不是在它之中寻找罪过,并且知道罪过只在你身上,一切都合情合理，有根有据，你满怀忏悔，临死前知道你罪有应得，你的死是在赎罪。事实上，列宁，恐怖不是刽子手，而是侦查员，只是有必要他才会变成刽子手，它是个侦查员，审问一个女人是企图得到事实真相。

"这个女人一直忠诚于革命，忠诚于社会主义，也就是说她不是敌人，是自己人，于是就把她逮捕、押走，并且她知道带走的不止她一个，而是许许多多的人；人们开始审问她，得到许多完全难以想象的供词，对许多当然压根不存在的野蛮、疯狂事情的供词，也就是说我们要拿纯粹不可能的胡言乱语来看一看最后有什么结果。她被要求指证她所爱的、也完全对制度忠诚的丈夫，指证她的子女。你来想象一下这个女人，她热爱革命，总是努力想要向侦查员说清楚这一点，侦查员对她而言就是革命的化身，所以她不会对他有任何怪罪，无论他对她和她的家人做了什么，他可以打她、用刑、强奸，可以杀了她，什么都可以，因为一旦他有罪，那就意味着革命也有罪，他毕竟只是革命的一部分，但那样的话逮捕她就是正确的，她是敌人，没别的希望。

"和她一起坐牢的有那么多女伴，各方面和她都相像，这证明敌人伪装得多么巧妙，彻底揭露他是多么难、多么没法子，侦查员的工作多么重要、责任多么重大，他是多么坚定和忠诚地保卫她和其他清白的人，很明确，他的威信要提高再提高，甚至即使他针对她的所作所为也并非完全正确，那也没什么，有那么多敌人存在，这完全是正确的，自然而然的；也难怪，要是换句话说，只能证明他是个活生生的人，而不是机器，既然人能够犯错，那她也很高兴他是活的，而她对他明白了，她很高兴整个政权都是活的，具有人性，是她亲爱的政权。

"她越发仇恨同室女囚，她们作为敌人出卖了她，背叛了她，模仿了她，那也就意味着只有她们才有罪，而侦查员是无辜受骗的。于是她很痛苦她表现得和这些她和政权的敌人一个样，好像帮助了她们进行伪装，掩护了她们。她就和侦查员一样仇恨她们，怀着同样的仇恨。于是她从第一次审讯就想告诉侦查员，说她坦白，如同当你想证明没藏东西、不会有威胁时手掌要向上翻开一样。

"她还自己寻找，比侦查员更加仔细地寻找，莫非真的有什么不清白，莫非自己真的有罪，而他是对的，毕竟她知道'机关'总是对的，他们工作中的错误就像上帝的错误一样不可思议；于是她向侦查员讲述自己的一切，一切的一切，比对丈夫讲的多得多，她的讲述中只有一点，那就是我爱你，因为你就是革命，我区分不开你们，你是革命的人格化身，人格实体，你和它合为一体。她面向他敞开一切，一丝不挂，她的每句话都是'我爱你'；上帝啊，她情愿为他做任何事，她全部是他的，也只是他的，为了他她可以忘记丈夫，忘记自己的孩子。

"也许最初时，当她努力想让他确信她忠实于革命之时，她的确是想要挽救自己、丈夫、子女的性命，但后来不是了，后来她爱的只有他，不记得家人了。你要明白，列宁，她不可能在忠诚于丈夫的同时对侦查员解释她只忠诚于他，侦查员，这里她的弱点以及负罪感是两极分化的；很快她忘记了所有人，除了侦查员，即使她死掉，她仍然会意识到有罪。

"他审问她，而她一直担心她衣着很差，筋疲力尽，疲惫不堪，她不可能让他喜欢上她，那他也就不可能回报她的爱。她尽一切可能收拾好自己，让自己保持清洁；在他面前她极其不洁，有道德方面的（他认为她是敌人），有肉体上的，这两种不洁相互补充，融为一体。她想的只有他，做梦时和清醒时都只和他说话，寻找词语、语调，寻找自身的罪过，或早或晚能够找到并且明白自己有罪，不像同牢女囚那样有罪，但也是有罪；所以她想，他多么心肠慈善，她相信他会宽恕她；啊，他多么善良啊。即使她得到宽容的希望白费，她临死前也明白他是对的，自己死要怪她自己，也只怪她自己。

"列宁的著作《论合作化》中有相同主题。有时他会更改审讯语调，对她很温存，说些恭维话，于是她很高兴他终于关注到了她；她重新感到自己是女人，为能哪怕不太大程度地中他的意而感到幸福。对他如何挖苦她、如何审讯她不会无动于衷，有的只是情色，他们的所有关系都贯穿着情色，她单独和他在一起，他是她的分界线，她向他讲了自己的全部和她身边所有人的全部，把自己从里到外翻过来，她是他的；于是他一再让享受不断延续。他对她一会儿残酷，一会儿温和，一会儿重又残酷，于是她全是他的，全身心捕捉他身上最细微的变化，全部委身于他，而他拖延着，一直准备着她而不进入，这便是无没终结的性高潮：她已经什么都想不了，什么都听不见和记不起来，而最重要的东西是在将来，这里的情欲就是如此；列宁，她以前从未见识过类似的东西，不知道这种东西完全可能存在。就这样一天好多个小时她属于他，而当他累了要离开时，他把她交给另一个人，交给自己的搭档，于是那个人继续做他本人所做的事；就在她的不忠之中，在他把她送去受辱之中也有情色，她和他们两人所有的东西，当然没法与她以前有的相提并论，不管她更换过多少个男人。

"不管他怎么打她，她都知道这是因为他在见识了其他许多背叛的人，见识了那些和她关在一个牢房里的人之后，认为她背叛了他，对他不忠；他确信她也是那种人，所以她做出一切努力以便能向他证明不是这么回事,她是忠诚的,她爱他,爱他甚于生命,他是她唯一的爱人。对她无需解释,说他日复一日、夜复一夜地拷打她,只是为了得到她背叛了他和革命的供词,因为他爱她,因为假如她对他不忠,对他而言这便是悲剧和死亡,就是说这里的一切,无论血有多少,都掺入了爱情,光掺入进了爱情,只掺入进了爱情。

"当他得到她的政治方面的供词时,她对此不明白,确切地说,是将其理解为一种寓言故事,因为她只能懂得爱情和嫉妒,所以她把一切汇聚于这其中。这里不会有什么悲剧性可言,即使她因刑讯、因饥饿而死,或者被他杀死;因为她懂得她是因伟大爱情而死,这里的悲剧只是针对刽子手而言,他将毕生深受折磨,用她是否真的背叛了他的问题来折磨自己,并且知道她已经再也无法回来了,因为他杀死了自己的爱情,内心承担了罪孽。"

十月革命之后,斯塔尔夫人立刻在共产党官阶中占据了比较高的位置。12月时她已经是中央科学部一个处的领导,同时在宣传鼓动部还有妇女部工作,这样一来她每天的日程真的是按分钟安排。她贪婪地、带着某种动物般的兴奋承担了这些数也数不清的重负;从早忙到晚,几乎每天都有群众集会要她发言(她在党内被认为是一个出色的演讲家),还有同样的各种必须参加的会议,这些让她能够忘掉自我,不想过她的第三次生命实际上和前两次一样,都是白白浪费,因为就像当年在法国一样,她在俄国必定得不到最高权力。

凭她为布尔什维克党所做的工作,从资金(有几年当完全靠她的钱生存)到地下工作(她从1903年起就冒着一切危险,也包括生命从事地下工作),党内有如此革命履历的人屈指可数,凭着这些她似乎可以有很多指望,但是斯塔尔夫人足够聪明,不至于在这方面犯糊涂。她看得出像骨头一样扔给她的岗位,尽管名头很响,却都是些次要岗位,没多大影响,最主要的是都没有出路,都是风光的闲职,仅此而已。如今往上走的是另外一类人,他们中的许多人革命前几乎没有贡献,因此她意识到将来也会如此,只是会更加公开。

当然,这非常令人郁闷,但是她明白时代是另一个时代,自然也就会有另外一些人,从前一直这样,以后也永远会这样。不管怎样,回家以后(她还在十月革命时就把住宅交给了政治苦役犯协会,只给自己留下了有两个房间的阁楼,不过阁楼很舒适,仿佛巴黎画家们的工作室,她也是按这种风格装饰的),斯塔尔夫人遗憾地回忆起他们大家战前的模样。如今成为常规的许多东西,当时在党内同志之间不可能存在。说实话,就算是从前,他们之间也不是全都晴空万里,但是今天的许多争吵和撕咬令人觉得不可思议。不过,她有时想到她就是在这一点上犯糊涂,只不过从前她是独立的,可以对此不予理睬。

1918年初她的情绪变好了,并且不是因为她认命了,而是有另外的原因,整个中央和人民委员会都搬到了莫斯科,因此她和斯大林的联系在中断十年后恢复了。她曾非常害怕与他见面,不知道怎么和科巴相处,但是他刚到莫斯科第一天就自己来到了她家里。

她欣赏他,看不够他开朗、高尚的脸庞,美丽的高额头,健壮并且当时很匀称的身体，这些年间他变得非常成熟，却依旧是她的孩子，她的儿子。她也有理由为之自豪，因为斯大林到莫斯科后不久就当上了中央第一书记，也就是说似乎党的建设和组织这一实际工作如今就交给他了。

但是，很遗憾，这方面等着她的是失望。有两次她去参加政治局会议（两次都是讨论国内科学状况），在观察到了斯大林、其他政治局委员之后，她有了许多领悟。斯大林为人特别诚实，规矩正派，他赞赏党的老活动家们，特别赞赏那些通常被认为是演说家和理论家的人，对他们怀着几乎孩童般的爱意。而他们推举他做中央书记是因为他从来也没打算过参与他们的口角，而且也不会相信从事地下工作的同志之间完全能有这种事。

他对友谊、名誉、尊严有另外的认识，他打从骨子里就是一个理想主义者。党内当时都十分清楚，那些托洛茨基们、加米涅夫们、布哈林们、季诺维也夫们，和他们类似的人们，暂时还没在积蓄力量做决战，所以暂时让他做书记。在政治局会议上，他们无论归属哪个立场，都公开嘲笑科巴，他在他们中间是个另类，是个乡下傻瓜，所以他们不能容忍他比他们强。而斯大林没有察觉他被取笑，相反，他依旧盯着他们的嘴，只是兴奋地转述他们对他发出的尖酸刻薄的话。当他这样做的时候，她只想做一件事，那就是哭。

因此，当她看到那些所谓的同志如何挖苦他时，她对自己保证，一定要为他铺设出一条通往真正权力的大路，而且不知为何一下子明白了，这回上帝一定不会拒绝她。她一生都在祈求上帝给自己权力，甚至不止一次，而且是整整三次生命都在祈求权力，但是现在她想到，只要斯大林能得到她为自己祈求的那种绝对的权力，那种不受任何限制、不受任何人约束的权力，她就会原谅上帝。她会原谅他，尽管他把权力源泉放置到了她身上，日复一日、年复一年地诱惑她；每个人都能从中取水解渴，每个人，但唯独不是他。所以假使斯大林也从这其中取到了水，然后单凭这一点得到权力，那她在临死前的病榻上会对上帝说她原谅他。如今斯塔尔夫人又有了应该为之而活着的目标，但是从何开始，如何靠近它，她很长时间都不知道。斯大林依旧充耳不闻，她对他也什么办法都没有；有些日子里，当她闲下来时，她像个小姑娘一样哭个整宿。后来一件偶然的事帮了忙。

  第二年春天，也就是1919年，斯大林去外高加索长期出差，在那里孟什维克组织了无休无止的叛乱，很不太平；莫斯科甚至有传言，说，看来他要留在那里了，所以斯塔尔夫人反复掂量一个问题，要不要随他而去。格鲁吉亚非常需要党的有经验的干部，所以她用不着斯大林助力就会很容易得到去那里的人事任命。由于思念他不在身边，犹豫去还是不去（她非常清楚他们在梯弗里斯那个外省小城会很不容易），所以她很感激地接受了自己的老朋友亚科夫·斯维尔德洛夫见面的邀请，顺便去剧院看年轻而又特别有才华的瓦赫坦戈夫执导的《圣安东尼的奇迹》，他好像也是个格鲁吉亚人。

  戏剧的确很棒，很艳丽，特别是和1919年的莫斯科形成对照；他们非常满足，幕间休息时她和斯维尔德洛夫走出包厢，一边在休息厅散步，一边讨论今天的莫斯科就像是这出戏的背景这一主题。战前时代就迷恋过她的斯维尔德洛夫（她至今也正保持着罕见的迷人魅力，所以国内许多最著名的人物，有的公开，有的隐蔽，都爱上了她），最终厌烦了这一话题，于是他挽着她的胳膊，开始向她耳语一些献殷勤的话。就在这时，休息厅里走进来了科巴。后来她才知道，他被从梯弗里斯招到莫斯科来参加一个紧急会议，就来一天，所以就什么都不打算通知她，想给她制造个惊喜，所以当他知道她在剧院后，就立刻来了这里。

斯大林当时神情很可怕，血脉贲张，并且他那张天生黝黑的脸完全变成苍白，两眼发狂，双手颤抖，盲目地在腰间寻着什么，只是到了第二天她才猜测到是在找枪套，于是她感谢上帝，当时他没有手枪。整个场景持续了几秒钟，科巴转过身，立刻便出去了。斯维尔德洛夫还在献殷勤，似乎根本没看到他，而她此时偶然看见了自己，而且是用斯大林的眼睛，她和斯维尔德洛夫正走向一面半面墙大的镜子，于是她吓坏了，到了早就已经没有这样害怕过的程度。

这里发生的事让她脱离了常态，留下来看第二幕她力所不能。她找了个借口便和斯维尔德洛夫告别回家了。她下不了决心给斯大林打电话，明白此时最好别碰他，让他冷静下来。第二天他没和她见面，便返回梯弗里斯，而她对发生的事想了一个星期，然后想明白了，他身上有真正山民的血，所以如果她能利用这一点，就有机会得到她向上帝所求的东西。

斯塔尔夫人想出来的策略并不复杂，那就是她猛然地，甚至谈都不谈，就中断了和斯大林的联系，开始接连不断地和党的上层那些挡在他路上的人搞恋情。确定谁妨碍他并不难，她了解他们不止一个十年，对谁的情况，包括列宁，都不迷糊，并且最重要的，她也和斯大林一样，不归属于任何一个团伙，侧眼旁观，很容易看清楚真实情况。为了更加剧烈地激怒科巴，斯塔尔夫人把每段关系的波折所有细节搞得众所周知，所以实际上就用不着她再做什么了。接下来他便立刻开始行动。

斯塔尔夫人如今为自己发现了另一个科巴；也许他的爷爷乔治复仇时就是这个样子，所以她对儿子又惊又怕。到生命的最后一天她都记得,就在1919年斯维尔德洛夫因肺结核逝世后,斯大林同年处于怎样的疯狂的状态,他不出克里姆林宫住宅的房门,躺了几乎两周,斯维尔德洛夫是自己死的,并且他,斯大林,什么事都还没能干出来。

但是别无选择,在她看来,科巴掌权没有别的路可走。斯塔尔夫人不抱任何幻想,她非常明白,那些被她带到自己床上的人,那些允许来爱自己、抚摸自己的人,那些她自己向其表白爱情的人,注定要死。嫉妒让斯大林不仅残忍,而且特别具有发明力,具有忍耐力。仿佛一个好猎手,他可以多年多年地等待,但是无论是斯塔尔夫人还是他,两人都同样知道猎物哪里都逃不掉。并且猎物逃都没逃过,他的敌人们先后死于车祸,死在手术台上,死在有轨电车下,死于毒药,死于雇佣杀手的子弹下,后来他只用将其列入内务部的名单上,并且很享受地一连几个月观看他们如何受刑讯,之后才下枪决令。甚至是在20世纪30年代,甚至是在20世纪50年代,俩人都老了,他还记得他们所有人,继续杀她的情夫们,万一有人像斯维尔德洛夫一样滑脱了,死在自家床上,也会无情地去迫害他的家人们。

然而,斯塔尔夫人很少感到良心的责备;是的,她知道她在把爱她的人带去屠宰,和他们睡觉只是为了让斯大林后来杀死他们,反正随便哪个上了她的床的人,她都爱他,狂热地爱他,她完全具有惊人的爱情天赋,这样一来斯大林当然也就有了嫉妒的理由。而如同和年轻的民粹派分子在一起时一样,她认为无论后来出什么事,在知晓了她的爱之后,他们就不白活一生,也就不该去抱怨。最让她不安的是斯大林本人;她明白他很快会在这一仇恨中被烧成灰烬,任何人都无法一年接一年地生活在这种紧张状态,于是为了帮助他,让他能恢复力量,很快实施了特殊的奖励；搞清楚这些奖励不麻烦，在除掉了又一个对手再一次确认了对她的权利之后，斯大林可以得到她一个星期作为奖励。他们会去雅尔塔一个属于政府的疗养院或者去他心爱的里察湖，更经常的是，与整个世界隔绝，忘记一切，只是把自己锁在莫斯科城下孔策沃的别墅里。

系统有条不紊地运行，斯塔尔夫人也的确在五六年间就为他铺设出了通往最高权力之路。挫折只有一次。1927年她和托洛茨基有了将近一个月的恋情，他是唯一一个还对斯大林构成危险的人；到了该和他分手之际，她突然感觉到她是真迷上了托洛茨基，不想让科巴把他杀死。当然了，托洛茨基妨碍斯大林，非常妨碍斯大林，所以她才会和托洛茨基上床，但此时她想让斯大林保留托洛茨基的性命，换个什么法子摆脱他。她意识到和斯大林谈这事很愚蠢，也很危险，他永远也理解不了，于是灵机一动，开始装出样子，好像她和托洛茨基没什么大不了的事情，只不过是轻微调情而已；事实上她当时怀了他的孩子，甚至想把孩子生下来，只是最后一刻才不要了孩子，因为她懂得科巴怎么着都会要了他的命。

斯大林有着自己的工作出色的特务网，从第一次谈话起，她以及托洛茨基就在监视下，他知道他们关系的一切细节，包括何时、何地、多少次，然而他那么习惯于相信她，习惯了任何时候她都没有向他隐瞒过任何一个情人，此时也一样，他不知道托洛茨基该不该死，最终在受尽猜疑折磨之后，将其驱到国外。他直到月底时没有得到通常的奖励周后才明白是怎么一回事。他来招呼她一起去高加索，她当时说走了嘴，完全像个傻娘们似的说漏了此事。直到1940年拉蒙·梅尔卡德在墨西哥终于用冰镐砍破了敌人的脑袋为止，他才安下心来。

在放逐了托洛茨基之后,他们的关系中断了,她等待着被捕,她不怀疑他会拷问她,也事先祈求上帝不要让痛苦延长,让她能快点死。但是斯大林没动她,他只是好像把她忘记了。此时他产生了对权力的真正趣味,很清楚他就在旁边了,和她向上帝为他祈求的东西紧挨着了。仇恨和复仇锻炼出了他,让他成为男人,可斯塔尔夫人暂时还是不确定,没有她的帮助他能不能成为无愧于伟大俄罗斯的执政者。

赫鲁晓夫大手一挥,斯大林个人崇拜的实质就在于无节制地、无限地对其赞颂这一观点成为共识,被所有人重复,但是这可是一句蠢话。斯大林偶像也是她的孩子,斯塔尔夫人的孩子(她是在战前最流行的苏联杂志《女工》上开始塑造这一偶像的,她不仅是杂志的主编,而且给每一期写下大量各种材料,之后,当人们明白她的意图之后,成千上万的人应和了她的创意,有诗人,有画家,有音乐家),而制造偶像的目的完全是另一种东西,也许意义刚好相对立。

她和其他人那么兴奋创造出的斯大林形象,成了斯大林领导俄罗斯时理应追求的理想,成了他哪怕咬牙切齿、使尽浑身力量也要向其挣扎努力的理想。也就是说这不是赞颂,相反是不断的责备,是对人民公开展示他,斯大林,还是多么不完美。这个形象全面超出了他,比他更英明、更勇敢、更美好、更坚定、更不妥协、更有远见,最后最简单不过的,是比他更年轻也更健康。于是斯大林仇恨自己的偶像,诅咒自己的偶像,也像斯塔尔夫人所预见的一样,一生挣扎着,挣扎着向其努力,直到彻底用尽了力气。这是对一个他最终也没追上的领导者的追逐。当他阅兵式时站在列宁墓上,为了显得哪怕稍微高一点,下令给自己脚下垫上个小凳子时,他是多么看不起自己,而且总归直到斗争没有希望。斯大林渐渐老了，他的力气剩得越来越少，而那个偶像依旧健壮年轻。他是多么羞于看到并且仇视自己，一个手臂干枯的年老病人。最终这个同貌人事实上就把斯大林关进了牢狱，斯大林害怕走出克里姆林宫，后来连克里姆林宫都放弃了，搬到近处的别墅里，但是就是在那里也不外出，甚至是去花园散步；他那么可怜，他知道只要他对什么人说他是斯大林，人们就会像对待冒充皇帝者一样收拾他。他的偶像杀死了他，起初它对斯大林本人总的说来还不错，努力把他抬到自己的高度，努力教会点什么，当斯大林有了成绩很高兴，而后来当其明白他已经什么都不行了，没力气了，就把他消灭了。"

"阿廖沙，不要以为斯塔尔夫人1917年以后做的唯一的事，就是帮助斯大林得到政权，"伊夫拉伊莫夫接着说，"这当然是错误的。她的大部分时间不是用于斯大林，而是用于工作，用于和旧时传下来的爱弗洛小组成员相关的工作，即那个幻想把俄罗斯变成天才国度的小组。20世纪20年代爱弗洛小组经历了严重危机。早在成立之时人们就曾经决定小组应该是一个封闭的秘密团体（人在害怕时眼睛会睁得很大），所以在特卡乔夫背叛后小组就作出决议干脆不再接受新成员。这是个不该犯的错误，因此不良后果很快到来。到了国内战争开始前，也就是到了他们为之而活、盼望和祈求的时代即将来临时，小组具有工作能力的只剩下两个完整的人，即斯塔尔夫人和精神病学教授特罗高，其他人或者死了，牺牲了，或者变成了有气无力的老者。"

斯塔尔夫人曾试图取消章程中这一荒唐条款，从1910到1920年底期间她曾7次提出问题，付诸表决，但每一次都没得到多数票。结果爱弗洛小组衰落老朽了。不过只要特罗高和她还活着，小组就还活着，他们俩做了所有不可思议的事，想要使小组的最高纲领能实现。

革命和国内战争是爱弗洛小组所以为的国家要经历的最重要的考验，这些实现了，如今俄罗斯有权率领善的力量，开始漫长的搏斗，如同启示录中所言的历史决斗，它将来应该以最终战胜世界上的恶势力、义人们获胜而告结束。斯塔尔夫人知道，在未来的战斗中人的心灵一定会被净化，一定会摆脱原罪，人一定会抛弃、推翻所有的恶，重新回到上帝身边，重新而又永恒地和他结合在一起。

爱弗洛小组对革命寄予的希望没有被辜负，它彻底摧毁了旧社会，多次地把形形色色的人混合起来，让以前在顶层的人被掀翻到了最底层，到了地狱，到了深渊，而占据了他们位置的是另外一些人，不分种族和部落，革命不仅仅无限丰富了人民的经验，饥饿、寒冷、霍乱、伤寒、枪杀人质、兄弟相残、儿子杀父亲，这些成了正常日常生活的一部分，而且最重要的是，革命让我们摆脱了以往的规矩和客套，展现了旧世界的不必要、虚幻性、令人震惊而又无比脆弱，它可是一天就坍塌了，展现了那些囚禁天才们大脑和心灵的绳索是那样惊人地不牢靠，说什么："这个可以，这个就忘了吧，这个永远不可以，无论什么情况下都不可以。"

如今，天才知道了他强于社会，他拥有一切权利，所以他们敞开了门，走进自由。这是个节日，是节庆焰火，是天才的真正的酒神狂欢节，但是很不幸，布尔什维克们没有能利用上。他们忙于斗争，甚至都没有察觉出天才们在病死、饿死，他们和孩子们面临的崩溃比什么都难，更糟糕的是，他们成千上万的兄弟完全没有必要、只是由于如契卡的人所说的探头探脑、不老实待着而被枪毙。完全不可以原谅的是，革命竟把天才放出了或者甚至强迫放逐到了国外，这是对善的力量的背叛，是真正的破坏行动。

为了试图挽救和可以挽救的东西，斯塔尔夫人从1918年起就真的是在用信函轰炸中央和人民委员会，也给列宁本人提出采取措施的要求。人们似乎赞同她的意见，说情况简直无法忍受了，但是每次都找出了更为紧急的事情。她已经开始绝望，又一次甚至对特罗高说，她不再准备请求任何人做任何事，她没力气了。

只是在1922年，列宁突然给她家里打了个电话，说假如她对建立天才学院有具体打算的话，他们愿意一周后在人民委员会的例会上予以听取。但是，他亲切地补充了一句，让她不要太痴迷，机会不大，而且不仅是由于财政原因，还有思想上的反对。他还是会尽力支持她，斯大林也会投票赞成。

斯塔尔夫人和特罗高用了整整三天准备好了原因说明和章程草案。他们白天黑夜地写，并且尽管后来发生了许多大变动，那份文件奇特地保存了下来，就在医院的图书馆里。从表面上看，而且也可以说从内里看，文件与其他类似文件相差不多，所以现在很难想象得到学院本身引起了那么大风波。说明由以下几部分组成。首先是序言（在谈到加速工业化之后认为，天才灾难性的短缺不可避免会导致其失败，让革命处于崩溃边缘）。接下来文件指出，国家必须要有衡量天才的科学标准，国家再也不能愚蠢地满足于"喜欢不喜欢""好不好"，而应该准确知道这一才能是否是伪装，就像法庭确定是伪装的无责任能力，还是真的无能力。很明显，光是采用这一技术就该会省下多少的钱。

文件接下来对天才现象本身进行解释。特罗高和斯塔尔夫人写道：不能把精神疾病、把其他各种病理现象看成是完全有害的某种东西；这是医生的观点，他们对待天才就像是对待普通人一样，或者更确切地说像对待普通病人一样。我们应该辩证地看待病理现象，要看到其积极的方面。永远要记得，天才是两条生物线交叉的结果；一条积累了数量巨大的坠积能量，俗语称之为天赋，这还不是天才本身，而只是其潜能；为了让天才展现出来，能量释放出来，必须要有一个发现机制，就像枪要有扳机一样。那就是天才从其先祖遗传下来的另一个病理现象。特罗高和斯塔尔夫人强调，正常的意识器官对天才的发挥是个阻碍。它像任何一个常态一样与非常态对立。创造过程完全外在于明确意识，和发烧说胡话的发作相同。他们总结出学院的一个宗旨，那就是决不让天才不被承认和不被利用，要找到他，理解他，发现他，之后有计划地进行提高。

这一工作可以分为一系列阶段和方向；在最初的阶段，最主要的是研究与天才有关的所有问题，还有科学鉴定，既测试天才本人，也测试其创造成果；而且，斯塔尔夫人和特罗高主张，要特别关注那些由于缺乏教育或其他原因无法展现出自己天赋的人。他们指出，这是一种巨大的储备，是真正的冒险发现。每年在各种展览会、博物馆、出版社、技术发明竞赛上，累积了难以计数的病态创作作品；其中非常非常多的是天才们创作出来的，所以我们的任务就是不允许他们沉入忘川，不被发现。

另一个储备是梦、幻觉、催眠状态、精神恍惚、冲动、歇斯底里，各种各样的错觉。斯塔尔夫人和特罗高写道，在这其中以最纯正、最完美的方式包含有通常被称作天才的东西；有时单独一个梦就足以反转我们对宇宙的认识。对天才人物的梦幻进行鉴定、分析，就足以证明学院有理由存在。

第三个储备是监狱和精神病院。斯塔尔夫人和特罗高指出，在这类地方，总是聚集着具有天才的人，因此上述机构也自然要进入天才学院的关注范围。国家在了解了创造病理学规律后，一定要采取另外的立场对待天才身上反常的、经常是反社会的各种心理表现，不要再把这类人发去服苦役或者关进疯人院，恰恰相反，要将他们交给天才学院，在那里他们会造福于社会。

因此，不仅限于此，斯塔尔夫人和特罗高建议在天才学院设立有100个床位的寄宿学校和供200人使用的专门教学机构。寄宿学校的床位应该提供给精神病患者和囚犯，还有那些实质上为数不多的天才，他们一切取自自身，只能在温室条件下进行创造活动。特罗高在人民委员会上解释说，类似的人物通常竭力维持封闭的生活方式，甚至很少和与自己相类似的人交往。还有些床位给外面的人，他们因饥饿、寒冷和疾病而身体衰弱，他们可以在寄宿学校中恢复元气，回归自己。斯塔尔夫人考虑，天才学院的附属学校只选拔那些神童。

学院人员编制中还设有试验处，从事验证各种各样刺激病态发作的手段，其中包括人工方式导致的悲剧、地震、疼痛、饥饿、寒冷、家人朋友的死亡，一句话，就是能够提供条件，能够促进天才人物积累的创造能量的一切。之后，随着扩大，天才学院应当成为一整套学院机构的核心，这些学院旨在充分展现自然付诸人的各种能力，特别是达到所有种类的天才程度，包括永葆青春和长生不老。

我已经说过了，这一方案没有在人民委员会招来反对，很容易就被批准了，但是特罗高和斯塔尔夫人高兴得太早了。才过了一年，党中贵族，那些老地下工作者和革命家们，就有人反对天才学院，其势力似乎达到了学院必遭覆灭的程度。事情是从神童学校开始的，这个学校被斯塔尔夫人和特罗高看作学院的一个简单补充。学校刚一出现，党内就流出传言，说就从其毕业生中选人填补高层空缺。谁散布的不知道，有一次列宁在内部会议上确实说过类似的话，但那只也是偶然失口。

之前天才学院没有敌人，相反，大家都竭力帮助它，支持它，毕竟当时什么都没有，没有大楼，没有设备，没有钱，四处是废墟、饥荒。斯塔尔夫人利用了这一机会，否则学院要想站起来当然是不可想象的。

是个人就知道，白给的东西不会挑三拣四，但是有一次她在和特罗高的交谈中无意中说出，人们看他们，就像看旧时代皇位继承者的老师一个样。但是他们的疑虑并不频繁。特罗高和斯塔尔夫人完全没有想过人的帮助并不是无私的，每个哪怕只为学院做过一点点事的人，都坚信自己有权得到回报。通常聪明人，一般什么都明白的人，完全不会察觉周围发生的事。本来对他们的暗示相当明了，但是斯塔尔夫人和特罗高一年多时间什么都没看到，什么都没知晓，所以中央几乎一致通过，要求取消学院，对他们来说完全是个意外。不满积蓄已久，原因也很简单，斯塔尔夫人也的确只挑选神童进入学校，而党中贵族坚信，要想革命不亡，不走上歧途，寄宿学校学生就应该是他们的孩子，老布尔什维克们的孩子。

伊夫拉伊莫夫说："我认为，有妥协之处，只要她选上二三十个中央委员的孩子入学，一切就会摆平了，但是斯塔尔夫人太死心眼。结果学院招致严重的政治问罪。1923年3月13日中央的内部决议中说，天才学院成了反动的、实质上是种族主义的孟德尔－摩尔根－魏斯曼学说的传播者，维护的是人天生不平等的学说。这一不平等是遗传的，是自然本身赋予人的，要想根除它，即使是在共产主义条件下永远没有任何人能办得到。共产主义的主要理想受到怀疑；一旦这一理论被大众了解，那么必然有千百万人离开党，建设新社会事业就会长期停滞。

"更可怕的还有一条，对学生骨干名单的分析结果表明，超过80%的神童，出自贵族、资产阶级和神甫家庭，也就是那些从阶级成分上就是苏维埃政权异己分子的家庭；与斯塔尔夫人本人贵族出身相比照得出结论，那就是天才学院的目的，就是悄悄地、偷偷摸摸地、因此也就更加危险地从事反革命活动。建立天才学院，就是将俄罗斯共产主义建设事业置于危险境地的破坏活动。反天才学院的活动经过了良好组织，党内贵族势力强大到连列宁、斯大林都无法与之抗衡，学院的活动被冻结。只是到了五年之后，当斯大林掌了实权之后，学院才又恢复工作。"

老布尔什维克们当时已经明显弱化了，这甚至一打眼就看得到，在他们身上，像从前在列宁身上一样，死亡的引力越来越强大。

向政权运动的是另一代共产党员，他们大多数出自正统的费多罗夫分子。这些人目的是生，是永生，是永远年轻，仇恨也不接受任何形式的死亡。斯大林是他们唯一的坚定领袖，所以在

1927年学院被恢复时,没任何人表示反对。党内贵族屈服了,他们唯一还能继续指望的,那就是既然不是他们,那么也许是他们的子女最终能把大地上人们领向死亡。

想方设法想把后代塞进天才学院附属学校的行为,如今已经具有屈辱的、经常也是可笑的性质。这些党员认为他们能做到吸引斯塔尔夫人的注意力,给自己的孩子备下极为详细的病历(是由两大都市最好的心理医生接受贿赂后撰写的),从病历中得出结论,他们,以及他们的父母,他们所有母系和父系的亲属不仅具有潜在的天赋(稍微自夸一下不算罪过),而且最重要的是他们都患有医生能知道的所有精神疾病,简直完全就是无责任能力者。因此无论对任何行为,其中包括革命,甚至首先是革命,他们都不承担也无法承担责任。他们毫不迟疑地写道,革命纯粹是头脑发了昏,是中了邪魔,他们参加了革命、完成了革命这一行为的原因完全是他们无责任能力,是他们从1905年开始就长期处于冲动状态。

伊夫拉伊莫夫解释说,当时整个党的上层都赞同获得性特征能够遗传的学说。早在1922年,一位著名的生物学家、遗传学的劲敌保罗·卡迈勒从美国来到俄罗斯,受到全国热烈欢迎。之前卡迈勒花了十年工夫研究了两组意大利工人阶级成员,即热那亚的面包师和装卸工,他证明遗传下来的不仅仅有明显的、大家能够区分出的相貌、身材特征,而且他们的子辈、孙辈、重孙辈,也就是一家四代人都严格继承了其祖辈的学校成绩,因此热那亚的中小学老师甚至想到过干脆放弃成绩册。

伊夫拉伊莫夫说,这一工作给了孟德尔学说毁灭性打击,但是敌人没有投降。孟德尔的盟友魏斯曼试图挽救还能够被挽救的东西。他毫不留情地在实验室切割了22代小白鼠的尾巴,并且由于其后代什么也不愿意学，依旧生出来是有尾巴的，他认为卡迈勒的理论被推翻了。卡迈勒是在已经到了莫斯科以后重复了魏斯曼的试验。大家都屏住呼吸期待着结果。结果，的确不少于25代的小白鼠连续在其父母尾巴被割掉后出生时有尾巴（卡迈勒写道，对于自然来说这期限对得出结论还是太短），但是术后伤口愈合速度一代代越来越快，身体越来越健康。

有意思的是，即使是斯大林，他个人家庭史本该给他解释清楚遗传了什么，没遗传什么，但还是到自己生命尽头都坚信，为了人民的精神健康必须要支持卡迈勒学说（即使它只是一个美丽的童话，是一个理想，那么远离生活的理想，就像基督学说），而不是支持臭名昭著的摩尔根–魏斯曼学说。否则人们对善的向往就将彻底化为乌有，因为既然孩子们总是要从零开始，那么所有牺牲、整个沉重痛苦的完善之路又有何用。

明白这一点，斯大林在1923年与列宁合作，出版了《论社会主义时期的天才》一书。整个那一年列宁都重病在身，濒临死亡，所以很可能书是斯大林一个人写的，只是得到了列宁的肯定。此书对天才遗传问题异乎寻常地闪烁其词。事实上干脆绕过了这个问题。只是主张十月革命后真正天才的实质在于坚定地、纯直觉地、经常是违背逻辑和理智地遵循党的总路线，不参与任何反对派，而其他的则是次要的，没有意义。

斯大林很长时间都对卡迈勒抱有幻想，他那么想要相信获得性特征能够遗传，他最忠实的战友的儿女能从父亲那里继承下其所有优秀品质。他不想要看到其他人看到的东西，不想要看到斯塔尔夫人天天和他说的东西，说那些老布尔什维克们和他们的子女再也没什么用，他们是革命的绊脚石，正是由于他们存在才一片停滞和心灰意冷。多少年了她想要斯大林相信，一遍又一遍重复,早就该对他们所有人动刀子了,党需要新人,需要新鲜血液,它理应年轻化。她问他:党是活的机体还是死尸一具?如果是活的,就应当服从自然规律,每个果农都知道,假如秋天不剪去老枝,果园就会荒芜,不再结果。她对他说,菜园子需要除草,需要经常除草,否则什么都长不成;如果怜惜杂草,所有妨碍作物的杂草就会吸收有益植物的汁水,抢夺阳光和水分,就不会有收获,园子简直就会存在不了。但是他没听见,也不想听,每次她一开始这个话题他就把她从自己身边赶走。他是一个非常好的人,非常善良和有些感伤化的人;当然,他比周围所有人都优秀,但是当时对于党、对于国家来说,善良不是福,而是祸。她拿他毫无办法。只有嫉妒,唯有嫉妒才能让他解脱,只有嫉妒才能给予他力量,但斯塔尔夫人总归不可能睡遍半个国家。

他们经常在孔策沃的花园里一起散步。斯大林喜欢听她讲那些花草和昆虫。斯塔尔夫人利用了这一机会,回到果园和菜园的话题,她用一个又一个的新比喻向他解释,说革命是自然现象,它是有机的,永远正确,并且即使命运让他成为革命领袖,自然规律也是唯一的,他,斯大林,应该服从。她对他说,自然本来就是这么安排的,死亡是其一部分,死亡是生命加速的工具,没有死亡便是停滞和昏睡;死亡斩断了通向死路的线路,斩断了那些已经不能够发展、毫无补益的人。这也涉及所有人,涉及整个国家,而不只是布尔什维克。假如他想快速建立起共产主义,他就该去杀、去杀;所有企图阻止、阻碍、妨碍他们共同事业的一切,都应该被无情消灭,共产主义是完善的人的社会,不完善的人永远也不能够建立起它,相反,他们每时每刻、无论何处都只能是障碍。

他渐渐同意了她的观点,他自己本人也完全清楚,但是他悲伤地说他拿自己没有办法，他抬不起手来杀人，甚至是对她那些被他杀死的情人，他有时也会心存怜悯。斯塔尔夫人时常强迫让自己摆脱一个念头，那就是也许他干脆就不是为政权而造就的，他缺乏意志力、缺乏决心成为真正的领袖，所以他应该离开，给她每天对他讲的那些完善的人腾地方。她本来已经不抱幻想去说服他，让他坚信镇压、大规模镇压是人民完全必需的，没有镇压一事无成，突然有一次（1929年五一节）她找到了该说的话，让他相信了。

那一天她对他说，他下令处死的那些人的死亡，不是真正的死，这就好像是假装的死亡，是童话中的死亡；共产主义一旦到来，那时死去的人对什么都不再是妨碍，到那时，就像她的导师费多罗夫所说的，他们都会被还回来，都会得到复活，他们全都会从灰烬中再生。完善的人会肩负起建设新生活的全部重担，而这些渺小的、有缺陷的可怜人只是由于他们答应暂时离开生活，好让十字架不增加分量，就会得到奖赏，得到所有可能得到的奖赏中最慷慨的一份。他们会直接从虚无中进入地球从来没有过的美好世界，幸福的世界，和谐的世界，永远年轻，永远美丽，爱的世界，欢乐的世界。他们会回到亚当当年因罪被逐出的天堂，回到他们世世代代幻想的天堂。这次"五·一"谈话对国家的命运是决定性的。在此之后斯大林彻底成为了真正的斯大林，成为了我们大家所知道的那个斯大林。

关于天才学院和斯大林的故事，是我和伊夫拉伊莫夫长达一个半星期系列夜间谈话中的最后一个。起初我很感兴趣，每天晚上都害怕他万一不来。每次伊夫拉伊莫夫终于到来时，我便感到幸福，我对他也有了人身依恋，但是后来我不再明白他出于何种目的向我讲斯塔尔夫人。

他知道我每天直到很晚都在听人讲述，速记下我同科病人的倾诉，然后还要把速记符号翻过来，知道我为什么和干吗要这么做。也许，我和上帝的关系（我丝毫不对伊夫拉伊莫夫隐瞒），他离我和其他人而去，我想用来拯救老人们和整个世界的爱，在他看来似乎天真幼稚；但是他不可能没看到对于我本人、对于和我一起住院的人来说，这些追悼亡者的笔记是何等重要。伊夫拉伊莫夫不可能没看到一大早这些衰弱的老人一个跟着一个地排成了队，尽管就是按照他们的请求我早就认认真真地按顺序登记了所有人，在住院医师办公室旁边挂出了先后次序表。他们知道会在固定的时间内听他们讲述，谁都不偏不倚，可还是一天接一天地站着排队，寸步不离，一次也不坐下。

起初我觉得，伊夫拉伊莫夫对我很尊重，也许甚至带着温情，但是如今我愈发难理解他。他毕竟看到我给他做速记和给别人一样；可是为什么要把斯塔尔夫人以及爱过她的人列入"名簿"，保存起来，我一直都没听到他说。

他的表现未必称得上讲道德，因为我每天晚上要记录他3个小时、有时会4个小时的谈话，然后把符号翻过来，再做修正，全加在一起不少于6个小时。我睡眠不足，夜里干脆几乎没睡，他刚一离开，我就马上坐下来翻译速记稿，生怕忘掉细节；一早起来也睡不了，病人们要来，他们一句话不说，温顺地排成队，一直从我床头排起，我当然不能够再睡了，起床，拿起纸笔，由开始写呀写呀，记录他们的话。

全怪伊夫拉伊莫夫，队伍行进速度比可能的速度慢了一倍，斯塔尔夫人占用了我剩下所有人要占用的时间和精力，但是为了什么？他明明知道我现在正竭力只记录与医院、与我们这些老人相关的东西，简直没力气干别的事。当然了，我早该和他谈谈，但我拿不定主意，我觉得不妥，所以后来我每次都在期待他今天就会说出原因和目的。

有一次我终于做好了准备，可是他突然站了起来，向门外走去，从背后再喊住他我觉得可是太愚蠢了。最近一个半星期我非常疲惫，只想着睡足了觉，除了睡足觉什么都不可能去想，所以在伊夫拉伊莫夫终于中断了讲述的那一天，我卸掉了一个巨大的包袱。

不谈斯塔尔夫人的头一夜我睡得像个死人，醒来后神清气爽，精力充沛，之后一直到傍晚都工作得很多、很好。那一天我不是放进来两个人，而是放进来了四个，队伍挪动位置了，我当然很高兴，而且病人们也很开心。他们，特别是排在队尾的人，站在那里，已经什么都不相信，什么都不指望，但是他们有着战时排队等面包时的那种决心：万一最后发放了呢？万一出了奇迹呢？因为待在家里这一奇迹根本发生不了，而在这里能。此时队伍活了，他们反复点数，结果假如接下来和今天一样快，那么我到2月末就能听完他们几乎所有人的讲述。排在最后面的人的信念传递给了其他人，因为这意味着上帝需要所有的人的生活，一个不剩，而不仅仅需要义人和选民的生活。

　　由于担心上帝会改变主意，我开始着急了，我写得、记录得非常快，不过我暂时很有分寸，不催促任何人，我和原来一样一边听，一边记录病人所说的，逐词逐句。而且也没有必要快马加鞭，他们早就为占用了我那么多时间感到不好意思，他们也为站在旁边的自己人感到害臊。由于催促自己，他们时而连哭带说，时而语速飞快，吐字不清，丢三落四，支零破碎，这样一来我反过来要让他们慢下来，有时丢了线索时就要完全停下来，往回来。他们非常和气和高尚，每个讲述的人，想得更多的不是自己，而是万一其他某个人来不及说出来怎么办，没被记录下的生活对上帝来说很可能比自己的生活更重要。他们有了新的罪过，他们也为此忏悔，请求宽恕。他们真正地只想着一个，那就是与旁边的人和解，然后平静地离开。

　　当然了，老人们并不像普通的队伍，他们没有我现在所有的、迸发出的喜悦；他们明白一个人的生活只是东西，小小的一块，而他们要想活下去、得到拯救就只能作为一个整体，我甚至想他们集合起来，整天这个样子站排，并不是因为害怕丢了位置。他们想要向自己、向我、向上帝展示，他们以前是单独的个人，是无论生活还是患病都彼此分离的人，而如今他们站到了一起，如今他们将永远站在一起，不再回到过去。他们崇尚公平合理，但是就算是有哪个人求大家让他往前站，他们也会同意，甚至不会去问为什么，凭什么。他们变得非常好，彼此非常和蔼温柔，因为他们排队是为了得到爱，他们知道只有爱才能救人，所以他们想要世界上的爱更多些，让每人都得到足够的爱。他们自己也情愿去爱。

这样持续了好几天，一切进展顺利，罕见地顺利。我现在速记技术非常专业，有了许多自己的诀窍和妙法，翻译速记稿也快了许多，因此我干了许多，同时甚至感到还不太累。后来有一天晚上，我丝毫没料到会有什么坏事，甚至都忘了去想之时，恐惧又回到了我身上。

我不是被工作的数量吓坏了，尽管工作仅只完成了五分之一，而是突然明白过来，对自己感到恐惧，我怎么会想到我竟相信我有足够的爱给所有这些人，有足够的精力爱上他们，就我一个人。我可是承包了这个，向上帝保证的正是这个，而不是简单地记录他们的讲述。

于是我立刻明白了，他们大家、整个队伍早就知道我是一个冒名者，他们对我身上没有也不可能有那么多的爱不抱任何幻想，知道我是个普通人，不比剩下的人好也不比他们坏。可是他们没有散伙，依旧日复一日站在我的床前。我也知道他们会这样一直站下去，直到末日来临。到目前为止他们都对发生奇迹抱有希望，毕竟上帝有可能把这份爱给我。他们看见，他已经永远离开了，把人抛弃了，或者还只是在准备离开，怎么说都是他离他们越来越远，他们也是如此，但是他们还是站着队等着分发面包，他们相信他们一定能够得到爱的面包。假如不是这样，那么就算没有奇迹，站在一起，站在自己人中间，他们也会感到暖和些。后来他们已经开始互相爱护，他们害怕分裂。在生活中他们失去得太多也太频繁，让他们不能不对此害怕。

无论多奇怪，我只是到了现在才明白当时病人们和我看待世界的眼光有多大的不同。我幻想拯救他们，向上帝展示人身上有多少的爱，就是说人也许能够爱上对他来说完全遥远和格格不入的人——年老体衰、肮脏透顶、丑陋不堪的老头们。好像我在说，上帝啊，你决定离开他们，抛弃他们，而我把他们拾起来，放在自己的羽翼下，这当然有对上帝的责难，我好像是在对他说：你瞧，我要做你的爱的导师。也有对上帝的反叛：为什么只要我们想要比我们天生造作的样子要好，我们就会立刻走向和他对立，莫非好也有限度，有界限，所以我们不该去跨越这个界限？

病人们指望的只有上帝，我不知道他们是否向他祷告和如何祷告，他们大多数人毕竟是无神论者，但是听到过他们对上帝说我是个好人，一个非常好的人，说起想要爱上他们所有人，说也许应该在这件事上多少帮我点忙，我毕竟已经给了他们很多的爱，这份爱他们身上现在还存在；这是我的爱，他们对上帝说，他们开始相互怜惜。也就是说我的爱不是虚伪的，不是假仁假义，所以他们向上帝发出请求，认为他是公正的，假如他能创造奇迹，那就把爱给我，补充足，让它足够给每个人。我想要的一切，他们都将之和爱一起留了下来，什么都加以改变，只是拿走了我本人，拿走了我的责难、我的自傲、我的反叛；这再也不应该是人对人的爱，而是上帝对人的爱，只不过是通过人表现出来的。

41

有谁知道，也许上帝真听见了病人们的祈祷呢，但是事情涉及的主要不是他们，而是我，并且他期待着是我去找他，请求他，而我既没有力量生活，没有力量去相信奇迹。我和从前一样工作，但是记录一天天地对我来说越来越艰难，我感到了心灰意冷，总的来说，开始对记不记录感到无所谓，好像我忘记了自己工作的意义，只不过在做每天作业而已。

不过，也许这心灰意冷和无所谓的感觉只不过和病情新的发作越来越近相关。我以前几次，还是住院前的几次发作，一周以及更早时间就有类似现象。的确是病情发作了，但是却不是平常的样子，意识缓慢而逐渐地变浑浊了，但不平稳，而是闪闪烁烁，偶尔我会清楚我在哪里，甚至可以讲话，之后意识就又消失了，这不是记忆中断，更像是当时开始给我上大剂量药物而我无论如何无法适应的情景。

我早就真正害怕的一点，就是失去记忆，但在我当时所处的状态下，发病对于我是件好事。我想把一切抛在身后，忘记一切，并且只有发病才能帮我的忙。首先变弱的是恐惧，恐惧剩下的只是一个词，知道它有，而不知其本身。我得到了休息，可以入睡，躲到旁边去，也就是说我没有丝毫过错，相反会得到宽容和怜爱。我所记得的最后一件事，是我想要取得大家的原谅，也原谅大家。我坚信所有人都将得到宽恕，所有人，不仅是我，都是无罪的，一切对会像我所做的那样，像我想的那样，我有足够的爱。

我把这些告诉我同病房的人，我非常满意能让他们高兴，之后走到走廊上，想把这个好消息也告诉其他人，但是突然碰上了伊夫拉伊莫夫。尽管带着责备，但实际上我谁都不怪罪，我对他说："你告诉我斯塔尔夫人的事有何原因？有何目的？有必要讲这么长一段悲伤的故事吗？"我说的时候明白，只要这个故事不讲完，只要我不知道故事的含义，我就无法真正入睡和忘记自我。

对此他忧伤地回答："怎么，阿廖沙，难道你不记得你两次三番向我打听隔壁病房那位体态优雅的老太太了吗？你还吃惊你无法弄明白她是谁，是这里普通的患者，还是我们天才学院的学生。她就是斯塔尔夫人，就是我和你讲的那个斯塔尔夫人，而且是肉体真身。她的生活经历，我认为有权被记入'名簿'。而爱她的那个老头就是著名的哲学家费多罗夫；我觉得他，还有和护士睡觉的三个士兵都应该被记住，事实上他们根本不是士兵，而是费多罗夫与斯塔尔夫人生的孩子，这几个没理智的孩子是她在彼得堡给他生的，他年轻时从来没见到过他们，甚至不知道他有这几个孩子。他现在也不相信这是他的儿子。"伊夫拉伊莫夫说。就在此刻，他话音刚落，我好像是入睡前就需要知道这件事情一样，记忆里一片空白。我还做了什么，还和谁讲了话，我全都不记得了，我只知道我病了很久，几乎就是永永远远。

我总共失忆了一个半月多，但这一次意识恢复得很轻松，没有损失，我醒过来了，好像只是睡着了，睡了一宿，而如今醒过来了。甚至好像是我和伊夫拉伊莫夫说着说着话就睡着了的事时间上也吻合，而发病过后记得的头一件事，就是他和我并肩站在窗户旁，用手指甲在上了霜的窗户玻璃上画着什么。就像用刀划砌得严密的石头缝一样，这里连夜晚都放不进去：我们在走廊里说了会儿话，后来我想躺下，我们便回了病房。但是我今天的发作不是头一次，我知道有过，知道我长时间失忆，所以我和伊夫拉伊莫夫谈斯塔尔夫人，谈费多罗夫，谈那几个士兵，绝对不是昨天发生的，谁都甭想把我搞糊涂。

生活平稳的人一天又一天，很少发现有变化，以为这些变化是点滴积累起来的，今天和昨天一个样，而且明天看起来也是一个样；他们的生命只有一个开始和一个结束，他们的记忆当然有东西可依靠，但是依靠不多，如童年的几个片段、婚姻、生孩子等等。而我们，那些和我患有同样形式的健忘症的人，一生会有很多次重新开始，疾病把我们的生活严重抹黑了，分隔了，其部分自我独立，所以我们甚至都没有竭力去填补空白，没有假装好像什么事都没有发生过的样子。

在第三次、第四次发作以后，不止我一个人都开始看好这一破碎的节奏，我已经适应了，我开始喜欢一切都是新鲜的，光灿灿的，色彩缤纷，完全很少有陈规，是另类生活的味道，你这可是几近从虚无中回来的。但是发作过后的头些日子通常不太轻松，你说话、问事都小心谨慎，很少加入话题，只是旁观、倾听，想要把事情搞明白。谁都不想碰钉子，招致疯子的名声。每一次我都惊讶有那么多新鲜事发生，因为要想记住一切，就要在一个水平线上，失忆的一个月要花上几乎三个月来弥补，就像在战场上，一年顶三年；相应的，我也感到了存在着危险，就像在战场上，特别是在不明白发生了什么事的地方。我立刻就看得出来，不需要给我任何警告。

但是这一次醒来后，我感觉到了，不只是我，还有那些没有失忆的人也什么都不明白，也在害怕。这是一种新感觉，没人觉得生活可以墨守成规，那些固定不变的东西不知去了哪里，替代它们的是恐惧。这恐惧是那么无所不在，让我大概能猜得到这里不仅仅只有我的恐惧，但这种感觉是头一次出现，所以我起初不相信自己，认定我失忆了一年或者更长的时间；所以，当我把伊夫拉伊莫夫引上这个话题，知道了今天是几号之后，我当然感到非常惊奇。只是在此时我明白了这恐惧的确只有一部分，是我自己的：我不知道为什么，但他们全都在害怕。

窗外落雪了。没有风，于是雪花大朵大朵、密密麻麻落下来，落在树上、地上、花坛上。似乎近些天是融雪天气，大地融化了，因此起初被它温暖了的空气时而向上升起，于是雪花时常停止下落，有时甚至和它一起缓慢向上升起；就好像是这些雪花被细线系到天上，有什么人还没有拿定主意，一会儿让它们落下，一会儿又后悔了，重新拉向自己。但这情形持续了不久，大地很快冷却了，到了夜里，当医院范围内燃亮了巨大的黄色路灯后，大地全被雪覆盖了，剩下的只有雪，甚至黝黑的树枝在黑暗也看不出来了，都标上了白色。

我已经知道了今天是3月28号，于是我对伊夫拉伊莫夫说："也许这是最后一场真正的降雪了，一月份以前完全没有下过雪，我今年一直没过过冬天。"

"不，阿廖沙，"他忧伤地回答，"这不是最后一场降雪，还有40个昼夜会下雪，还会下，还会下……"

"但这可是不可能的，"我反驳说，"莫斯科不可能整个4月和半个5月不间断地下雪。"

伊夫拉伊莫夫说："是的，以前类似情况确实没有，但是今年不同于前几年；40天之后，一连5个月，150天都会下暴雪，暴风雪，带来的积雪能让最高的山峰和最低的洼地、从南方到北方都结上冻，都沉没在积雪下。只有来年春天才会有温暖到来，到那时雪才会彻底消融，雪水汇流入海。"

我说："这不成了世界洪水了……那么究竟能有谁活得过今年？"

"这就是大洪水。"伊夫拉伊莫夫表示肯定。

"那第一次洪水，"我问道，我还是没有彻底相信他，"是因何发生的？为什么上帝想要消灭我们，并且现在，为什么是现在他又想这么做？"

伊夫拉伊莫夫说:"上帝创造的尘世,是和天堂一样的完善和美妙,一切都仿佛是在巅峰,在花季,人也是一样;但是他的心灵是一个孩子的心灵,他昨天才出生,昨天才开始走上人的心灵要想了解世界上什么是善、什么是恶的漫长旅程。亚当就是个孩子,成年的孩子,所以在他见识了辨识善恶树上的果实后,得到了最高的才能——创造的才能,他开始像任何一个孩子一样和他戏耍。他对自己做的任何事都不操心,都不害怕,他的心灵还没有培养好,因此他不知道自己有罪。

"把亚当赶出天堂后,上帝把整个地球交付给了他,让他自己去管理,自己退居一旁。但是人没有停止认知,没被自己的才能吓倒,我要说,他像孩子一样无所畏惧;周围世界是统一的世界,一切和一切都联结在一起,这就是彼此占有的喜悦,明白一切一切都是你亲近的,都是你的,你也属于一切。你不是你一个,上帝保佑,你不是你一个,你只是整体的一部分,不为任何东西负责。任何肉体都让自己的道路扭曲了,甚至天使都开始来找人类的女儿,看到她们是那么美好。万物忘记了上帝的训诫,他说了:'地要生长青草和结种子的菜蔬,以及结果子的树木','神看着是好的'。很快世界上长满了见都没见过的怪物和杂种,大地从仿佛天堂的模样变成了某个怪物陈列馆。它堕落了,充满了种种杀戮、恶行、暴力,于是上帝看到这情形后,对他造出的世界感到了恐怖。

"但是人最可怕的后裔是有善有恶的半人马;亚当孩童时戏耍过程中让他们杂交,于是出现了能生出善的恶,出现了能导致恶的善,还有大量各种各样你分都分不清楚的变种,一个结束了,另一个便开始了,一切全都混乱了,交织在一起。上帝给大地发洪水,是想清洗世界,让其重归初始状态;大多数怪物当时的确被淹死了，但是这一突变体没能彻底清除。它虽然没有肉体，但却生活在人的心灵中，甚至生活在最大的义人挪亚的心灵中，进入到方舟里，存活了下来。

"甚至是基督，上帝之子，是上帝为了人们赎罪而给予他们的纯洁的善，给他们作为宽恕，作为为和上帝一起生活得到净化和复活的可能，即使是他也和上帝一起被人们和恶连到了一起，以上帝的名义制造了多少流血、多少不公正、多少无辜的人死去！上帝对此不抱幻想。洪水退却后他说过：'我不再因人的缘故诅咒地（人从小时心里怀着罪恶）。'就是说他不相信人可以改好。活着的万物保留下上帝创造它们时给予的天性，它们到洪水到来时都还存在，而纯洁的善没剩下，它全部和恶混到了一起。"

"可是毕竟上帝发了誓不再让洪水淹没大地，毁灭生物，"我说，"明明知道这一点，那他为什么现在违背他的约言？"

"他丝毫没有违背，"伊夫拉伊莫夫反驳说，"这场洪水完全不是上帝的意志。它只是为应和人类几千年来向上帝发出的祈祷而来。如果说洪水之前，人不知道罪恶，容易作恶的话，那么洪水之后，挪亚之后，他明白了他是多么地有罪，离开上帝有多远，罪过给人带来难以想象的苦难，他就像是个疥疮，整个都沉入恶之中。也就在那时有人善于找到通往上帝之路，能够即使是在一片恶之中都保持正直，正是他们的祷告让天平长时间摇摆，有时甚至让人觉得靠他们的生命、他们的学说、他们的预言才能，善定能占据上风，但是后来人们彻底绝望了。人曾经以为他们能够自己拯救自己，回到天堂，不靠上帝的帮助回到天堂，他们建立起巴比伦塔，就在此时他们想起了他们是按照上帝的模样被创造出来的，于是决定以另一种方式重复上帝的做法——召唤

254

来洪水，将恶终结。这一想法在人身上越来越牢固，终于有一天他们已经不可能有别的想法了。这成了一种迷狂。他们坚信他们想要做的合上帝的意，也不隐瞒他们的洪水会比上帝的洪水更残忍；他们知道恶的根源在哪里。根就在他们自身，在每个人的心灵之中，所以他们开始向上帝祈祷死亡，祈祷让所有人死亡，全部人类死亡，没有任何人，哪怕是义人中的义人，都不应当保全下来。革命便是洪水的开端。"

伊夫拉伊莫夫说："洪水完全不总是与水有关。《律法书》甚至说挪亚那时候上帝发了洪水，而'洪'从古犹太语翻译过来意思是'横扫一切'，也就是雪崩、泥石流发生时的情景。大量的石头、泥沙和水沿着山谷，像沿着水槽一样，轰轰隆隆从山上倾泻到低处。其沿途遇到的一切，房屋、园林、人、人们耕种的田地、人们放牧的牲畜，都被打得粉碎，混合成一锅粥。谁在这里生活过以及这里到底有没有人生活过？全都被泥浆冲走，人和人之间、物和物之间的根节和纽带全被斩断；你从哪儿来，何时在何处长大，都被磨灭了、忘却了、抹平了，无法找到终点。"

"这到底是何时开始的，"我问，"多久以前开始的，人自己想要自己死，认为人已经无力对付恶的？"

"嗯，很难说清楚，"伊夫拉伊莫夫回答说，"甚至可能无法准确说出来；一切都是慢慢成熟的；我们这里住过一个人，不过住的时间不长，姓伊利英，他说过是和基督到来时间一致；但我不打算硬性指出日期，我完全觉得是不正确的，今天可能是这个，明天又完全是另外一个。尽管耶稣降临大地当然是一个界限。"

伊利英说,上帝于是想到要拯救人类,便派来了他——第二个亚当,好让人们知道他们的罪孽被宽恕了,已被赎清,一切坏的都被忘却,生活能够重新开始。这一次上帝没有重蹈覆辙,基督是在大地上受孕,并且不同于亚当,他理应就在这里,在大地上,度过从生到死完整的人生。有幼年、童年、少年的人生。但是,伊利英说,早在还是孩子的基督开始会走路之前,他的出生很奇怪地就已经不再是个秘密,他的出生改变了世界。一切也都变成了另外一个样子,无论生活的构成,还是其各构成部分的比例关系,生活大厦本身,甚至连世上曾认为是义和罪的东西都发生了改变;是的,义永远是义,罪永远是罪,但总归它们之间的空间中有东西被破坏了,被推走了,被歪曲了。许多人当时走了歧途,迷了路,引导博士们走向基督的指路星却让他们糊涂了,他们找不到了路;这些自古识别自己的路、知道自己力量甚微的人,他们所追求的东西一下子崩塌了,已经不可能算是世上正确无误的了,至少直到耶稣基督来到世上,行走在世上。

伊利英说:"我不想这么说,但是结果是,当基督出生在世上,在他生活的地方,在以色列,剩下的只有一个,那就是实质上是革命性的、瞬间性的正义之路,那便是上帝之子及其门徒所走的路。星光之下生活的博士们、牧人们最先察觉到生活的自然秩序被破坏,这一破坏是剧烈的:上帝降临于世,降临到人应该自己管理的世界,于是世界空间对上帝而言就太过狭小了。这是对万物惯有进程的破坏，上帝如此规模盛大地（提醒大家，这是之前之后所没有的）降临于世，不可避免地改变了上帝选民以及不仅仅是上帝选民的命运。

"耶稣行遍以色列布道三年，由之所剩的不仅仅是他对自己门徒所讲并且通过圣经传到我们身边的东西，同样重要的是基督本人从尘世生活获得的一个知识，那就是唯一能帮助到人的就是奇迹。基督不是在安慰伤残人和病人，他没对他们多言，他也没呼唤他们忍耐顺从，而是在治疗。这就是实质，那些残疾人、伤残人和疯癫人的命运是那么可怕，以至于不带拯救的言语便一文不值。基督在世上完成了那么多、那么各种各样的奇迹，这证明，世上的奇迹多么不可或缺，多么具有疗效，没它不行。奇迹是上帝创造的，他坚信世界是可怕的，于是基督被派来拯救世界。"

同是伊利英，他还说，基督和法利赛人之间的所有争论被归结为一个关于雇工的寓言；其中两条通往上帝之路在争辩：主人用一两银子（永恒的拯救）雇了一批人做葡萄园工；中午过后又雇了一批人，收工前一小时又雇了第三批，并且所有人的报酬都一样，都是一钱银子，并且在早晨来的工人不满时，对其中一人说："朋友，我不亏负你，你与我讲定的，不是一钱银子吗？拿你的走吧！我给那后来的和给你一样，这是我愿意的。我的东西难道不可随我的意思用吗？因为我做好人，你就红了眼吗？这样那在后的将要在前，在前的将要在后了；因为被召的人多，选上的人少。"

这里能看出，奇迹、恩赐重于公平合理，重于长时间缓慢而艰辛的劳动，奇迹至高无上。由于充满圣灵的基督在世上行善，他在世上过了那么多年，见了那么多的恶，他如今不再是人，而是摩西，重又是上帝，他不能不做尽可能多的善事，给最弱小和伤残最重的、也给罪孽最重的人行善。他实际上破坏了就是他自己制定的事理：不是缓慢地让人忏悔和被矫正之路，不是缓慢地拯救其摆脱罪恶之路，以及（作为对走过这条路的人的奖赏）永恒的幸福，而只是如山的善，成堆的善，你越坏，你越弱、越有罪，就越值得为你行善，值得恩赐和宽容。为了善更多一些，他差自己的门徒去四面八方，告诉他们："医治病人，叫死人复活，叫长大麻风的洁净，把鬼赶出去。"接下来又说："你们白白地得来，也要白白地舍去。"好让他们不要去想是否是行善，求福的人是否般配。

伊利英说，基督身上有很多上帝的喜悦，而上帝可以也最终会行善，虽然他本已经不该期待人能改正过来，不该旁观人类生活中所有无尽的灾难和痛苦，但他爱人如子，毕竟人便是他的孩子，他的延续，也是按照他的模样造就的，受难中也是。上帝只是再也无力旁观人遭受的灾难，看见恶在增殖，每一天越来越多；这种情况在上帝的世界中当然不该存在；其次，难道他不记得恶是从何时、从何地在世上开始的？恶开始时，人还是个孩子，所以很难说他是否为自己的行为负过责，他能否为自己的行为负责，而且他所作的恶，难道比得上后来的吗？

于是上帝之子充满爱意，充满了宽恕的愿望，充满了让恶不复存在的渴望，还有平等的渴望：为什么一些人什么都有，包括义，而另一些人一无所有，可毕竟他们都是同根生的，都源自亚当。他给一无所有的人、有的最少的人——乞丐、病人、伤残人、死人创造饶恕和解脱的奇迹。但是这样的话，伊利英说，上帝造人，创造出必将行善和作恶的，并且有朝一日如上帝信念会摒弃恶，自由发现善，也就意味着最终能确立上帝的世界真实、善良的人，这一点没有完成，人出生后的一切，所有的恶都是无用的，是恶简单的派生。连世上义人们所做的也是无用的，于是上帝身边没有任何人，并且最重要的是善不好于恶，人们没有选择善。或者是不想，或是没机会。于是基督便停下了脚步。

伊利英说，犹太的信仰不是门徒们的信仰，而是孩子们的信仰，而基督教却是门徒们的信仰，基督没有孩子，他也从来没想到过有孩子。他本人是上帝之子，但是根本无法想象他升天后坐在圣父的右边，他能在世上留下自己的儿子替代自己，这样的话就已经是完全另一种信仰了；基督的孩子就是他的门徒，他门徒的门徒，以此类推。这当然是另外一条非自然的因之也是出奇迅速的传播信仰的道路。有这种情形，仅仅一天之内，整座城市的居民，或者像古罗斯一样，整个民族都投向了基督教。基督的门徒们非常非常着急，他们相信基督的第二次降临和末日审判很快、非常快就可能出现，也许再过15年，也许再过20年，或者他们所剩的时间还要短些。他们企图拯救尽可能多的人，越多越好，能想的只有这个。

基督教会是一座巨大的方舟，唯有它能够保全任何它福佑的人。基督教如同森林火灾蔓延在大地上，上帝的声音传到最遥远的地方，有时甚至比使徒到得还早。所有这一切都给了世界历史一个几乎是悲剧性的节奏。当然，这个节奏有着不远的、那么迅速临近的死亡为依据，也当然了，是被允许和被理解的，因为既然世界反正注定灭亡，那么过去的世界还有什么值得惋惜。

门徒们把基督教变成了末日前夕的信仰，变成了非常短暂、近乎是过渡性的信仰。在这一信仰中历史建立在奇迹的基础之上，四处都有许多对以往人走过的道路的失望，也有非常多的对上帝寄托的希望，对上帝最终能帮助和拯救他们的信念。还有一种信念就是，假如人在一天之内就可以不再是异教徒，投向、认知唯一的上帝，那就意味着人的心灵完全是柔软的、容易听话的，纠正起来不困难，而且相对于改造心灵，改造世界、抖掉自己脚掌上过去的尘埃，一切从头开始、在人间建立天堂，会更加轻而易举。

我对伊夫拉伊莫夫说："难道世界就那么不牢靠，随便一场降雪就会让它死亡，淹没进大雪之中？"

他肯定说："是的，是不牢靠。人被赋予了比其能承受的更多的自由，他迷了路，任何人都别想找到终点。"

"那就是说，这一次谁都保不下来，大家都要死？"我说。

"不，"他反驳道，"就像第一次大洪水一样，到时会有个方舟，某几个人能够得救，洪水过后他们的生命会延续下去。"

"方舟在哪儿？"我问。

"就是我们病房科。"伊夫拉伊莫夫回答。

我又问："上帝会什么都不保留、谁都不怜惜，除了这个老年病科？莫非他相信只有这里的人才值得被拯救？"

伊夫拉伊莫夫说："是的，只有这里的人，而且不是全部。方舟已经超载；假如大部分病人不自愿离开，方舟就会沉没。"

"那就是说，方舟要划分纯洁的人和不纯洁的人，不纯洁的人要死，而纯洁的人以他们的性命为代价而获救，这在上帝眼里最终是义举吗？"

伊夫拉伊莫夫重复了一句："要走的会自愿而走，至少看起来是这样。甚至很难去阻止他们。他们是偶然处在方舟上的人，他们不是自己要来的，是被强迫送来的，所以他们只有一个理想——挣脱出去，得到自由。"

"那他们会知道去干什么吗？会知道世界会灭亡，他们如果离开方舟的话也会死掉吗？"

"很难说可能还是不可能，正确地说，是他们被骗了，但是不会有暴力，完全不会有。也用不着刨根问底，这里谁都没有过错，此时决定一切的是上帝，而不是人。当年大洪水那一年，被上帝从人类历史中完全剔除了，纪年中没有。人在当时完全不自主，这是神的而不是人类的历史时代。"

我说："可我还是听说过塔木德中有条注释，说有两个人，一个是学者，熟知摩西五经，犹太语称'塔木德哈含'，另一个是不懂圣经的'土人'（安加尔），在荒漠中要渴死了。能支撑人到井边得救的水，只够一个人喝。此时塔木德说，所有的水都应该交给'塔木德哈含'，因为不这样五经知识就会随他一切灭亡。但是，这一注释中指出，'塔木德哈含'不能拿走'安加尔'的水，那样的话就是在用整个人的生命作为学问的代价，而公正是修习五经的唯一需要；人要是拿了别人的水，就成为不了上帝面前的义人。有学问的人和没学问的人道路应该相同，那就让他们一起死在荒漠中吧，塔木德说，因为他们都是上帝的孩子，都是仿造上帝模样创造出来的，都为上帝所爱，或者就让上帝给他们俩发来奇迹，拯救他们，就像拯救约瑟。在以撒之后任何人都不能把人的生命当作牺牲品。"

"是的，"伊夫拉伊莫夫重复说，"但这是另一码事，这里没人能自主。"

"那谁才是挪亚？"

"尼古拉·费多罗维奇·费多罗夫。"

"费多罗夫？"我吃了一惊，"可是你自己曾经说过他曾经差点没起来反对上帝，开始重新建设巴比伦塔的啊？"

"是有这回事，"伊夫拉伊莫夫回答，"但这不是全部。犹太人早就怪罪过挪亚，说他不去请求赦免，不去救人，放纵人类灭亡。尽管他没瑕疵，尽管是个预言者（上帝不止一次和他说过话），犹太人还是一再说他只是自己那几代人中以义突出的人，那几代人，大家都知道，圣经中说他们是堕落到上帝让他们去死的地步的几代人。也就是说他是坏人中的好人，要是放在亚伯拉罕时代甚至毫不起眼。他们说，是的，挪亚建方舟是公开的，没有隐瞒任何人，没有藏着掖着，因此每个人都能够以他为榜样，至于他不止一次和同胞说过上帝很快要在世上发洪水，这也是实情，但是这一切做得多么不够，因为要死的有他的亲人，他的兄弟姐妹。他好像自己也想到了他们要死亡，因为这些罪人谁都已经改正不过来了，走不上通向上帝之路。可他却没有做出一次尝试去让他们摒弃恶，没做一次尝试去祈求上帝恩准推延惩罚，哪怕暂时饶恕亚当的后代。

"这一可怕的责难从第一次洪水时就重压在挪亚头上；不只是他的孩子，多亏了他活下来的直系后代，不只是成百上千次解释圣经，试图明白为何他得救了而其他人却遭到毁灭的人，而且还有那些淹死于水中的人，都在上帝面前指责他。指责他，说他抛弃了他们，没有庇护他们，因而导致他们死亡。他年复一年、一个接着一个世纪、一千年接着一千年背负着自己的十字架，而后起来反抗上帝。他在门徒面前发誓一定要复活世上曾经生活过的所有人，拯救他们所有人，让他们复生，因为死亡是不公正的，死亡是恶，世界上没有这种人犯下了还配得上死亡的罪孽。于是上帝明白了他，明白了他交付给挪亚的担子，甚至对于一个义人来说都太过沉重，明白了推动挪亚的是信仰，是爱和对人的同情，于是便不把此算作他的罪过。"

"那斯塔尔夫人呢，她的义在哪里？"

"魔鬼曾用统治世界的权力诱惑过基督，基督经受住了考验，没听命于魔鬼。但他是上帝的儿子，而斯塔尔夫人只是个普通妇女，权力之源曾在她身上，上帝给了她统治世界之权，权力仿佛出自她那里流出，按照人类所有法律权力都是她的，可斯塔尔夫人从来就没有得到过。上帝承认诱惑了斯塔尔夫人一生，却没有给她克服诱惑的力量，这就是为什么他也饶恕了她喜好弄权的罪孽，还有这一罪孽所产生的其他所有罪孽。"

伊夫拉伊莫夫接着说："此外，斯塔尔夫人和挪亚生的孩子也会得救。上帝做的就是在出生时这些孩子的心灵没有受过精；作为不会讲话、不识善恶的上帝的造物，他们活了一百多年，罪孽也没得机会触碰到他们。不过，挪亚还是仇视他们，他坚信，尽管无知，他们还是与旧世界血肉相连，是堕落的孩子，他们在罪孽中出生，怎么也摆脱不掉。挪亚身上总是有着对终结过去、不让人离开上帝这一现象继续下去的愿望追求；他愿意容忍儿子们，但是他们的生命只是由于他们要开启复活其祖辈、也就是反转生命进程的事业才可能有存在下去的正当理由。

"但是这三个白痴能够复活谁呢？要知道他们甚至不知道挪亚是他们的父亲。此外挪亚害怕恶会随他们一道渗透进方舟，一旦他们仨继承了恶，一旦恶通过他们延续自己的生命，那么一切就和从前一样，和第一次一样，全都白费。挪亚祈祷上帝，祈求在洪水后让他和斯塔尔夫人再生一个儿子，所有曾经在世上出生的人的儿子，让那个像被诱惑前的亚当一样纯洁无瑕、从来没在罪孽中生活过也不知罪孽是何的儿子，重新开始人类的历史。

"能保全下来的还有三个护士——挪亚儿子们的妻子。降雪刚一停，她们每天早上排着队变成鸽子，去飞遍大地，寻找雪化冰消的地方。就在干燥了的山头她们开始编织自己的巢穴。"

"就这些人吗，"我问，"再没有谁能被带到方舟上了吗？"

"是的，"伊夫拉伊莫夫表示肯定，"最确切地说，这就是全部的人。"

我说："那就是说，哪个病人都不可能得救，我的爱难道不足以救活其中的一个，就一个吗？"

"也许就是如此。"伊夫拉伊莫夫赞同说。

回到病房后，我明白了，这里的所有人，一直到最没有气力、早就不清楚周围生活任何东西的老人，他们都知道洪水已经开始或者眼瞅着就要开始了。是和挪亚时代上帝发的洪水一样的毁灭世界的洪水。他们从何得知的很难说，不知是上帝在夺走他们的理智之后，把他们变成了儿童，随之使他们与自己接近，告诉了他们别的人无法得知的东西，还是在这个世上唯一的上帝保护人躲避灾难、中止万物常理的地方，所有的人都得以知道这一点，问题的关键就在这里吗？

已经说过了，我们病房可不简单，克隆菲尔德的大多数病人从前都是些党内骨干要员，上级领导，在克里姆林宫和老广场、在中央、在中央监察委或者旁边的卢比扬卡工作过，至少也在普通部委里担任不小的职位，所以自然还保留着以往的关系。就因为这个，常常是我们这儿一有风吹草动，立刻会有成包成包的揭发信送往上面。大楼里没有邮箱，亲属不常来探视，但是他们好像是怀念往日生活一样，竟然能想出把散布匿名信当成发放贿赂。

克隆菲尔德像自己的那些前任一样，花几个钟头反复给卫生员和护理员们解释，说他们替人转发这些信件是自找苦头，每一波揭发信过后病房就会来调查组，尽管卫生部每次都预先告诉医院谁会在什么时间来查他们，不搞卫生突击病房弄不出好模样来。又洗又涮，又刷又蹭，这些活自然就是这些护理员的，但是她们不喜欢考虑那么长远，三两块钱立刻能到手，总被看作要好于久远利益。

揭发信中有不少实情，病房科里，特别是厕所里，垃圾多得走不动道，几个星期床单都不换，卫生员们态度粗鲁；好东西，像肉、奶渣、水果之类的，被偷个精光，举个例子，橙子今年就没给过，甚至是过十月革命节都没给。和这掺和在一起的是一堆抱怨，抱怨他们被非法剥夺了最高苏维埃的选举权，不收他们的党费，被迫与党脱离，不给派宣讲员，很少利用他们的知识和经验教育年轻人，等等。

但是这二者可以说只是进入正题前的引子，接下来才开始是最重要的内容——指控有人搞破坏。逐条列举不正确的地方，从治疗到诊断，到用药剂量；从克隆菲尔德担任病房科领导后又立刻产生了医生杀手和犹太-共济会阴谋的话题，说科里的反革命筑起了巢穴，上班的大夫在有意消灭久经考验的党的干部；情况几乎完全是要重复1953年。

克隆菲尔德也从职业的眼光对待过他们的告发信，让他惊奇的是，尽管什么都被破坏了，过去还是那么准确地保留在他们的记忆里。他本人也清楚记得那个年代：1952年他刚从医学院毕业，所以1953年是他独立工作的第一年；但这里完全是另一回事，甚至把此时与他们的记忆相比较很愚蠢。在他们仿佛复写一样复制了所有指控、所有遣词造句之中，有着某种非人性的东西，无论句子结构还是语调、音节都没有一点点偏差；现在的，没有丝毫妨碍，过去的，被清除了后来所有的，复活了原有的样子。

由于老人们尽管被看作病人，但还算是完全有权利能力的公民（按照章程本病房科不是精神病科），也由于他们的信是写往老地方，写往至今仍有他们的朋友和战友工作的地方，所以调查组往往来得飞快，没有我们常见的摇摆迟疑；但糟糕得多的是他们所作的结论几乎带有个人的仇恨，得出严重的组织结论。

实际上，大家似乎是明白他们是病人，既不能为自己也不能为自己的言论负责，他们的揭发就是普普通通的胡言乱语，打比方说，这些话作为胡言乱语记录到病历里，可以作为诊断依据，这一点谁也不会反对。与此同时，每一条、每个细节都会反复核实，而且每次都重复提到无风不起浪，这些指控背后无疑总会有点什么问题。结果发现了大量各种不同的疏忽过失，科主任一次次得到惩处，于是调查组便打道回府了。克隆菲尔德的两个前任在这种压力下工作了整整一年，便心肌梗塞躺倒了，之后他便像是被流放一样被派到这里来了。不过，作为交换，他被许诺博士论文答辩不会遇到障碍。

我们这里的大多数老人，都把洪水当作大礼物。许多年他们都在请求，向往的只有一个，那就是重新为党所需要，而当他们已经甘心绝望之时，命运开了恩。任何信教的人都会说他们的祈祷被听见了；也许，上帝在给大地发洪水时的确想到了他们，谁知道呢？总而言之，我们是他造就的，都是他的儿子，我们没有人是他的外人。如今他们的时刻，他们的时候到了。一切都像他们所祈祷的那样实现了，一切都合乎他们的信念，那就是他们还会被祖国、被革命所需要，把他们除名还为时尚早。

受上帝恩赐他们也的确处在了事变的核心地带。列宁在世纪初曾兴奋地证明说，革命运动的中心转移到了俄国，正是在这里要决定革命的命运，社会主义的命运，世界的命运。有许多人与之争辩，他自己也时不时怀疑过俄罗斯的使命，进而也怀疑过自己的使命，但总归这是一种欢欣鼓舞，是喜悦，是幸福，他获得的那一让他变得永远正确的认同，给了他力量去完成他完成了的事业。

躺在我们这里的布尔什维克们到底获得了多么大的力量，因为现在，今天任何一个病人都不怀疑世界的命运、人类的命运如今正是取决于他们。也就是说这里要决定的，比1917年国内要决定的难以比拟地巨大得多，重要得多，而他们的病房科（小小的老年病科），难道你把它和庞大的俄罗斯并肩放在一起吗？毕竟它甚至算不上地图上的一个点。这里实在是汇集了多大的能量！融入了多大的能量啊！

他们知道他们正处在方舟上，也就是说知道他们也被选中了，他们的名字也被上帝列入了该得救的人名单。为此只需要公开地、不受约束地说出他们想留在这里，留在方舟上，他们愿意切断所有与旧生活的联系，愿意忘掉旧生活——上帝判定要灭亡的生活。也就在此时此刻我们诚实地承认，任何一个病人都没有想过自己可以单独得救，无法想象他们的同志被判决，注定要死亡，他们所建设过的、认识的、爱过的一切注定要死亡，知道、爱过的所有人，也不止那些人，还有整个世界，而他们不知为何却要活下来。应该说，这种想法他们头脑里甚至有都没有过。如果有了，那就是亵渎行为，因为他们唯一所想的，是通知、警告党，党的同志，那些"机关"，警告威胁所有人的可怕危险将要到来。他们想要活下去，但只有党也活下去才行。他们是党的一部分，脱离党的生活对他们而言是不可思议的。在方舟上，他们感觉自己不是上帝的选民，而是密探，是勇敢的侦察员，受命运驱使落入敌营。许多病人如今明白了为何亲人们不要他们了，把他们送进了老年病房，为何党会允许这样做，任何人都没保护下来。他们重新评价自己生命的最后岁月，在这里的一切情况他们都原谅了，他们认为把他们送到这里的人是正确的。因为他们在克隆菲尔德这里能为党所做出的，大于他们最光辉的理想。

危险让他们站到高处，让他们高尚。他们从方舟上发出的告发信，充满毅力和尊严，精准无误，从容镇定，没有丝毫歇斯底里，没有丝毫狂呼乱嚎，有的只是事实和他们清醒的分析。他们通报给"机关"，说根据准确数据，上帝内心发狠，想要在最近时期内把人类淹没在雪地里，因此也就要毁灭世界上的第一个工农国家。他们说，这一对革命的背后打击可以预见到，早就可以预见到；所犯错误在于与宗教、与上帝的斗争，尽管列宁一再号召，但还是没有进行到底，出现过一些动摇、妥协，有时是公开地闹着玩，结果可怕的邪恶力量得以复原，重新抬起了头。

好像病人们手中有上帝签署的计划文件似的，他们一天接着一天通报大雪将在哪天下、在哪里下和下多少，暴风雪还要持续多少天；他们说，上帝已经决定了，整个世界包括最高的山峰都将被厚厚的积雪覆盖，以至于谁都不能存活，除了那些按上帝的特别指令被带到方舟上的人。而这一次上帝定下的方舟就是科萨科夫精神病院老年病科。我再说一次，至今我都不明白老人们从何得知如此准确的细节；或许在这所医院里他们确实只对针对我而言是个秘密；或许上帝选中了他要救的人，挑出来并让其接近自己时，让他们知道了其关于人类的计划，人类应该是由活下来的人来延续。但是不排除一点，即上帝与此事无关，他没告诉任何人任何事，他们所写的是其自身阶级嗅觉所暗中提示出来的。

接下来他们指出，尽管局势到了关键时刻，险情前所未有，甚至超出1919年邓尼金进兵莫斯科的时候，拖延等于自杀，但革命还没有处于最危险的境地；取胜的机会还有，而且幸好机会还不小。首先要做的就是要立即逮捕挪亚（尼古拉·费多罗维奇·费多罗夫）、斯塔尔夫人（叶卡捷琳娜·伊万诺夫娜·斯塔尔）和他们的孩子们。逮捕他们可能会暂时中止洪水，因为上帝正是把生命在世上的延续与费多罗夫家人联系在一起，牌都押在他们身上。他们坚持强调，是逮捕挪亚家族，但绝不是处死费多罗夫和斯塔尔夫人（处死他们会激怒上帝，因为世上要是没了义人，那他片刻也不会对世界留情），会迫使上帝改变自己计划。这样一来，依靠像签订布列斯特和约时一样的威胁和展示忏悔意愿相交替，党就能够赢得时间。如果良好地利用这个机会，上帝也许会召回发洪水的决定。

这似乎是一个理智的计划，简单明确，不需要做复杂准备。所有告发上帝的信，像从前告发克隆菲尔德的一样，罕见顺利地被护理员们平安发送出去，甚至报酬都一样，依旧是三卢布。接连大约20天调查组连续到来，因此"机关"几乎用了三星期，直到莫斯科的道路被雪覆盖，无法通行为止，得到了最详细的信息。但这一次没有任何人相信这些病人们，甚至听都不想听，告发信属于一派胡言，其罪人又怪到克隆菲尔德。调查组在结论中像复写一样指出，不久前所出现的胡言乱语，并且是所有患者共同的胡言乱语，明显证明科里治疗错误。至于是专业无能还是破坏活动还需要调查。就像基督曾经说过的，被召的人多、选上的人少一样,谁也没有听信这些老人,谁也没回应。也许可以某个时候采取点什么措施来纠正。大地眼瞅着就要被大雪覆盖为荒原,而他们的呻吟最终化作雪中呼喊者的声音。难道还需要用什么来证明我们的世界是如此疯狂吗!

费多罗夫和斯塔尔夫人的约会,外表看上去都延续着相同程序。我早就在观察他们,也许在病房科里我最早注意的人就是他们;而且费多罗夫的床位和我的仅一床之隔。虽然听了伊夫拉伊莫夫讲的那些故事后,许多东西我更清楚了,但却没能发现任何新东西。

有时候他们的会面从开始到结束都是田园牧歌式的,根据伊夫拉伊莫夫所说的来判断,很像是当年出现各种党派、全部事件之前在松树坡的情景。她来到病房,躺在他床上,而他像桥一样跨越她的身体。费多罗夫具有精神病学家十分熟悉的漂浮效应,他的头和身体尽管采用的是平常姿势,但是似乎是凝固的、僵化的,因此此时他卧于她上方,而不是身上,好像他和斯塔尔夫人依旧为水晶棺材所分隔。他们常常以类似方式一起度过几个小时,他的头一直悬在她的胸上,并且他们非常小声地、非常温柔地交谈着什么。我在医院里看出来,费多罗夫已经学会了识别棺材外的斯塔尔夫人,但是不管怎么说他们之间关系的每一部分都已经完美结束,互不交叉,互不影响。

斯塔尔夫人总是举止优雅,包括在我们病房,但是在这个他身体勾勒出的棺材里,她又额外变得年轻美丽,连脸上的皱纹都舒展开来,她自在地躺着,甚至好像发懒一样,右腿微微卷曲,又仿佛在梦中一样露出柔美微笑。她还是出奇地具有魅力。他们随随便便地交谈,只是两个早已熟知、彼此接近的人之间平平常常、无关紧要的谈话,其中谈到医院和书籍,改造世界和天气情况,但是到了最后费多罗夫好像疲倦了,抑制不住开始时的调门,他会回到他们往昔的交往,说的东西又开始就像从松树坡那时起两人生活中确实没发生过任何事,一切照旧一样。

他一次又一次向斯塔尔夫人重复,说他要拯救她,拯救并复活她,说她将是他的,只属于他,说她这个躺在水晶棺材里的公主,注定是属于他的;类似景象能持续几整天,我睡着了,又醒了,去吃饭,再回来,而这一格局没有丝毫改变,还像从前一样,她躺在床上,而他像桥一样跨过上方。

可惜,此类谈话很少有好的结局。我很难说出谁对此过错更多,但是费多罗夫常常突然猛烈掉转话题,开始劝说斯塔尔夫人在洪水之后,从棺材里复活并且站出来,再给他生一个没见识过恶和罪的儿子,就由他重新开启人类历史。旧的一切画上句号,一切都被抹去,永远从记忆里清除,以前的时代——人离开上帝的时代,就应当被忘却,即我已经从伊夫拉伊莫夫那里听到的大致内容。

这看起来以及他说起来,好像要是他们根本没有过孩子才好。起初她装出什么都没发现的样子,平静地、甚至刻意柔和地回答说,她的乳房干涸了,萎缩了,女性常有的东西早停了。但是费多罗夫只能是被她的话所激怒,他对她说:"好好想想,好好想想撒拉,难道她不是同样情况,难道她更年轻?有什么事对上帝而言是不可能的?撒拉深信不疑就怀上了。"

斯塔尔夫人规劝他:"但是撒拉原来没有和亚伯拉罕生孩子,亚伯拉罕种族本该是由以利以谢——一个仆人,一个外人来承继,多亏上帝垂怜她的恳求才创造了奇迹。我和你可是另外一回事,你把自己和亚伯拉罕相比甚至是有罪的:我已经给你生了三个义人,三个不知罪恶的儿子,你还想要什么?上帝选中了他们,洪水之后会让他们心灵开窍,他们便一定能延续人类。难道我们还有权力向他祈求新的奇迹,生出别的孩子吗?"

听完她的话,他直起身,跳了起来,开始大喊大叫,说这几个孩子他不需要,他不承认他们,也永远也不会承认,他们是罪的果实,是侮辱他的果实,她淫荡堕落,催眠了他,她和他像和动物一样睡在一起,他不想让她怀上他们,从公正意义上说他们甚至不能算作是他的孩子,他们就是罪孽的孩子。他的迸发很少会持久,他会渐渐平息下来,便又开始着迷地提出自己关于孩子使命的心爱思想:那就是回忆起、复原和复活生育他们的人,这一使命松树坡怀上的这些孩子自然无法完成。结论是如此无法辩驳,让费多罗夫甚至兴高采烈起来,而此时她立刻忍耐不住。她身上仿佛住进了一个魔鬼,我不知道她为什么如此狂暴地对他的话作出反应,要知道这些话她听了几百上千次,他从来没有向她隐瞒他认为是生命中最重要的东西,也没有说出过什么新东西。

也许,这里有各种不同东西混在一起。从他不承认儿子、不想听她和他生的儿子的事之中,斯塔尔夫人不能不看出来他对她的爱在减少,对她爱得不够;换个时候她也许会认可自己过去有时做得不正确,但是不是在现在,在末日来临前,当所有这一切都应当扔在后面的时候。现在任何解释都失去了意义,她无法不难过,知道他如此疯狂爱她的时候却不爱他们的孩子,即使是有残疾。这让斯塔尔夫人觉得是背叛——费多罗夫背叛了她。她当然有个坚实的念头,那就是既然她在世上留下了生命,一切无论如何被安排,无论有何加诸之上,她都是做了好事,做得很好。她也一直在想,费多罗夫就是用不承认自己孩子的方式,企图说明她和他有区别,是不义之人,她身上除了淫荡放纵什么都没有,她能来到方舟就是因为是他的妻子,是挪亚的妻子。

斯塔尔夫人对此非常痛苦,因为她非常牵挂她和费多罗夫生的儿子们,以他们的欲望和体能为自豪,酷爱议论他们对护士儿媳的那股劲;正好要说一句,斯塔尔夫人对她们来说几乎就是一个理想中的婆婆,让她欣喜的是在其性关系中她们几乎丝毫不差地再现了她和费多罗夫的浪漫爱情,并为之感到幸福。她的生命好像被她们翻了倍,一个斯塔尔夫人变成了三个。因为被她所爱的不是现在这个样子的费多罗夫,而是松树坡的那个男孩儿,天真可笑的男孩,她的孩子,她的玩具,而不是上帝选中唯一由其延续人类的义人。她想要过去的费多罗夫,那个像她儿子似的费多罗夫,所以她对儿媳们心存羡慕。护士们全看在眼里,对她抱以同情,同时也用爱回报爱。

斯塔尔夫人身上总是有强烈的母性本能,她爱自己和费多罗夫生的孩子的样子,她喜欢他们没长大,没成为成年人,没像其他孩子一样离开她,一直就是那样不开窍,就像昨天刚离开她身体一样什么都不知道,不明白。毫无疑问,她引以为豪的是他们即将要去延续人类;有一次在争吵中,她甚至对费多罗夫说,上帝选中他们不是因为他们是他,费多罗夫的儿子,义人的儿子,而是因为他们自己是义人,像创世纪第一天里一样清白无辜,恶没传染给他们,他们甚至不知道什么是恶。基督曾说到过他们,说他们属于天国。此话她对费多罗夫只说了一次,而且是在争吵当中,说完就吓坏了,但是事实上她早就倾向于此,早就这么想了。

爱，委屈，以及为儿子未来的担忧，刻在她对费多罗夫早已有之的愤怒之中，她不愿意原谅他把她当作死人，一直还是个死人，躺在棺材里；她是个女人，尽管是他疯狂喜爱的女人，但不是一个只能等待复活、变成活人的死人。而她从第一天见面起就是活人，她身上一切都是活的，她也正是想让她被当作活人来爱。

她厌倦了他们关系的纯洁性、异样性，这些东西让她发疯，她经常想要他，想要到浑身发抖，剧痛难忍，但却无法下定决心和他再睡在一起，她极其害怕再怀孕，给他生第四个儿子。一个她所知道的，像该隐对待亚伯一样对待自己兄长的儿子。所有这一切归结到一起，让她陷入一种难以描述的状态，她实实在在地正在失去对自己的控制，于是虽然姿势不变地躺在他身下，但还是外表看来没有丝毫缘由地开始用最失当的方式来骂他。她对他说："你装什么样子，装傻瓜吗？难道忘了对我做了什么，竟然以为自己纯洁无辜？"

她多次问，他和她睡觉的事到底跑哪去了，她说："不，你知道女人是怎么回事，知道什么是躺女人身上，不是像现在这个姿势，而是真正躺女人身上，你知道什么是想要女人，什么是进入女人里，什么是渴求女人。"她对他说："你的肉儿善于想要够到我，想想它是怎样挺起来的，当你趴到我的棺材上时，而且我教会了你许多东西，难道你能够忘记掉一个女人高潮时在你身下挣扎是怎样的情形？全是谎话，亲爱的，你记得这个，其他许多东西你也记得，我没白在你身边。"

于是她开始向他描述他如何睡她，他们的初夜，其他的夜晚，等等，一切都非常肮脏、下流：他的物件有多大，怎样要的她，要了多少次。然后重又是她如何想要他以及他如何想要她，她说："是的，我们在一起时，你的大脑在沉睡，但是身体、肉体没睡，它想要我，召唤我，它有理智，有力量，有眼力，没有任何暴力施加在你的肉体之上，因此这些孩子就是你的，是你的合法儿子，他们也是继承了你。"

当她说这一切时，他难以想象地难受，但是当她就这个样子躺在他身下时，他没有一次回答上任何东西，没有一次予以反驳。好像斯塔尔夫人给他催了眠。连我一个外人看到她如此奚落费多罗夫都感到难受，通常我几乎会立刻走开，直到他醒过神最后逃出病房后再回来。

斯塔尔夫人实际上对费多罗夫理解得并不差，她意识到他的时候即将来了，反过来她对这个时候极端害怕。他确实沉迷于一切将重新开始，而她对这一决裂还没心甘情愿，认为过去生活中许多东西是好的，这些好东西应该保留下来，使之避开洪水。至少是企图使之避开洪水。

同样一种不信服，在他们说到未来世界，说到她的儿子们，涉及病人时，将她和费多罗夫分隔开来。斯塔尔夫人坚信，方舟上的所有人都该平安度过洪水，这是上帝的意志，这一意志表现得很清楚，否则他们永远就不会出现在这里。他们为什么会好像义人一样被带上方舟，不知是不是因为他们成了无理智的孩子、精神上的乞丐，天国属于他们，又或者是上帝另有原因，她对此无所谓，她对费多罗夫说，他们在方舟上就该被拯救。他的结论是，方舟已经超载，破旧不堪，会承受不住而散架子，那就会淹死所有人，因此这些老人，无论是好是坏，让他们走开，去四面八方，这个结论她不愿意听。

他向她证明，这样做没有任何罪过，全部正确，任何一个病

275

人到这里来都不是自愿的，是被人欺骗送进来的，对他们来说，这里只是疯人院的一个病房，几乎像个监狱。她回答说，上帝有足够力量再创造第二个奇迹——不让方舟沉没，无论上面有多少人。既然五个面包能够喂饱五千人，还有富余，既然他相信上帝能做到让她再受孕，怀上并且生出一个儿子，那么不让方舟垮掉，无论其如何破旧不堪，也在他掌握之中。

当然，病人让她担心不是一般的担心，而是因为他们是老布尔什维克。斯塔尔夫人感到重要的一点是，她曾站在其起源的那个党，那个在1917年秋天胜利后无情地、屈辱性地把她推到一旁的党，如今要仰仗她才能得救。党对于她是神圣的，党不可能犯错，斯塔尔夫人不记得有恶存在。她热爱党，崇拜党，与其脐带相系；党是她以自己漫长的生命所知道的最纯洁的、最美好的东西，不管执政年代沾染了多少污秽。即使党忘了她，那又怎样，它总归是她的孩子，斯塔尔夫人对它像母亲一样，自然也就像母亲一样充满宽容。她只知道，她的孩子回来了，祈求得到拯救——有谁抗得住？

斯塔尔夫人明白，假如党能存活下来，那么她（再无他人）在洪水过后将成为其领袖，最终实现她从出生时一直存在的理想。依靠党，等到洪水刚退，大地刚干，她就能不仅与费多罗夫并驾齐驱，而且想要的话，就能把他踩在脚下。而且上帝会站到谁的一边并不重要。说到底这里更多的不是算计，而是最纯正的利他主义，在方舟上的是她的老同志，老战友，因此党的伦理、党的团结要求她必须不能让他们死掉。

费多罗夫慢慢意识到了危险。从大地第一天开始降雪开始，他用尽各种办法，想把布尔什维克从方舟上赶走，他们妨碍他，妨碍他为洪水到来做好准备，使一切面临危险；但是斯塔尔夫人每一次都挡在他的路上。他试图向她解释清楚，说这里根本谈不上什么党的团结，党的兄弟情谊，她维护的那些人患有萎缩症，对国家、对方舟、对党本身都是累赘，是加工留下的废料；他有强有力的证据，他对斯塔尔夫人说，假如他们真的想要留下来，真的愿意在洪水之后像从前一样为无产阶级事业服务的话，那么早就不会在旧的工作岗位从党员名册中被除名，而被列入方舟这里的名册。

这个问题恰好在中央最高层上讨论过，答案是肯定的，早在洪水到来前一年病房科里成立了党支部。但是他们，除了当年按分配名额入党的不幸的克隆菲尔德以及两名卫生员，任何人都没转入这个支部。病人们竭尽全力把住自己原来的党组织不放手，他们可以理解：他们在那里度过了自己全部一生，最重要的是，他们希望能回到那里，他们相信一定能回到那里。在旧单位他们和他们身边的人即使不是定期也会时而发放配给、各种短缺品、疗养证、药品，还有只要他们名字列在那里，任何人都不能剥夺他们获得高贵墓地和军人葬礼的权力。

费多罗夫利用了这一点，他对她说，她要是在这里替老人们求情，她本人和他，费多罗夫，还有她心爱的孩子们（需要时他不会忘记提到她的孩子）甘愿由于他们而葬身水底，可是病人们思虑的只有个人的自私利益。费多罗夫说，他们形式上可能还是苏共党员，可事实上早就不能被称为布尔什维克：他们腐化堕落了，脱离了党，对工人阶级的需求无动于衷。费多罗夫的话中当然有真实成分，斯塔尔夫人自己也明白，只要这些老人像从前一样面向过去、面向注定死亡、行将末日的世界，只要她做不到让他们列入方舟这里的党员名册，她就没有机会帮助他们。于是就在那时斯塔尔夫人下了决心。大家都来反对她，有费多罗夫，有上帝,也有党员本人,大家都不理解她,都认为她是叛徒,首先正是那些党内同志这样看,但是她不愿意知道这一点。

45

她白白浪费了多少天,尽管她去讨好老人们,祈求他们,试图说清楚世界发生了什么,要向何处去,都没有结果,他们不想听她讲。他们觉得斯塔尔夫人的话是又一个想要剥夺他们应得的优惠和特权的花招。但她还是不退缩,一次又一次为他们而努力奋斗,并且她唯一的武器就是爱情,也只有爱情。

她在选定了一个她准备今天去转变和拯救的心爱的人之后,选定一个她准备今天要达到让他转到科里的党组织里的目的的人之后,斯塔尔夫人从护理员手里买来了干净的衬衣,又从什么地方搞到了气味清新甚至沙沙作响的床单,去男病房,开始给她选中的人重铺床铺。之后,如果他饿了,她给他吃的,如果饱了,就不紧不慢地招待他少有的糖果(老人们像小孩子一样喜欢甜的东西),这些东西也是她不知从哪里搞到的。她扭开金箔纸,用自己纤细的手指把朗姆酒和白兰地夹心巧克力,整颗核桃仁馅儿外包巧克力的李子干,各种果脯放进他们嘴里。之后,在用眼角余光看到他高兴了之后,给心爱的人脱下衣裳,自己也脱下衣裳,躺在旁边。

老人们没有怨言、一声不吭接受了,因为医院早就成了他们的家,他们已经习惯了本地规矩,知道没有人问他们任何东西,只会完成其认为应该做的事。所以这里没有人为任何人感到难为情,他们全都像被密实的墙壁分隔开来,被疾病分隔开来,而且如果不是如此,疾病未必会扎根在他们身上,也就是说许多许多年以前从疾病哪里逃到自己的过去,以至于他们不只是看不见也发现不了自己的邻居,而且好像甚至没有和其他的人住在一个病房里。她躺到他们身旁,贴到他们身上,开始温暖他们,温暖是这个世界上最重要的货币,他们总是最缺乏温暖,特别是在正当街上和医院里非常寒冷的最后这些日子里冻得不行,而煤也没剩下了,因为到了春天,烧得很少很少。

她给出的爱狡猾而机敏,温暖是他们唯一没有担心放进自身的东西,唯一不害怕的东西,相反,他们请求和想要温暖,所以她到他们那里起初不是作为女人,而是作为温暖。她拥抱他们,像暖水袋温暖了他们的床铺,之后慢慢温暖了他们本人,然后这温暖进入他们身体。她软化、抚摸他们年老的、冷得颤抖的身体,他们也作为感谢把她的温暖、她的气息放进自身,他们认为,她来自那里,来自过去,来自他们所热爱、所信仰的遥远的过去,在那个过去他们总是那么好,总是那么温暖,被爱以及自己去爱,那里的女人有同样的气味。

如今,要是有人对他们说她是挪亚的妻子和同谋者,就是那个谋划了这场洪水,正是为了他、按照他的祈求上帝才想到要消灭他们所有人,消灭他们所珍惜的一切,消灭对他们有意义的一切的那个挪亚的妻子,也就是说是他们可怕的敌人,万恶的敌人,那他们也不会相信,他们会说,她生自他们的过去,他们知道她很多很多年了,并且情愿托付自己,会说她是忠诚的同志。

对他们来说,她已经是自己人了,起初她成为了他们自身的温暖,后来成为了他们的回忆,一切都慢慢腾腾,摇摆不定,老人们的防御牢靠而密实,没有一丝缝隙,但是斯塔尔夫人逐步渗透进来，渗透过围墙，只是在成为他们的一部分，他们生活中的一部分之后，她才开始爱抚他们。她的爱抚也是缓慢而谨慎的，老人们的那家伙儿虚弱而容易受惊吓，也许它甚至比理智还更不可信任，早就只是存在的记忆，稍有行动不妥就可能毁掉一切。老人们随便什么就能被吓着，但这没太让斯塔尔夫人不好受，她没有放弃，一次又一次重新开始，只是更加小心翼翼。

每次我都不信她能成功做出点什么，老人们似乎是那么孱弱，什么能力都没有，但她常常取得成就。有时候花三个小时，有时候七个，有时候几乎是一整夜，但她还是达到了目的。于是但他们想要她已经达到能占有她，他们沉重地燃烧起来，就像是潮湿的劈柴很久很久都在腐朽，只是后来才开始向上窜出火苗，这火苗也需要随时帮助，需要扶持，好不让它熄灭。但是火已经着了，他们已经想要她的全部，她的乳房，她的腰腹，她的嘴唇；他们用自己佝偻强直的手指抚摸她的肌肤，她的大腿，她的腹部，她的双脚，她的脊背，她的臀部；他们的躯体还不敢相信自己，不敢相信它还能干什么，但是它干，相反，离开了她，离开了斯塔尔夫人就不能了。可此时她却不让他们进入自己，用嘴含住他们的物件儿，他们重新复活的直立起来的物件儿，开始进行折磨。

他们想更多地要她，哭着祈求快一点，别拖延时间，可是她既不让其进去也不让其高潮。他们还试图作出抵抗，可她继续问他们，爱抚他们，她讨好他们，说他们是多棒的男人，多么会和女人打交道，发牢骚说她只能和科里党组织的人亲近，只能和自己人，因为她给男人只能给最亲的支部的男人，这是她的规则；她呼唤他们，诱惑他们，承诺说洪水之后他们全都能得到重要岗位和任命，因为他们是核心，是支柱，是近卫军，他们的火药袋里还有火药。

她解释说，洪水之后党的队伍会严重缩减，这是不可避免的，老布尔什维克们，久经考验的骨干战士会剩下不多，所以他们每个人都十分珍贵。斯塔尔夫人说，无需以为生命已经结束，它刚刚开始，洪水之后比现在更需要有党。她劝说他们，你们想想，所有这些年来你们建设新世界、创造新人多么艰难，现在是多么的因循守旧；她一再说，洪水之后我们要走什么路将只取决于你们，取决于党，是走上以前的老路，那里除了人剥削人、眼泪、苦难、仇恨之外一无所有，还是从最开始就选择一条正确道路。这取决于他们，这些老布尔什维克，如果他们拒绝把关系落在这里，认可党也和大家一起死在洪水里的话，那就是说，他们不配共产党员的称号，他们是可怜的胆小鬼，背叛自己理想的逃兵。

最后，他们让步了，向她发了誓，甚至准备签声明，于是她给了他们。接下来发生的事，我受强烈的诱惑想将之称为垂死挣扎，临死前的喷发，可是不管怎么说、怎么看，这就是生活。老人们本来眼瞅着就要死了，旧世界眼瞅着就要覆灭了；毫无疑问，和斯塔尔夫人在一起是他们生活中和女人在一起的最后一夜，甚至好像是末日后的一夜，因为对于身边人——亲人、朋友来说，他们已经死了。可是突然间他们得到了这个。给他们的不是死亡，而恰恰是爱。

斯塔尔夫人复活了他们，让他们回到了生活，他们不再害怕现在，不再逃避现在跑到过去，他们回到这里是为了她，他们想和她一起生活在她的时代；为了她，他们放弃了他们仅存的最后一点东西，放弃了优惠、配给、特权，这一切全都当作贡品摆到她的脚下，只为了换取一夜；她是女王，她是女皇，整个世界都是她的。她知道这一点,对她来说这也是爱,不是工作,不是义务,不是算计,不是,她明白他们献给她的是什么,明白这有多么多,明白生活中没有任何人这样爱过她,也许将来已经不会再有,于是她对他们轻声说:"亲爱的,我不是在骗你们,要相信我,这样确实更好,亲爱的,我爱你,我想要你,我需要你活着,我想要救你,亲爱的,我想要让你活着,好让我们能再来一次,再来一次……"

爱产生了爱,他们彼此感觉很好,可是酒醒了的后果很沉重:一小时后她用打字机打好了从原单位党员名册除名的声明,来到病房想让他们签字;但是老人们不知是的确已经什么都不记得了,不记得和她睡过觉,不记得发过什么誓,还是他们狡猾到了装出一副什么都不记得的样子的程度,他们甚至断然拒绝去看她带来的纸,结果斯塔尔夫人空手而归。

每一次都是如此。我一个旁观者都预先知道了结局,我还是好长时间明白不过来,她为何自己什么都看不出来。后来我开始猜测她和他们一样,引导其生活的不是理智,而是本能,似乎她完全没察觉到挫折。至少外表上她平静地接受了失败,只不过还是像蜜蜂一样,从一朵花飞到另一朵花上,一次次从头开始。而我已经知道她新选中的人也会向她发誓,答应她提出的无论什么请求,似乎自己也会相信自己能够做到,但立刻一切都淹没在其失忆状态之中。

费多罗夫也知道这一点。我们各间病房都有玻璃门,被像在别墅露台上一样用木板条封上,只有个别地方用窗帘遮得不严实。这样对医生和护士很方便,对病人,像我说过的,除了费多罗夫,都无所谓。费多罗夫看得见斯塔尔夫人在床上所做的一切,我反倒是从来没见到过一个人如此难受。他目不转睛地看着斯塔尔夫人和她下一个情人，目光呆滞，面无血色，身体僵硬，只有双手微微颤抖。

我们知道他非常嫉妒，知道他还疯狂地爱着她，所以当她身边有了什么人的时候，我们努力要将他赶开，但是他却原地不动，实在是需要把他带走、拉走，因为他自己迈不了腿。可就是不管怎么爱，他一次没有试图妨碍她、制止她，他仿佛明白这里发生了的事，这是斯塔尔夫人和上帝就他们俩的事，她也不是在背叛他，只不过是在下决心，党该不该存在。也就是说他感觉到斯塔尔夫人对一切都有限制，她成功与不成功只取决于上帝。他相信党也和其余的东西一样注定不幸，注定要死，但是他不知道，他害怕上帝也许因为什么原因想起要保留党的存在。

费多罗夫明白，现在时间不是人的，而是上帝的，在我看来，他是方舟上唯一真正明白这一点的人。但是斯塔尔夫人的勤恳态度渐渐让他沮丧。当她又一次失败后，浑身无力走出病房，他自己的全部神情都在显示他同情她，甚至为了表示忠诚还抚摸着她的手，她被掏空了，哪怕一分钟也不敢单独留下，看到他很高兴，虽然总的来说她早就不会在费多罗夫的事情上兜圈子。他们来到她的病房，她躺下来，他坐在旁边椅子上，和她说话，尽可能地向她解释，说她试图拯救的那些人都是腐化分子、自私者、骗子，正是他们毁灭了思想，弄得人已经无法得救。正是怪他们上帝才给大地发来洪水。

"而你，"他对她说，"想要为他们求情，想要保留他们的生命，好让这继续延续下去。你去做你能想到的一切，又得到了什么？他们依旧表现得像群畜生，任何人都清楚他们注定会死，是他们自己注定自己要死的。你看看，"他劝说她，"难道他们有能力帮助到党？这是加工剩下的废料，脖子上的瘤子，你为他们做了多少牺牲，你真是位真正的女英雄，"他努力想让她明白他不是怪她和他们睡觉，这不是对他的背叛，而是她做出的牺牲，"可是难道他们之中哪怕一个人放弃了优惠、配给，想到共同幸福了吗？"

费多罗夫当然很聪明，知道如何接近她。七天之后他就能达到目的，把老人们赶到外面去，赶到雪地里，她虽然会大喊大叫，内心对此做好了准备，已经予以接受。于是，他便对她说："你要明白，问题的关键不在于这些躺在我们身边的人，党不是靠他们活着，即使他们都死了，党也不会死亡。党是永远不死的，它像上帝一样将永远存在。只要你活着，它就会活着，党靠你活着，只靠你活着，也就是说它经得住洪水，不会沉没在水中，它会以你为代表而得救，得以延续，之后会延续在你的孩子们身上，你可以放宽心。这就是我要对你说的一切……"

晚上解散后她回到自己病房，平静而从容地仔细思考了她所听到的（费多罗夫没有催促她），认可了他，明白了，他说得对，她的爱就像以前我的爱一样，不足以拯救他们中的哪怕一个。他们的确注定死亡，既然谁的爱都无法帮上他们的忙。

过了一周，费多罗夫已经知道斯塔尔夫人不会成为他任何障碍。一天深夜病房科里出现了一片平稳的、几乎与远处嘈杂声没有差别的窸窣声。那一天很可能是月圆之夜，在那种夜晚，生病老人的常见的"收拾好上路综合征"总是很强烈。他们从床垫和枕头下，从床头柜里，从暖气和踢脚板后面，从各种古怪的地方拿出自己的私藏，所有他们用以防备万一的一切，干巴的面包边，包糖纸，破抹布，什么小钩子、小弹簧，去年的落叶，同样的落花，各种破烂；他们小心翼翼（他们害怕被发现后不让走）把所有这些包起来，打成包袱儿，捆成卷儿，装入盒子，装入口袋，接下来他们穿着拖鞋窸窸窣窣走在地板上（窸窣声便会成了嘈杂声），从病房里挣扎到了走廊里。

与窸窣声一道，病房里响起费多罗夫响亮的假嗓子，这叫我永远也说不清楚孰先孰后，孰因孰果。他像牧神一样，在楼梯台阶上跳上跳下，沿着走廊拼命来回跑，沿着走廊墙壁均匀地形成了一条老人人链，但是他不触及这条人链，时不常飞跑进病房，他几乎扯破喉咙，高兴地叫喊："交纳党费的最后一天……不交党费者自动退党……党组织内部会议……全体党员必须出席……不参加者自动退党……退党！"费多罗夫从台阶上往下喊，"中央关于世界洪水的内部决议！……只允许老布尔什维克……党的回击行动……我们准备战斗！……其他事项中有1916年入党的霍伦热戈的个人案件……阿莫拉尔卡……当了四十年秘书，是他的情妇……他们生了两个孩子……他妻子揭露了他……我们还能继续忍受这些人留在自己队伍中吗？我认为，不能！"他大声疾呼。"大家都应当发言！"

之后突然之间，我甚至没明白怎么回事，费多罗夫一下子出现在一楼入口处，那里聚集了病房人的一半，泪痕满面的斯塔尔夫人和护士以及护理员们用尽浑身力气缠住老人双腿，企图不放他们出门到院子里。

很明显，费多罗夫当时很高兴有人不让老人离开，因为在这里，他还像刚才一样哈哈大笑，高居于众人头顶，只见他欢天喜地地叫嚷："谁也不能放走！不要放走任何人！……大家都知道克隆菲尔德下令冬天绝对禁止外出散步……有谁敢放你们出去，而且是在这种天气？……" 只是后来我才知道，费多罗夫只不过是在拖延时间，他在等着楼下所有病人全部聚集在一起。但是老人们无法知道这一点，他们被他喊的克隆菲尔德的禁令下坏了，也被护士们明显支持费多罗夫吓坏了。他们以前还是一声不吭，头也不抬，顽强地企图把护士们和斯塔尔夫人从大门口推开，并且几乎达到了目的，费多罗夫的出现破坏了他们的计划，再也不相信能成功了，病人们激动地嚷了起来，攻势变弱了。

　　但是停顿没有太久。老人们也很机灵，很狡猾，现在明白用武力冲不出去后，他们决定要引起护士们的同情。他们抓住她们的白大褂，吻她们的手，塞给她们惯常塞的小钱儿，同时好像经过多次排练后一样整整齐齐，分三个声部，嚎哭开了："放我出去吧，放我出去……家里吃奶的孩子一天多没喂了……"另一个唱第二声部："不好了，不好了……我的牛奶要烧干锅了，孩子会饿死的……" 第三声部："出门时炉子火没熄，我的小宝贝要被活活烧死了……"

　　扔在家里没喂奶的孩子的话，被所有老人重复着，这是能听清楚他们说的最主要的话，其余的则汇聚成一片沉重的号哭。被这奇异的合唱所迷惑，我们不同于费多罗夫，没数人数，也没发现他们所有人，甚至最孱弱的人都已经到了这里，窸窣声最后结束了。

　　直到费多罗夫突然一窜，出现在门口旁，我们才明白过来，我们谁都来不及阻碍他，他猛然推开了大门，于是老人们快得一声没叫出来就被风和寒冷卷到外边去了。

　　费多罗夫又想要立刻把门关上，但是风把门紧紧抵到墙上，所以在我们一起使劲终于把前门关上时，走廊已经被雪埋了一半。之后一直到午夜时分，起初是大家一道，包括费多罗夫、斯塔尔夫人、护士们在内，我们一起动手铲雪，把雪从窗户扔到院子里，之后他们去睡觉了，剩下工作由我和伊夫拉伊莫夫两人来做。收拾完雪，我们直接坐到了楼梯台阶上，没了上二楼回病房的力气。我们紧挨着坐了许久，最后气儿总算喘匀乎了，于是我问他："那我们将来会怎么样？"

"不知道，"他说，"似乎我们暂时作为对那一生活的记忆被留下来了。如果上帝决定让那一生活继续，我们就会留下来，要是一切从头开始，那我们就要离开。就像其他人一样……"

1988—1991年

译后记

　　按照惯例，在完成译著之后，译者应该说上几句，谈谈自己对作家的理解和自己的翻译心得。但我觉得并非每一个译者每一次都能成为原作者的知心人、理想诠释者和表达者，这有时需要译者放弃自我，努力融入作家的世界，揣摩作者的心态，模仿作者的语气，甚至要想象这是自己正在完成的作品。这是一个很不容易完成的任务，对弗拉基米尔·沙罗夫这样一位作家来说，这一任务尤其艰难。

　　如何定性这位作家的写作风格，评论界众说纷纭，有人称之为"后现代主义的伪历史主义"，有人称之为"魔幻现实主义"，而作家更愿意称自己是现代主义作家。问题在于作家经常以历史为创作主题，同时付诸自己对历史的诠释和演绎，因此对作家的评判不得不与真实的历史相关联，但同时读者也很容易发现作者笔下的历史并非通常人们所知晓和接受的历史，他的历史解释既不是正统的，也不是与正统历史截然对立的，就像作者的宗教观一样。

　　弗拉基米尔·沙罗夫（1952—　）是俄罗斯当代具有巨大影响的作家。他的父亲亚历山大·沙罗夫（本名舍尔·伊兹拉依列维奇·纽伦堡，1909—1984）是一位记者和儿童文学家。他本人曾经在普列汉诺夫学院学习，但因故被迫离开，之后函授毕业于沃罗涅什大学，后来又在那里完成了副博士论文答辩。1979年发表最初的诗歌作品，20世纪90年代起开始在一些大型杂志上发表长篇小说，主要作品包括《步步追踪》（1991）、《彩排》（1992）、《此前与此刻》（1993）、《我不该被可怜？》（1995）、《老女孩》（1998）、《拉撒路的复活》（2002）、《像孩子一样》（2008）、《返回埃及》（2013）以及各类文章、散文和诗集等。他在2008年进入年度小说最终候选名单并且于2014年获得俄罗斯"布克"文学奖，一些俄国当今最重要的文学奖项的获得说明了他在当今俄罗斯文坛地位的重要性。

《此前与此刻》最初发表于《新世界》杂志。小说一发表便引起轩然大波，杂志社的编辑曾公开表示拒绝接受作家的哲学与诗学，为此作者只好转移文学阵地，之后许多创作活动都与《旗》杂志相关。其实，如果将沙罗夫的创作放在一起，读者很容易看到作家的创作特性。作家笔下的历史人物和历史事件常常占据重要位置，但是这些人物和事件通常是由某个或某几个人所讲述的，而讲述者的史料则来自所谓的"日记""笔记""被遗忘的档案"等中间，因此显而易见作者的创作宗旨并不是再现历史，同时也不是颠覆历史，而是从自己的角度去解释历史事件和历史进程，去评价历史人物的个人品格和历史作用。《此前与此刻》也是如此。

小说的题目有双重含义。对讲述者而言，"此前"是他入精神病院前的生活，而"此刻"则是他"失忆"后进入精神病院的各种怪异。另一方面，占据小说核心地位的是明显杜撰的斯塔尔夫人人间三世生活，其重点是她所经历的俄罗斯19—20世纪的重大历史变迁，当这一切与所谓"第二次世界洪水"联系起来，标题则具有了另一重宗教寓意，也就是说"此前"指的是"洪水"之前，"此刻"指的是"洪水"来临的时刻。尽管作者大量谈论到宗教和《圣经》，但是这些内容和历史一样，都不是严格意义上的宗教布道，而是渗透着作者对人类历史进程、人类终极目标的个性化的认识和探索,是作者个人世界观、历史观和宗教观的展现。

小说涉及了大量历史人物,其中许多人物是历史上存在过的,不乏像列宁、斯大林等这样对人类历史起到至关重要作用的人物。但是如前所述,所有人物,无论历史上是否真实存在过,都只是作者笔下的文学人物。因此译者在翻译过程中有意省略了对各种人物加以注释,理由是读者如果感兴趣,会从各种渠道得到译者能得到的历史信息,而如果不感兴趣,过多的注释会影响读者的阅读的乐趣和发现的快感,特别是很多历史人物的真实信息与小说中的呈现相矛盾,过于关注文本外信息会干扰读者对文本的理解。小说中的《圣经》引文大多按照通行的《圣经》汉译("和合本")翻译,对此,熟悉《圣经》文本的人很容易识别,没读过《圣经》的人大致能从行文风格上揣度出来。最后一点要说明的是,由于小说大多数场合是某人的讲述,因此时常带有类似述说和交谈的色彩,在翻译过程中,有时译者有意没有将文本处理得更为流畅,以期保持原作的文本特色,这种尝试是否合适,有待于读者予以评价。

译者
2016年10月于北京